中国翻译家译丛

金克木 译

天竺诗文

Anthology of Indian Literature

［印度］迦梨陀娑 等 ◎ 著
金克木 ◎ 译

人民文学出版社

图书在版编目(CIP)数据

金克木译天竺诗文/(印)迦梨陀娑等著;金克木译.— 北京:人民文学出版社,2017

(中国翻译家译丛)

ISBN 978-7-02-012509-8

Ⅰ.①金… Ⅱ.①迦…②金… Ⅲ.①诗集—印度 Ⅳ.①I351.2

中国版本图书馆 CIP 数据核字(2017)第 040604 号

选题策划　欧阳韬
责任编辑　张欣宜
责任印制　任　祎

出版发行　人民文学出版社
社　　址　北京市朝内大街166号
邮政编码　100705
网　　址　http://www.rw-cn.com

印　　刷　北京盛通印刷股份有限公司
经　　销　全国新华书店等

字　　数　195千字
开　　本　710毫米×1000毫米　1/16
印　　张　17.75　插页1
印　　数　1—5000
版　　次　2019年7月北京第1版
印　　次　2019年7月第1次印刷

书　　号　978-7-02-012509-8
定　　价　49.00元

如有印装质量问题,请与本社图书销售中心调换。电话:010-65233595

出 版 说 明

　　人民文学出版社自一九五一年建社以来，出版了很多著名翻译家的优秀译作。这些翻译家学贯中西，才气纵横。他们苦心孤诣，以不倦的译笔为几代读者提供了丰厚的精神食粮，堪当后学楷模。然时下，译界译者、译作之多虽前所未有，却难觅精品、大家。为缅怀名家们对中华文化所做出的巨大贡献，展示他们的严谨学风和卓越成就，更为激浊扬清，在文学翻译领域树一面正色之旗，人民文学出版社决定携手中国翻译协会出版"中国翻译家译丛"，精选杰出文学翻译家的代表译作，每人一种，分辑出版。

人民文学出版社编辑部

二〇一六年十月

"中国翻译家译丛"顾问委员会

主　任

李肇星

顾　问

（按姓氏笔画排序）

于友先　卢永福　孙绳武　任吉生　刘习良
李肇星　陈众议　肖丽媛　桂晓风　黄友义

目 录

前言 …………………………………………………… 1

印度古诗选 …………………………………………… 1
    莎维德丽 ………………………………………… 3
    法句经 …………………………………………… 56
    嘉言集 …………………………………………… 59
    云使 ……………………………………………… 63
    妙语集 …………………………………………… 86

伐致呵利三百咏 ……………………………………… 91
    前言 ……………………………………………… 93
    世道 ……………………………………………… 99
    艳情 ……………………………………………… 117
    离欲 ……………………………………………… 135
    附可疑诗八首 …………………………………… 149

古代印度文艺理论文选 ……………………………… 153
    引言 ……………………………………………… 155
    舞论 ……………………………………………… 171
    诗镜 ……………………………………………… 184
    韵光 ……………………………………………… 204
    诗光 ……………………………………………… 221
    文镜 ……………………………………………… 226

我的童年 ……………………………………………… 235

前　言

　　金克木先生（1912—2000）早年是诗人，一九三六年出版新诗集《蝙蝠集》。当时的职业是教师和报社编辑，还从事英语翻译，一九四一年出版译著《流转的星辰》和《炮火中的英帝国》。就在这一年，金先生经朋友周达夫介绍，到印度加尔各答任中文《印度日报》编辑。在此期间，他学习印度现代语言印地语。而金先生自少年时代就养成好学深思的习性，凡事喜欢"由今溯古，追本求源"，又开始自学印度古代语言梵语。不久，他前往印度贝拿勒斯佛教圣地鹿野苑，一面跟随印度著名学者憍赏弥学习梵语和巴利语，一面钻研佛学，阅读汉译佛藏。此后，他又跟随迦叶波法师学习印度教哲学经典《奥义书》，并利用汉译佛经协助戈克雷教授校勘梵语佛经《阿毗达磨集论》。从此，金先生走上梵学研究之路。在一九四五年就已写出《梵语语法〈波你尼经〉概述》和《〈吠檀多经〉译述》两篇长文。

　　一九四六年回到祖国，任武汉大学哲学系教授，教印度哲学史。一九四八年起，任北京大学东语系教授，教梵语、印地语和乌尔都语。一九六〇年，他和季羡林先生合作，开设了国内首届正规的梵文巴利文班。两位先生亲自编写教材，从一年级教到五年级，培养了中国现代第一批梵语人才。金先生除了教授梵文，还开讲《梵语文学史》课程，讲义列入教育部文科教材计划，于一九六四年由人民文学出版社出版。这部《梵语文学史》对印度古代梵语文学做了全面的介绍和评论分析，是中国梵语文学研究的奠基作。

　　在梵语文学翻译方面，由于金先生自己是诗人，故而尤其钟情翻译梵语诗歌。最早在一九五四年的《译文》杂志上发表了印度史诗《摩诃婆罗多》中的一个著名插话《莎维德丽》。这个插话讲述古代一个国王的独生女儿莎维德丽自愿选择遭到侵略而流亡森林的一个瞎子国王的儿子作丈夫。一年后，丈夫死去。死神阎摩前来拴走她丈夫的灵魂，而她紧追阎摩不放。最后，凭她的忠贞和智慧，赢得阎摩的恩惠，使丈夫死而复生，也使公公双眼复明。史诗是口传文学，语言质朴生动，金先生也使用通俗的汉语诗体，忠实地再现了这个感人的印度古代传说。

一九五六年，印度古典梵语诗人迦梨陀娑被世界和平理事会列为当年纪念的世界文化名人。应人民文学出版社之约，金先生翻译了迦梨陀娑的抒情长诗《云使》，季先生翻译了迦梨陀娑的戏剧《沙恭达罗》，合为一集，作为"纪念印度古代诗人迦梨陀娑特印本"出版。迦梨陀娑是印度古代享有最高声誉的诗人和戏剧家。他的《云使》也代表印度古代抒情诗的最高成就。这部抒情诗描写有个药叉（财神俱毗罗的侍从）玩忽职守，被俱毗罗贬谪一年。他谪居在南方罗摩山的苦行林中，忍受与爱妻分离的痛苦。现在到了雨季，他看到一片由南往北的雨云飘上罗摩山顶，激起他对爱妻的无限眷恋。于是，他托这片雨云作为他的使者，向居住在北方阿罗迦城的爱妻传信。这部抒情诗感情缠绵，想象丰富，语言优美，比喻精妙，韵律和谐，在印度自古至今脍炙人口。而金先生使用现代汉语的新诗体，充分利用中国古诗和新诗积累的诗歌词汇，意象优美而饱含情感，让中国读者真切地品尝到这部抒情诗的艺术美。

一九八二年出版《伐致呵利三百咏》，这是古典梵语诗歌中流传最广的一部"百咏体"诗集，分为《世道百咏》《艳情百咏》和《离欲百咏》，分别表达诗人对社会、爱情和弃世的看法。这三组诗主题不同，同时，诗中运用的诗律多变，金先生的译文均能贴切体现相应的主题、情调和风格，传达原作的神韵。

一九八四年出版《印度古诗选》，除了收入先已出版发表的《莎维德丽》《云使》和《伐致呵利三百咏》外，新发表的有吠陀诗（《梨俱吠陀》和《阿达婆吠陀》）、格言诗（《法句经》和《嘉言集》）和抒情诗（《妙语集》）的选译。这可以说是提供了印度古代吠陀、史诗和古典梵语三个文学时期各类诗歌的样品，尝鼎一脔。印度古代，也与中国古代一样，堪称诗歌大国。这部《印度古诗选》也是向中国后继的梵语学者昭示应该努力发掘印度古代诗歌宝库，介绍给中国广大诗歌爱好者。

金先生集诗人、学者和翻译家于一身，这在老一辈优秀翻译家中也是带有普遍性的现象。唯其是诗人，更能与外国优秀诗人心灵相通，更能以诗的语言翻译诗。唯其是学者，更能理解外国诗人的文化背景、创作意图和艺术技巧，乃至诗中运用的典故和意象内涵。我曾在《金克木先生的梵学成就》一文中说过："我总惋惜金先生翻译的梵语诗歌不够多。梵语诗库中的一些珍品，唯有金先生这样的译笔才能胜任,也不至于辜负印度古代诗人的智慧和才华。"

这里还应该提到一件译事。二〇〇五年问世的印度史诗《摩诃婆罗多》汉语全译本也有金先生的一大功劳。金先生除了先前译出的《摩诃婆罗多》插话《莎维德丽》,又于一九七九年译出《摩诃婆罗多》的楔子《蛇祭缘起》。当时,我的同学赵国华有志于翻译《摩诃婆罗多》。国外翻译《摩诃婆罗多》通常从翻译这部史诗中的插话入手。这样,他译出了这部史诗中的另一个著名插话《那罗传》。然后,由金先生开列这部史诗中的插话篇目,赵国华与席必庄和郭良鋆两位同学合作译出了《摩诃婆罗多插话选》,于一九八七年由人民文学出版社出版。随即,在金先生的支持下,赵国华又邀约我参加这个翻译队伍,启动《摩诃婆罗多》全诗的翻译。

按照金先生的意见,这部史诗的翻译采用散文体。因为这部史诗规模庞大,译成汉语约有四百万字。而且,这部史诗是以英雄传说为核心的百科全书式的史诗,内容并不局限于文学。因此,用散文体译出,更为合适。金先生翻译的《蛇祭缘起》(即这部史诗的前四章)便是采用散文体,也是为我们此后的翻译做了示范。金先生为这部史诗汉译本撰写的序言中说道:"有诗意的原文不会因散文翻译而索然无味。本来无诗意只有诗体的部分更不会尽失原样。这样也许比译成中国诗体更接近一点原来文体,丧失的只是口头吟诵的韵律。这是我们的希望,也是翻译过程中努力的目标。"

这部史诗的翻译刚完成第一卷,赵国华就因为突发心肌梗死,英年早逝。此后,这项翻译工程便由我主持,我又邀请其他几位同行参加翻译队伍,终于利用集体的力量,花费十年工夫,完成《摩诃婆罗多》全诗的汉译。在这过程中,金先生始终关心我们翻译的进展情况。可是,他于二〇〇〇年逝世,未能见到《摩诃婆罗多》的最后完成和出版。然而,我们心中永远铭记金先生的恩情,虽然他没有直接参加全诗的翻译,但他在无形中,始终起到主心骨的作用。

除了翻译梵语诗歌外,金先生还翻译梵语诗学理论。早在一九六五年,他为《古典文艺理论译丛》第十辑选译了三种梵语诗学名著(《舞论》《诗镜》和《文镜》)的重要章节。后来,他又增译了两种梵语诗学名著(《韵光》和《诗光》)的重要章节,合成单行本《古代印度文艺理论文选》,于一九八〇年由人民文学出版社出版。由这五篇译文以及金先生撰写的引言,中国学术界才得以初步认识印度古代文艺理论的风貌。尤其重要的是,金先生在这五篇译文中确定了梵语诗学一些基本术语的译名,并在引言中介绍了梵语诗学的一些基本著作及其批评原理,为梵语研究指点了门径。我后来正是沿着金先生指点的门径,深入探索梵语诗学宝库,写出了一部《印度古典诗学》。

金先生在中国的梵语文学翻译领域做出了开创性的贡献,不仅为我们留下了一笔丰富的梵语诗歌翻译遗产,也为中国后继的梵语学者从事梵语文学翻译树立了楷模,提供了宝贵的翻译经验。他将永远在中国现代翻译史上占有独特的一席。

黄 宝 生

二〇一六年十二月

印度古诗选

莎维德丽

大史诗《摩诃婆罗多》第三篇《森林篇》

二七七

坚战王说

圣人啊！我为我自己，
为兄弟，为王国的失去，
都不如为德罗波蒂王后，
这样地忧伤不已。（1）

赌骰子遭遇恶人欺，
救我们是这黑公主；
这回她却被胜车王
劫出了森林受了辱。（2）

你可曾见过或听说
有这样的一位女郎，
忠于丈夫，有德，有福，
像德罗波蒂公主一样？（3）

玛尔根德耶说

坚战王啊！你且请听，
贤德妇人的品行福分，

如何这一切都归了
莎维德丽她一人。(4)

摩德罗人中有一国王,
信神信法,道德高尚,
皈依婆罗门,护佑众生,
真实不欺,制伏了欲望。(5)

他笃行祭祀,乐善好施,
能为高强,爱戴遍城乡;
这位国王名号是马主,
他一心要众生有福享。(6)

他宽宏大量,言而有信,
克制了情欲,却没有儿郎;
随着年岁渐渐老大,
他心中日益增长忧伤。(7)

他为了一心求子嗣,
立下了严厉的誓愿。
按时进有限的饮食,
修梵行禁绝了情缘。(8)

他吟诵莎维德丽颂诗,
贤王啊,祭火每天十万遍;
他每日只当第六时
才吃下微薄的一餐。(9)

他照这戒律经过了
时光整整十八年。
到了十八年日期满,

莎维德丽神心喜欢；
国王啊！这时那女神
对那国君把身形现。(10)

从祭祀神火中升起来，
女神显见得满心喜欢；
这赏赐恩典的女神
就对那君王把话谈：(11)

由你的梵行和清净，
节欲自制守定心神，
又全心全意崇拜我，
君王啊！我感到欢欣。(12)

摩德罗王啊！马主！
选一个合意的愿心；
可别在正法道德中
有丝毫懈怠之情。(13)

    马主说
正为了正法和德行，
我才尽力求子嗣；
女神啊！我愿有多子，
能延续我的家世。(14)

女神啊！如果你喜欢，
我就挑选这个愿望。
传宗接代是最高的德行——
婆罗门都是这样讲。(15)

　　　　莎维德丽说
国王啊！我早已知道了
你的这一番心事；
我也和祖爷谈过
你的子孙后嗣。(16)

靠了他赐下的恩惠，
那自生自存的神明，
善人啊！一个光辉的女儿
不久就要下凡降生。(17)

你不必做什么回答；
我是奉了祖爷之命，
只由于对你欢喜，
才告诉你这件事情。(18)

　　　　玛尔根德耶说
国王说一声"但愿如此"，
承受了莎维德丽的言辞；
他又重复一句祈求：
"但愿此言速成事实。"(19)

莎维德丽既已隐身，
国王便回自己家门；
他怀着欢心住在本国，
用正法庇护着人民。(20)

过去了一段时光，
这恪守誓愿的国君
给有德的正宫长后
身上种下了胎孕。(21)

玛罗维公主怀下孕,
啊,婆罗多族的雄王!
胎儿渐渐长,像上半月
群星之主明月在天上。(22)

到了时辰她生产下
一个女儿眼如莲花;
这时那国君心欢喜,
行各种典礼,为这女娃。(23)

由于祭了莎维德丽神,
莎维德丽欢喜赐她生,
众婆罗门和她的父亲
便以莎维德丽为她名。(24)

这位公主渐渐长大,
像吉祥天女现身形;
到了年岁,这位小姐
长成妙龄少女立亭亭。(25)

她腰肢纤细臀丰满,
体貌宛如金铸成;
众人一见群思忖:
是天庭仙女显真形。(26)

她双眸宛似莲花瓣,
神采辉光如火焰;
却无人选妇来将她选,
一见她神光便退一边。(27)

于是有一次逢佳节,

她洗沐头发,斋戒绝食,
到神像前告知婆罗门,
遵照礼仪对神火祭祀。(28)

她拿起祭余的鲜花,
到圣王慈父的身边,
体态端庄多美丽,
好似吉祥天女一般。(29)

她在父亲足下行了礼,
把祭余的鲜花献上前,
这丰臀美女恭敬合掌,
就站在那君王身一边。(30)

君王一见亲生女
年到青春貌似仙,
没有人求亲来选妇,
不觉心中一阵酸。(31)

    国王说
女儿啊!你到了出嫁年龄,
还没有人向我求亲;
你且自己去寻访一个
品德配得上你的夫君。(32)

你访到了中意的人,
便来告诉我知悉,
我考虑后让你出嫁。
去挑选吧,照你的心意。(33)

我曾听过婆罗门

教导我正法经典。
贤女啊！你且听我
朗诵一下这些箴言。（34）

父不嫁女应受斥责；
夫不近妻也受责备；
丧夫的寡母未得保护，
那儿子是斥责所归。（35）

听了我的这一番话，
你快快去寻访夫君；
你的行事应该如此——
使我不致受责于神。（36）

　　玛尔根德耶说
对女儿说了这番话，
也对着年老的群臣，
又分派了随从人等，
国王便催促快动身。（37）

礼拜了父亲的双足，
那贤女含羞似忸怩；
领受了父亲的言语，
她转身出去不迟疑。（38）

她登上黄金的车辆，
随身有众老臣陪伴，
圣王的幽雅修道林，
她一处一处去朝参。（39）

在林中访谒诸尊长，

在足下顶礼行拜见；
贤郎啊！一切修道林，
她依次一一都游遍。（40）

公主如此朝圣地，
在一切圣地散金钱；
她一国一国都走到，
参见再生众圣贤。（41）

二七八

玛尔根德耶说

此后摩德罗王有一次
接待了那罗陀大仙，
同坐在朝廷群臣间，
婆罗多王孙啊！相对欢谈。（1）

这时莎维德丽偕群臣
访遍了仙人修道林，
朝遍了一切仙圣地，
回到了家门拜父亲。（2）

她一见仙人那罗陀
和父亲并坐在朝廷，
这贤女便对双尊长
在足下低头把礼行。（3）

那罗陀说

你的女儿曾向何方去？
国王啊！又从何处返家门？
你为何不让妙龄女

选夫配婿结婚姻？(4)

    马主说
正是为了这件事情
她离家今日才转回门。
圣仙啊！请你听她说，
她选的夫婿是何人？(5)

   玛尔根德耶说
那贤女一听父王命，
要她把详情一一说分明；
她如同奉了神圣旨，
便开言历历叙衷情:(6)

夏鲁阿人中有一王，
道德崇高为世主，
那刹帝利人称为耀军，
到后来失明盲了目。(7)

那智者双目既失明，
只有一子年龄幼，
邻国旧日仇人乘此机，
夺去了国土驱他走。(8)

他携带妻房并幼子
离家前往大森林，
到了森林居住下，
修炼苦行誓愿深。(9)

他的儿子萨谛梵，
生于城市长在苦行林；

他和我正好成配偶，
我心中选下他做夫君。（10）

那罗陀说
啊！国王啊！这事可不妙，
莎维德丽遭了大灾难，
因为她出于无知选下了
这才德兼全的萨谛梵。（11）

他父亲诚实不妄语，
他母亲诚实不虚言，
因此上那些婆罗门
为他取名诚实萨谛梵。（12）

他在童年就爱好马，
用泥土常常塑马形，
绘画也常画骏马，
又得了"画马"为别名。（13）

国王说
那么现在王子萨谛梵
他常得欢心孝父亲，
是不是英气逼人多智慧，
是不是宽宏大量勇无伦？（14）

那罗陀说
光彩好似日神毗婆娑，
智慧仿佛神师祈祷主，
英勇如神中首长因陀罗，
度量如大地之神持财富。（15）

　　　　　马主说
那么这位王子萨谛梵，
是不是布施、敬重婆罗门，
是不是堂堂仪表、豪华极，
是不是美貌英姿真动人？（16）

　　　　　那罗陀说
乐善好施尽力舍财富，
如桑克利多之子欢乐天；
敬重婆罗门，言而有信，
如乌希那罗之子尸毗一般。（17）

像耶雅提王一样豪华，
像明月苏摩一样丰姿，
像天上双童一样仪表，
是耀军王的勇武的儿子。（18）

他能自制，又温和，又勇敢，
他诚实无欺，制伏了欲情，
他善与人交，胸怀无恶意，
他谦逊虚心，又刚毅坚定。（19）

他的为人永远是正直；
他的德行永远是坚定。
修道和有德之人
对他这样简略的论评。（20）

　　　　　马主说
这人品德般般都具备，
仙人啊！你已对我说分明；
如果他还有什么缺陷，

也请你说与我来听。（21）

那罗陀说
他别无瑕疵只一个缺点：
这萨谛梵，从今天算起
到整整一年期限一满，
他就要命尽，舍去身体。（22）

国王说
莎维德丽啊，去吧！
好女儿啊！去另选一人。
这一个缺陷太大，
超过了他的人品。（23）

天神也敬重的仙人
那罗陀刚才对我讲：
这短命的人只过一年
舍去身体就要死亡。（24）

莎维德丽说
生命只有一次死亡，
嫁女儿也只有一次，
只能说出一次"我给"，
这是只有一次的三件事。（25）

不论他是长寿还是短命，
不论他是有德还是无能，
我只挑选一次夫君，
我决不再挑第二人。（26）

先在心中有了决定，

再在口中用言语说明，
然后做事依此而行——
我的心就是这话的凭证。（27）

    那罗陀说
人中首长啊！你的女儿
莎维德丽的心十分坚定，
她不能稍微移动半分，
脱离那正法道德规程。（28）

另外也没有一个人
具备萨谛梵的德行；
你的女儿嫁给他，
我也是十分赞成。（29）

    国王说
你的话是无可怀疑，
因为你的话就是真理；
由于你是我的师父，
我将遵照你的话做去。（30）

    那罗陀说
祝你的女儿莎维德丽
婚事顺遂无灾无难；
我现在就要走了，
祝你们大家平安。（31）

    玛尔根德耶说
那罗陀说完这句话，
便飞升一直上天堂。
国王要为女行婚礼，

也件件桩桩布置忙。（32）

二七九

玛尔根德耶说
于是国王一心想嫁女，
把前前后后细思量；
又桩桩件件都忙到，
备办全堂好嫁妆。（1）

随后召请祭祀众司祭，
和一班年老婆罗门，
选一个大利吉祥日，
偕女儿一同就动身。（2）

来到了修道森林内，
耀军王苦行道院边，
由再生众老相陪伴，
国王徒步走向圣王前。（3）

这时他便看见了
莎罗大树树荫间，
拘舍圣草座位上，
端坐盲目国王一大贤。（4）

国王当那圣王面，
依照常规把礼行，
彬彬有礼开言说，
自家介绍自通名。（5）

那知礼国王尽了待客礼，

还给了座位和一头牛,
然后对来客国王说:
来此何意,何缘由?(6)

他便把来意全说到,
来此原为有事求,
都是为了萨谛梵,
他详详细细说根由。(7)

马主说

圣王啊!我有一个贤德女,
她的名字是莎维德丽;
知礼法的人啊!请你依礼
收下我女做你的儿媳。(8)

耀军说

我们失去了国土,居住在森林,
遵行着道法,制欲成为修道人。
你的女儿过不惯森林的生活,
她怎么能忍受修道院的艰辛?(9)

马主说

幸福与痛苦不过是忽有忽无,
我女儿和我都早已认识清楚。
对我这种人不应再说那种话,
国王啊!我来时已经决定了意图。(10)

请不要毁坏了我的希望,
我这是出于友谊和关切;
我来这儿由于一片爱心,
请不要对我表示拒绝。(11)

我们两下联姻正是相当，
你对我正如同我对于你；
请接受我的女儿做儿媳，
让她能成为萨谛梵之妻。（12）

　　　耀军说
在从前我也曾盼望过，
能和你为儿女缔结丝萝，
到如今有了这一番踌躇，
只为我已经失去了本国。（13）

那么这样一件心事，
从前我曾经怀念在心，
就在今天让它实现。
你正是我所想望的嘉宾。（14）

　　　玛尔根德耶说
于是召集所有再生者，
道院里居住的婆罗门，
两位国君依照礼节
为儿女缔结了婚姻。（15）

马主嫁了亲生女，
又按照常规给嫁妆，
随即回到本宫去，
满心欢畅喜洋洋。（16）

萨谛梵喜得贤德妇，
才貌品行样样全；
莎维德丽也心欢喜，

得到的丈夫正如愿。（17）

她一见父亲回国去，
便将首饰全更换，
穿上一身树皮衣，
修道服装黄色衫。（18）

她待候周到，品德全，
待人和蔼，对己严，
行为件件合人意，
博得人人都喜欢。（19）

她为婆婆处处想，
为她收拾衣裳穿上身；
她待公公如敬神，
语言有节得欢心。（20）

她说话动听多婉转，
心性温和，手艺高，
背地里温存兼体贴，
使丈夫得意乐陶陶。（21）

婆罗多王孙啊！就照这样，
森林道院众贤人
安居修炼度年月，
经过了一段好光阴。（22）

只有莎维德丽一人
坐卧不安怀隐忧；
那罗陀仙人的言语
不分昼夜常在心头。（23）

二八〇

　　玛尔根德耶说
此后经过了许多天，
时光荏苒不迟延，
转眼大限期已到，
国王啊！死日临头萨谛梵。（1）

莎维德丽心中算，
算过一天又一天，
那罗陀仙人的言语，
她时时不忘记心间。（2）

从今算起第四天，
就是死期到眼前；
那佳人算好便斋戒，
"三夜斋"绝食发心愿。（3）

听说儿媳发誓愿，
引起国王心不安；
他起身便见莎维德丽，
对她说话将她劝：（4）

公主啊！你发下大愿，
这场斋戒太艰难；
一连三次绝食非容易，
这样的斋期难上难。（5）

　　　　莎维德丽说
父王啊！请不必焦急，

我一定能度过斋期；
我坚持守定这誓愿，
誓愿完成只靠坚持。（6）

  耀军说
我不能够对你说：
背誓破斋反心愿。
我们这种人只能说：
祝你誓愿能圆满。（7）

  玛尔根德耶说
说完这话便停下，
那恢宏大度的耀军王。
莎维德丽守斋戒，
消瘦如同木女郎。（8）

莎维德丽心盘算，
丈夫死日是明天——
婆罗多族的雄王啊！
她满心悲痛夜难眠。（9）

今天那日期来到了，
她在神火中献了祭，
太阳上升才四时，
她行完了早晨的祭仪。（10）

众位年老婆罗门，
还有公公婆婆前，
她依次一一行了礼，
合掌守心站一边。（11）

苦行林中修道人
为莎维德丽祝吉祥,
众口一声对她说:
"祝你夫妻偕老永不居孀。"(12)

"但愿如此。"她心中想。
莎维德丽心神专一,
她心中暗暗记取
这些修道人的言语。(13)

这公主心中等待着
那一个晷刻和时辰,
想着那罗陀的言语,
她心中痛苦万分。(14)

于是公公并婆婆
见到公主站一旁,
满心欢喜说了话,
啊!婆罗多王族的雄长!(15)

    公婆说
你所立下的誓愿
已经顺利得圆满。
到了用饭的时刻,
你应该快去进餐。(16)

    莎维德丽说
等到太阳向西沉下,
心愿圆满我才进餐;
我的心中已经决定,
这就是我的誓愿。(17)

玛尔根德耶说
正当此时莎维德丽
谈着她不愿去吃饭；
肩负斧头要去森林，
来了她丈夫萨谛梵。（18）

莎维德丽说：丈夫，
你不要单独去森林；
我要和你一同去，
我不能和你两离分。（19）

　　萨谛梵说
你以前从来未到森林去，
贤妻啊！林中道路苦难言；
况且你发心斋戒身消瘦，
你怎么能徒步去林间？（20）

　　莎维德丽说
我绝食斋戒不觉苦，
现在也丝毫不疲倦；
我一心要到树林去，
你不要对我加阻拦。（21）

　　萨谛梵说
若是你一心要前去，
我可以让你如心愿；
但你还要去求尊长，
免得我为此生过犯。（22）

　　玛尔根德耶说

这女子衷心怀大愿，
她拜见公婆把话言：
我的丈夫采果实，
此时就要去林间。（23）

但愿公公并婆母
允我请求满愿心，
和他一同出外去，
我不要和他两离分。（24）

你的儿子去森林，
为的神火和尊长；
若为他事可阻拦，
此事阻拦不应当。（25）

时到如今将一年，
我从未离开修道院，
森林处处百花开，
我一心想去把花看。（26）

  耀军说
自从莎维德丽来，
由她父给我做儿媳，
我想来不曾有一回
她说过祈求的言语。（27）

因此让这位儿媳
满足要求，如所愿。
女儿啊！可别在道途中
分心误了萨谛梵。（28）

玛尔根德耶说

得到了二老的允许，
那名门秀女便随夫走；
她脸上仿佛带笑容，
心中却怀着忧愁。（29）

这大眼睛的女郎四面看，
一处处森林如画图，
风光奇妙娱人心，
孔雀声声鸣不住。（30）

看这些河川流泻功德水，
还有那山岭巍峨开满花。
看吧！萨谛梵妙语温存，
对莎维德丽谈起话。（31）

这毫无瑕疵的贤德女
细看丈夫的一举一动；
她想着仙人的言语，
把丈夫看作业已命终。（32）

那女郎轻盈缓步，
跟随着丈夫走向前；
她的心好像分成两半，
只等着那命定的时间。（33）

二八一

玛尔根德耶说

于是年富力强的萨谛梵，
偕妻子莎维德丽做同伴，

采集了果实，装满了果篮，
随即动手把树木砍。（1）

他一面用力把树木砍，
啊，不由得全身出了汗。
他这场辛苦的劳动
使得他头脑痛难堪。（2）

他劳碌得痛苦又疲倦，
便走近爱妻把话谈：
我这场辛苦的劳动
使得我头脑痛难堪。（3）

莎维德丽啊！我全身难受，
我的心也好像痛不可言。
言语有节的莎维德丽啊！
看来我已病倒在林间。（4）

我感觉到我的头上
好像有乱箭往里钻，
贤妻啊！我一心想睡倒，
我再没有力量在这儿站。（5）

莎维德丽连忙走上前，
伸手把丈夫来抱起；
把他的头放在怀中，
就在地上坐下去。（6）

这时受苦的莎维德丽
正想着那罗陀的言语，
那时辰、晷刻和日期，

她一一在心中细算计。(7)

不一会儿她就看见了
一个人身穿黄色衣,
头戴王冠,身躯雄伟,
像太阳一样放光辉。(8)

黑黝黝颜色,红眼睛,
手执绳索,令人惊,
他在萨谛梵身边站,
紧紧注视着他一人。(9)

她看见这人就忙站起,
轻轻把丈夫移在地,
合掌敬礼开言说,
满心战栗伤心女:(10)

我认识你是天上神,
你这样身形绝非人;
神啊!请发慈心告诉我,
来此何事?是何神灵?(11)

    阎摩说
莎维德丽啊!你忠于夫君,
你也曾修过一些苦行,
因此我才和你说话,
贤女啊!你应知我是阎摩神。(12)

萨谛梵王子,你的夫君,
他现在寿终断了命,
我将要用绳系他走,

这便是我要做的事情。(13)

    莎维德丽说
大神啊！我一向听人言，
你只派使者到人间；
大神啊！你为何这一次
亲自前来下了凡？①

    玛尔根德耶说
于是祖先之王阎摩神，
说了他要做的事情，
他接着把实话全说尽，
为的使莎维德丽得欢心：(14)

这人德行高尚身形美，
还具有海样渊深万种才，
不应由我手下人来带，
因此上我才亲自来。(15)

于是从萨谛梵的身体里，
绳穿索绑，萎靡无力，
一个拇指大的小人儿，
被阎摩用力拉过去。(16)

于是抽了性命，断了呼吸，
失去了一切光彩神气，
停止了动作，萨谛梵的身体
变得丑陋难以看下去。(17)

---

① 这节诗是无号的，因原校者以为晚出。

阎摩这样把他缚住了,
转身便面向南方走;
莎维德丽怀着哀愁,
随着阎摩,走在他身后,
她严守誓言,苦志多成就,
品节高超,坚把丈夫守。(18)

   阎摩说
转身吧,莎维德丽啊,回去,
去给他收拾尸身行葬礼。
你尽了对夫君应尽之道,
你走到了你应走的境地。(19)

   莎维德丽说
不论丈夫带我哪里去,
不论他自己走到哪里,
那地方我就应该去,
这是永恒不变的道理。(20)

由苦行和对尊长的尊敬,
由守誓和对丈夫的爱情,
还由于你的慈惠怜悯,
没有什么能阻我向前行。(21)

明见真理的智者们
曾说七步生友情;
有了这样的友情,
我说些言语请你听。(22)

非心意散乱的人能在森林,
行道法,兼居住,并劳动;

智者们都称道道德正法；
因此善人们称道法为第一宗。(23)

行道法中一件，依善人们意旨，
他们都到了那条道路之中；
不企求第二条，不要第三条；
因此善人们称道法为第一宗。(24)

阎摩说

回去吧！我听了你的话心欢喜，
字字句句音调理由连贯分明，
选一个心愿吧！只除了他的生命，
纯洁无瑕的人啊！我满足你一切愿心。(25)

莎维德丽说

失去了自己的国土，居住在森林，
我的公公在道院里双目失明。
凭借你的恩惠请让那位国君
双目复明，如火焰旭日勇健绝伦。(26)

阎摩说

纯洁无瑕的人啊！我满足你一切愿心。
未来将如你所说的那样光明。
看来你已倦了，走了这些路程，
转身吧！回去，你不要疲劳过分。(27)

莎维德丽说

和丈夫在一起我怎么会疲倦？
丈夫在哪里，我也一定去那边。
你带我丈夫到哪里，我也要去，
群神之长啊！请你再听我一言。(28)

听说与善人会一次的时机都应企求，
更应企求的是和善人成为朋友；
和善人相会决不能没有善果，
因此上就应该和善人来往交游。（29）

    阎摩说

你对我说的话都是善语良言，
合人心意，使智者也能智慧增添。
还是除开萨谛梵的生命以外，
贤女啊！你再挑选第二个心愿。（30）

    莎维德丽说

我的睿智的公公，那国王曾在往年
被夺去国土，但愿他能光复家园。
愿我的尊长不放弃自己的天职，
这就是我挑选的第二心愿。（31）

    阎摩说

不久他就会重回故国为国君，
他也不会放弃天职入森林。
公主啊！我已经满足了你的愿心，
转身吧！回去，你不要疲劳过分。（32）

    莎维德丽说

你用制令制住了这一切人民，
统制他们，令他们走，不由本心；
因此，神啊！你以"抑制之体性"闻名；
我再说一些言语请你再听。（33）

对一切众生不怀仇怨，

无论是行为,心意和语言;
只有慈爱恩惠和施舍,
这是善人之道,永恒不变。(34)

这世界就是如此这般,
人人都不免软弱又艰难。
然而善人即使对于仇怨,
来求情时,也给他哀怜。(35)

    阎摩说
如同口渴的人得到的乳水,
你说出的这番话如此甘甜。
还是除开萨谛梵的生命以外,
贤女啊!你可以随意挑选心愿。(36)

    莎维德丽说
我的父亲那国君还没有儿郎,
但愿我父王亲生百子绕膝前,
愿他能传宗接代家世绵远,
这就是我所挑选的第三心愿。(37)

    阎摩说
传宗接代,家世绵远,勇猛刚健,
贤女啊!你父亲将生百子绕膝前。
公主啊!你已经满足了你的心愿,
回去吧,你的路程已经走得很远。(38)

    莎维德丽说
和丈夫在一起我一点不觉远,
我的心还跑得更远,更向前;
这样就请你一边走一边再听

我还要说出来的一番语言。(39)

你本是毗婆娑之子光辉照耀，
因此智者们给你以呗婆娑多称号；
人民由平静和正法而欢欣鼓舞，
天神啊！因此上你得了"法王"的大道。(40)

一个人对自己的信心
还不能比上相信善人；
因此一切人都怀愿望，
特别要和善人缔结交情。(41)

一切众生的信心
都由友谊而产生；
因此所有的人们
都特别相信善人。(42)

    阎摩说
女郎啊！你所说的这一番言语，
我从未听见他人说过。啊贤女！
我由此满心欢喜。只除了他的生命，
你可以选第四个心愿，然后回去。(43)

    莎维德丽说
愿由我和萨谛梵双双在人间
亲生后代使家族世代绵延相传；
愿有一百儿子个个勇猛刚健，
这就是我所挑选的第四心愿。(44)

    阎摩说
女郎啊！一百儿子个个勇猛刚健，

将为你生下,常在你膝下承欢。
公主啊!你不要再过分劳苦了,
回去吧,你走的路程已经太远。(45)

    莎维德丽说
善人们永远德行崇高始终不渝,
善人们决不会陷于愁苦失去欢愉,
善人与善人交不会没有果报,
善人对善人从不会产生疑惧。(46)

唯有善人以真理引导太阳运行,
善人以苦行法力支持着大地,
王爷啊!善人掌握着未来和过去,
在善人之间善人不会消沉丧气。(47)

这就是圣人坚守的德行,
善人对此是永记在心;
对他人永远施行恩德,
却从不期待他人报恩。(48)

在善人中有恩惠决不会落空,
不会丧失财富,也不会损害光荣,
正因为在善人中这是永恒不变,
所以善人才能有保护者之功。(49)

    阎摩说
你愈是说这些优美的诗的语言,
合人心意,饱含道德,意味深远,
我愈是对你怀有无上的敬意。
坚贞的女子啊!请选一个无比的心愿。(50)

　　　　　莎维德丽说
赏赐光荣的神啊！若无伉俪情缘,
你赐福不会实现;因此,正如其他心愿,
我重做挑选,愿萨谛梵重返人间,
因为我失了丈夫就也和死人一般。(51)

失去了丈夫,我不希图有福享,
失去了丈夫,我不祈求上天堂,
失去了丈夫,我不贪荣华富贵,
离了丈夫,我活下去也没有心肠。(52)

你赐我的恩典是我将生一百子,
而你又夺去我的丈夫不让团圆;
我选择心愿,愿萨谛梵重返人间,
以便你的话成为真实,不陷空谈。(53)

　　　　　玛尔根德耶说
"如你所愿!"一声说出,绳索解,
太阳之子,法王,阎摩神,
他满心欢喜开言道,
对莎维德丽说分明:(54)

贤女啊！我放了你的夫君,
女郎啊！你使光彩耀门庭;
领他回去,他从此永无疾病,
一切心愿都会圆满完成。(55)

他将有寿命四百岁,
和你一同偕老享遐龄,
遵循正法道德修祭祀,
他将获得世界的声名。(56)

萨谛梵将在你身上
生下一百个好儿郎,
你生下的所有刹帝利
子子孙孙都做国王,
都用你的名字做族姓,
在人间千秋万世享荣光。(57)

你父和你母玛罗维
也将生百子在身边,
子子孙孙都用母姓,
玛罗伐名声代代传,
你这些兄弟刹帝利
都将如三十三天神一般。(58)

颁赐了恩典,满足了心愿,
光彩辉煌的正法王
遣返了莎维德丽回身去,
也走向自己宫廷那一方。(59)

阎摩既向他方去,
莎维德丽重得夫君;
她连忙转身回原地,
那儿还躺着丈夫尸身。(60)

她一见夫君躺在地,
走上前去忙抱起,
把他的头放在怀中,
就在地上坐下去。(61)

萨谛梵神志恢复了,

对莎维德丽说起话；
好像从远方才回家，
千恩万爱一再看着她。(62)

   萨谛梵说
啊！我睡了好长一大觉，
为什么不把我叫醒来；
那位黑人是哪一个，
他拖着我从这儿走开。(63)

   莎维德丽说
人中的雄牛啊！在我怀中，
你睡了好长一大觉；
那位掌管人类的大神，
阎摩，他已经走开了。(64)

有福的人啊！你休息好了；
王子啊！你已经睡醒；
能起来就站起来吧，
请看现在夜已深。(65)

   玛尔根德耶说
于是他恢复了意识，
好像是酣睡了一场，
萨谛梵起身四面望，
望了森林又把话讲：(66)

出来采果做粮食，
细腰女啊！我和你一同；
以后我砍伐树木，
觉到了一阵阵头痛。(67)

头痛难堪苦十分,
再也不能站下去,
我就睡倒在你怀中,
贤妻啊!这些我还能记起。(68)

我就在你的怀抱中,
一觉睡去,神志昏迷;
以后我只见深沉黑暗,
暗中有一人大放光辉。(69)

细腰女啊!如果你知道,
就请你对我把话讲:
是真正有过这回事,
还是我只做了梦一场。(70)

于是莎维德丽对他说:
现在黑夜已深沉,
王子啊!到明天我再讲
这一切经过的详情。(71)

起来吧起来!愿你安宁。
守誓的人啊!去看你的双亲,
太阳久已隐下去,
此时黑夜渐深沉。(72)

夜间禽兽奔走尽欢腾,
或嗥或鸣惨厉令人惊,
还听见森林树叶响,
是麋鹿兽群行走声。(73)

一群豺狼做长嗥,
嗥声起处在西南,
哀鸣狂叫刺人心,
使我不禁心胆寒。(74)

　　萨谛梵说
森林形象真可怕,
笼罩在深深黑暗中,
你不能认出道途,
你也不能够走动。(75)

　　莎维德丽说
今天这儿森林中,
烧起了一棵枯树桩;
一阵阵风吹过去,
处处时时见火光。(76)

且让我去寻火来,
点起这一堆木柴,
使火光四面都照耀;
请你不要心焦忧满怀。(77)

如果你不能回家去——
我看你此刻依然带病容;
你也不能认出道途,
这一片森林在黑暗中。(78)

到明天一早森林现,
随你的意,我们再动身。
今夜我们就在森林过,
无瑕的人啊!如果你有此心。(79)

39

萨谛梵说
我头痛现在已经好，
自觉得全身都康健；
如果你同意，我就想
回去和双亲再见面。（80）

从前我不曾有一次
不按照时间回道院；
每天在黄昏来到前，
我母亲已不许我到外边。（81）

就在白天我出外，
我双亲也惦念心不安，
亲人到处寻找我，
还有院内同居众大贤。（82）

记得从前有一次，
我父母心焦苦万端，
再三对我加责备，
说我久不归来久不还。（83）

我心中悬念他二位，
不知今朝想我是何情；
他二位到此时不见我，
必定是心中苦万分。（84）

就在昨夜他两位
还流泪对我诉衷情；
两老心中愁苦重，
爱我之情无限深。（85）

他俩说:儿啊! 如果没有你,
我们一刻也不能活下去。
儿啊! 只要还有你在,
我们就能一直活下去。(86)

我二人年老兼盲目,
奉养和家世绵延都在你身;
我们的祭祀和名声都靠你,
你就是我们传宗接代人。(87)

我母亲年老父年迈,
奉养他们全在我一人;
到夜间他们还不见我,
试想他们此刻是何情! (88)

这一场睡眠也使我恼恨,
这一觉使我的父亲
和我的慈祥的老母
都为我愁苦又担心。(89)

连我自己也担心着急,
陷入了惊慌和疑惧;
若没有我父和我母,
我也没有心肠活下去。(90)

我那盲父只剩下智慧眼,
一定是心乱如麻苦万分,
他此时一定逢人便问,
一一问遍道院众贤人。(91)

贤妻啊！我忧念我自己，
也不及忧思我父亲，
也不及忧心我的母，
那百依百顺老弱可怜人。（92）

今天他两老为了我
忧急心焦痛苦深。
他二人活着我才活，
他两人也靠我得生存，
承欢不忤是我职分，
我活着就为了他二人。（93）

　　玛尔根德耶说
他说完了这一番话，
这孝敬双亲天性善良人，
悲痛填膺向天举双手，
号啕痛哭大放悲声。（94）

这时贤德的莎维德丽
看见了丈夫的悲苦情，
连忙为他揩眼泪，
又把一番言语说分明。（95）

若是我曾经行苦行，
若是我曾经施舍并祭神，
那么我发愿，愿今夜，
降福我公公婆母和夫君。（96）

我不记得曾经有一次
即使在玩笑中，说过谎言，
就凭我这一点点功德，

愿我公婆平安度过今天。(97)

    萨谛梵说
我想见见我父和我母,
莎维德丽啊!走吧,别耽搁。
若是我见到我父和我母
今天有了一点儿差错,
娇妻啊!我凭我自己发誓,
我也不能再在世上活。(98)

如果你心中存道德,
如果你想我活得成,
如果你以我欢心为职责,
那就走吧,快向道院转回程。(99)

    玛尔根德耶说
于是莎维德丽站起身,
这贤女把头发重修整,
又忙把丈夫扶起来,
双手将他来抱定。(100)

萨谛梵随即站起来,
用手把全身擦一番,
他又放眼四面看,
看见了一边有果篮。(101)

莎维德丽便对他说,
明早再来取果篮,
斧头由我来拿走,
此时你且把心宽。(102)

她去拾起了果篮，
把它高挂在树枝间；
丈夫的斧头也拿起，
又重新走到他身边。（103）

这美臀少女扶他走，
把他的左手放左肩，
又用右手将他抱，
轻盈缓步走向前。（104）

   萨谛梵说
这条路我已经走得熟，
羞怯的女郎啊！我认得路；
月光闪映在树林间，
也照出了我们的道途。（105）

我们就顺着这条路，
走到这儿来采果，
贤妻啊！就沿着来路再走去，
你不必担心路走错。（106）

就在巴拉沙树丛前，
这条路分开向两边；
要走那北边一条路，
快快行走莫迟延。
此刻我健壮有气力，
一心想见双亲面。（107）

   玛尔根德耶说
他说着话就往前走，
急忙赶回修道院。（108）

二八二

玛尔根德耶说
就在此时另一面，
耀军王在大森林，
两眼复明心欢喜，
件件桩桩看得真。（1）

他道院处处都走遍，
和夫人石毗耶一同行，
思念着儿子心悲切，
人中之雄牛啊！他愈走愈伤情。（2）

他二人走遍道院到河边，
又去了森林和湖沼，
夫妇二人到处走，
到处把娇儿来寻找。（3）

听见一点声音和响动，
就抬头四望动疑猜，
赶上去看是否萨谛梵
和莎维德丽一同来。（4）

两老双足走僵又开裂，
伤痕处处血斑斑，
草刺把全身都刺破，
奔跑犹如疯又癫。（5）

随后道院所有婆罗门
一齐赶来围上前，

对两老纷纷加劝慰,
送到他自己的修道院。(6)

在道院围绕老夫妻,
这一群年迈苦行人
纷纷对两老加劝慰,
说古代帝王种种旧传闻。(7)

这两老受劝心稍定,
仍放不下想见娇儿一片心,
想儿子如今正是好青春,
不由得阵阵悲伤痛更深。(8)

他二人念子心悲切,
又重新不住放悲声:
唉,儿啊!唉,媳啊!此刻在何处?
就这样声声哭不停。(9)

苏伐罗遮说
既然他有贤妻莎维德丽,
能克己制欲,又修炼苦行,
又品德般般都具备,
因此萨谛梵一定尚生存。(10)

乔答摩说
我学过吠陀和各种吠陀学;
我积累下了苦行量无边;
我自幼修炼梵行常禁欲;
我尊师敬长拜火用心虔;(11)

我专心致志入定勤修炼;

我严行誓愿桩桩件件全；
我餐风饮露绝食常斋戒；
我一切善行皆备功德圆；(12)

就凭这苦行法力我知晓
一切他人心意口所不言；
我如今对你说出真实语：
萨谛梵此时一定在人间。(13)

门徒说
我的老师既然如此说，
他说出口的言词句句真，
他的话从来不曾有虚假，
因此萨谛梵一定尚生存；(14)

众仙人说
既然他有贤妻莎维德丽，
有多种吉祥符志现在身，
一切显示她不会成孀妇，
因此萨谛梵一定尚生存。(15)

婆罗陀伐阇说
既然他有贤妻莎维德丽，
能克己制欲，又修炼苦行，
又品德般般都具备，
因此萨谛梵一定尚生存。(16)

达尔辟耶说
你既然双目复明能看见，
莎维德丽也坚持守愿心，
她行前连一餐也未曾进，

因此萨谛梵一定尚生存。（17）

　　　　满德维耶说
既然这一切飞禽和走兽
都安安静静欢喜吐清音，
你又要重复君临这世界，
因此萨谛梵一定尚生存。（18）

　　　　陶弥耶说
既然你儿子深得众人爱，
又品德桩桩兼备在一身，
他面貌身形都有长寿相，
因此萨谛梵一定尚生存。（19）

　　　　玛尔根德耶说
如此纷纷出言相劝慰，
不妄语的苦行修道人；
想到这一切语言含深意，
那国王仿佛宽怀定下心。（20）

过不一会儿莎维德丽，
偕同丈夫萨谛梵，
夜间来到了修道院，
欢欢喜喜入门走向前。（21）

　　　　众婆罗门说
今朝你父子重相见，
又见到你双目复了明，
我们大家同祝颂，
国王啊！祝你福寿康宁。（22）

一则你父子重聚会，
二则你看得见莎维德丽，
三则你两眼重见光明，
这正是增福三重喜。（23）

我们所说的一切话
都真实不虚无疑问；
你福泽无边日日升，
不多时就件件见分明。（24）

  玛尔根德耶说
于是这一些再生者
在那儿生起了一堆火；
普利塔之子啊！
他们在耀军王前就了座。（25）

还有石毗耶和萨谛梵，
和莎维德丽在一旁站；
得到了众人的允许，
也欢欢喜喜坐一边。（26）

于是和国王坐一起，
这一些林居修道人
满心好奇想知晓，
便向那王子开言问。（27）

王子啊！你为何不早归来？
为何不与妻子早回还？
为什么到深夜才回家转？
难道你遇到了什么阻拦？（28）

你父和你母心焦急,
王子啊!我们也心不安,
我们都不知是何故,
请你把详情谈一谈。(29)

   萨谛梵说
我得到父亲的允许,
便同莎维德丽去森林;
到后来正当砍柴时,
我觉得头脑痛难禁。(30)

因头痛我就沉沉睡,
一觉睡去过了许多时;
像这样长久沉沉睡,
我从来还不曾有一次。(31)

为使你们众尊长
不致为我久担心,
因此我才深夜回,
除此而外无他因。(32)

   乔答摩说
你的父亲耀军王
忽然双目重明亮;
既然其中原因你不知,
就要请莎维德丽说端详。(33)

莎维德丽啊!我想听你说;
你善知今古,近处和远方;
莎维德丽啊!我知道你是
和莎维德丽神一样辉煌。(34)

你想必知道其中因与果,
要请你说出真情莫隐藏;
如果你并无秘密难言说,
就请对我们一一说端详。(35)

   莎维德丽说
此事说来正如你料想,
你的意愿也不容有变更,
我也无何秘密难言说,
就请你们仔细听真情。(36)

至圣的仙人那罗陀
曾预言我丈夫的死期;
这死期今日已来到,
因此我不忍和他再别离。(37)

当他睡时阎摩神
率领鬼卒出现在身旁,
把他绳穿索绑就带走,
要带向祖先世界那一方。(38)

我对那位大神做颂赞,
颂赞的言辞句句真。
蒙他赏赐我五恩典,
请听我一一说分明:(39)

双目复明,复故国,
我为公公发出两愿心;
为我父祈求一百子,
我自己也求百子生。(40)

还有我夫萨谛梵
也要年高四百享遐龄；
正为了拯救我夫命，
我才把誓愿坚持修苦行。（41）

我说了这一片真情话，
你们已原原本本听分明，
由此我原先受苦遭大难，
到头来转祸为福得安宁。（42）

  众仙人说
遭遇重重灾祸，受尽万千苦难，
圣王家族陷入无边黑暗深渊。
贤德妇啊！你系出名门，坚持正法，福德双全。
善女人啊！你拯拔他们，脱离苦境，获得重圆。（43）

  玛尔根德耶说
于是聚在一处的众仙人
对这位女中英杰赞扬并敬礼，
又礼拜那位贤德君王与其子，
随即平平静静欢欢喜喜回房去。（44）

二八三

  玛尔根德耶说
一夜平安度过去，
一轮旭日自东升，
清晨诸事都完毕，
又聚起苦行修道人。（1）

这时众位大仙人
又对耀军把话谈,
谈论莎维德丽无边福,
再四再三不厌烦。(2)

接着来了众人民,
国王啊!都从夏鲁阿国来,
他们叙说那国王
已被自己大臣害。(3)

听到他已被大臣杀,
随从亲眷都死亡,
敌军随即都四散——
众人又照实说端详。(4)

全体人民对国王
如今表示一条心:
不论他有眼或无眼,
都要他重来做我国君。(5)

带了这一个决定,
国王啊!我们才到此间来;
一切车辆都准备好,
你的四军将士也已安排。(6)

国君啊!愿你洪福,请你发驾,
城中是一片欢呼万岁声;
请登上你祖先的王座,
千秋万世享安宁。(7)

看到了国王双目明,

又兼身体真康健，
众人一齐都拜倒，
止不住惊奇，圆睁双眼。（8）

于是他作礼告辞众老人，
修道院再生诸圣贤，
也受了他们的礼拜，
随即出发转回城市间。（9）

石毗耶也携带莎维德丽，
登上了人抬的大轿，
坐上了华丽的座褥，
由大军在四周围绕。（10）

此后便由众国师
为耀军欢喜行灌顶；
又将他的贤圣子
灌顶成为太子在宫廷。（11）

以后又过了许多时，
莎维德丽声名四处扬。
她生下了一百子，
个个是英雄无敌好儿郎。（12）

她也有了胞兄弟，
一百个勇士尽超群，
是摩德罗王马主子，
生自玛罗维王后身。（13）

就这样莎维德丽
把自己和父母和公婆，

和丈夫家世与门第
救出了灾殃脱网罗。（14）

同样这贤德的德罗波蒂
也是家世品行件件强，
她将如名门之女莎维德丽，
救你们诸位脱出灾殃。（15）

菲商波衍说
就这样班度之子坚战王
由那位圣人劝慰进良言，
国王啊！他借此摆脱愁和苦，
在迦弥耶加森林度岁年。（16）

若有人虔敬来听此
莎维德丽崇高故事诗，
他将获福，事事全如意，
对苦难灾殃永不知。①

---

① 此节诗亦无号。

法 句 经

像蜜蜂对待花朵，
不伤害它的色和香，
采了蜜便自飞去，
出家人应这样游村庄。（49）

像那美丽的花朵，
有颜色却没有香；
讲得好的语言也一样，
不做就没有结果。（51）

像那美丽的花朵，
有颜色又有了香；
讲得好的语言也一样，
跟着做就有结果。（52）

知道自己的愚蠢，
愚人便是聪明人；
自认聪明的愚人，
他才叫作愚蠢人。（63）

愚人纵然过一生
能和聪明人在一起，
却不认识正法道理，

就像勺子不知汤味。（64）

智者尽管只一刻
能和聪明人在一起，
很快认识正法道理，
就像舌头知道汤味。（65）

灌溉者引导水流；
弓匠琢磨箭羽；
木匠琢磨木头；
智者降伏自己。（80）

像一整块岩石，
在风中不摇动；
在责备和称赞之中，
智者同样无动于衷。（81）

说话纵有一千句，
假如其中无意义，
不如一句有意义，
听了能平心静气。（101）

哪有欢乐？哪有笑？
一刻不停在焚烧。
黑暗四周正围绕，
为何不把灯光找？（146）

教导别人应做事，
自己应当照样行；
好好降伏你自己，
最难降伏是自身。（159）

自己才是自己的主人,
此外哪里有主人?
好好降伏了自己,
就得到难得的主人。(160)

现在你如同枯叶一片,
阎摩的使者已到身边,
你已经是在出发之前,
你的旅途干粮也不见。(235)

快为你自己造一座岛,
立刻努力,做个聪明人,
消除污垢,再没有罪行,
你将向天上圣地前进。(236)

像大象在战场,
要忍受射来的箭,
我将忍受恶言,
因为人多不善。(320)

嘉 言 集

年纪轻,富有金钱,
有权力,不能明辨,
有一样便遭灾祸,
四样齐备该如何?(11)

一个有品德的儿郎
比一百个蠢材还强;
一轮明月破除黑暗,
却不是许多的星团。(17)

成事由用力,
不是凭心愿;
鹿不会落进
睡狮的嘴边。(36)

母是仇,父是敌,
孩子若未受教育,
不能在人群中出色,
像鹳鸟在天鹅群里。(38)

怀嫉妒,爱骂人,不知足,
好发怒,处处生疑心,

生活要依靠他人,
这六种人便是苦命。(25)

若在幸福中不显欢欣,
灾祸中不忧,战场上坚定;
这是三界中的装饰,
母亲难得的儿子。(33)

世人若愿求福,
应消除六种过患:
贪睡,倦怠,恐惧,
愤怒,懒惰,拖延。(34)

小东西结合起来,
也能使大事完成;
拴醉象也可以
用草结成的绳。(35)

即使是本族小人物,
结合也对人有好处;
去了壳的谷粒
不能生长出土。(36)

难道一个人只由于出身,
就该死,或者该受尊敬?
知道了他的行为以后,
该死,该敬,才能够决定。(58)

即使仇人来到家中,
也应当以客礼接待;
大树并不收回阴凉,

即使砍树的人走来。(59)

草、地以及水，
第四是和气话，
这些永不缺少，
在善人之家。(60)

对于无价值的生物，
善人依然有怜悯；
月亮不收起月光，
离开贱民的屋顶。(61)

在没有智者的地方，
小聪明也值得赞扬；
在没有树的区域，
一棵麻也和树相仿。(69)

这是自己人，那是外人，
心胸狭小才这样盘算；
对于品行高超的人，
大地只是一所家园。(70)

谁也不是谁的朋友，
谁也不是谁的仇敌；
只从行为才能分出
是朋友还是仇敌。(71)

灾难中认出朋友，
债务显清白，战争见英雄，
财产销尽见妻子，
不幸时认出亲朋。(72)

享福时,不幸时,
荒年,国土动摇,
宫廷前,坟墓边,
站在那儿才是亲戚友好。(73)

善意友人言,
若不肯听信,
灾难在眼前,
使仇敌高兴。(74)

不要和坏人
讲感情,交朋友;
炭在热时烫你,
冷时也染黑手。(80)

先在身旁围绕,随即吃你背上肉;
轻轻在耳边哼小曲,不住地嗡嗡;
见到小空隙就猛然钻进去;
蚊子模仿恶人的一切行动。(81)

恶人言语甜,
绝不可相信;
舌尖上有蜜,
毒药藏在心。(82)

不可能的不可能,
可能的才是可能;
车子不在水上走,
船也不在地上行。(90)

云 使

迦梨陀娑 著

前 云

有个药叉①怠忽职守,受到主人的诅咒,
要忍受远离爱妻的痛苦,被贬谪一年;
他到阴影浓密的罗摩山②树林中居住,
那儿的水曾经悉达沐浴而福德双全。(1)

这位多情人在山中住了几个月,
离别了娇妻,退落了臂上的金钏;
七月初他看到一片云③飘上峰顶,
像一头巨象俯身用牙戏触土山。(2)

在这令人生情爱的雨云的面前,
他忍住眼泪,勉强站立,意动神驰;
看到云时连幸福的人也会感情激动,
更何况恋缱绻而遭远别的多情种子?(3)

---

① 药叉是印度神话中的一种小神仙。他们是掌管财宝之神俱毗罗的侍从,住在大神湿婆的神山盖拉莎山——西藏冈底斯山。
② 罗摩是印度大史诗《罗摩衍那》中的主角。悉达是他的妻子。他在被贬谪时曾在中南印度森林中住过。罗摩山大约指现在印度中央省的一座山。古注和后人考证不一致。参看12节。
③ 印度雨季在七八月开始,这是一片有雨的乌云。印度人对雨季的感情好像我们对春季的一样,因为雨季在热带是酷热结束、花草滋长的时节。

雨季将临,他为了维护爱人的生命,
便想到托云带去自己的平安消息;
他满心欢喜,献上野茉莉的鲜花为礼,
向云说一些甜蜜言语,表示欢迎之意。(4)

什么是烟光水风结成的一片云彩?
什么是只有口舌才能够传达的音讯?
药叉激于热情就不顾这些向云恳请,
因为苦恋者天然不能分别有生与无生①。(5)

我知道你是出身于雨云卷云的名族,
是因陀罗②的大臣,形象随意,变幻无穷,
我迫于命运,远离亲眷,因此向你求告——
求下士而有得还不如求上士而落空。(6)

云啊!你是焦灼者的救星,请为我带信,
带给我那由俱毗罗发怒而分离的爱人;
请到药叉主人所住的阿罗迦地方去,
那儿郊园中湿婆以头上的新月照耀宫城③。(7)

旅客家中的妻子掠起发梢向你凝望,
望见你升向天空,便满怀信念而安心④;
有你在,谁还能遗忘伤远别的妻子?
除非他也是像我一样隶属于他人。(8)

顺风缓缓地吹送你前进;在你左边,

---

① 从6节以下直到末尾全是药叉对云说的话。
② 因陀罗是印度吠陀神话中神的首长,掌管雷雨。
③ 俱毗罗见1节注①。湿婆是印度教大神,头上有一弯新月做装饰。
④ 丈夫不在家,妻子不梳髻,因此头发下垂。这使我们想起《诗经》的"自伯之东,首如飞蓬"。参看91节、92节、99节。旅客见雨季来临便急忙赶回家去,因此妻子安心等他回来。

你的亲属饮雨鸟发出甜蜜的鸣声；
这时鹤群知道自己的怀孕吉期将临，
必在天上排列成行向美丽的你欢迎。①（9）

你一路无阻，定能看到兄弟的贞淑之妻，
她必依然健在，一心一意计算着日期；
因为女人的花朵般的爱恋的柔心，
离别时会突然破碎，常靠希望之绳维系。（10）

天鹅之群会听到你的悦耳的雷鸣，
这阵阵雷鸣使大地肥沃，蕈菌丛生，
它们赶往玛那莎湖②，一路以莲芽为食品，
会在天空陪送你，直到冈底斯的峰顶。（11）

请你拥抱你这好友，向这座高峰告别，
他腰间曾印上为人类尊崇的罗摩足迹，
他每年每年当雨季来临和你重逢时
都用久别所生的热泪来表示友爱之意。（12）

云啊！现在请听我告诉你应走的路程，
然后再倾听我所托带的悦耳的音讯；
旅途疲倦时你就在山峰顶上歇歇脚，
消瘦时便把江河中的清水来饮一饮。（13）

小神仙的天真的妻子仰面望你，无限惊奇，
以为是有一阵大风把山峰吹得飞起；
你从这有湿润芦苇的地方升天向北去，

---

① 印度传说中有一种鸟靠饮雨生活。水鹤据说在雨季交配。
② 玛那莎湖（玛那萨罗沃池）在大神湿婆神山（西藏冈底斯山）附近，相传是天鹅（鹅王）住处。佛教称为阿耨达池、无热恼池。

路上要避开那守八方的神象巨鼻攻击①。(14)

前面蚁垤②峰头出现了一道彩虹,
仿佛是种种珠光宝气交相辉映;
你的黑色身躯将由它得到无穷美丽,
像牧童装的毗湿奴戴上闪光的孔雀翎③。(15)

不懂挤眉弄眼而眼光充满爱意的农妇
凝神望你,因为庄稼要靠你收成;
请升上玛罗高原的刚耕过的芬芳田野,
稍转向西,再以轻快的步伐向北前进④。(16)

你曾以骤雨扑灭过芒果山的森林大火,
它会用峰顶稳稳将你托住,如果你行路疲劳;
低微的人想到从前恩惠时尚且不会拒绝
来求的朋友以容身之地,何况它如此崇高。(17)

你登上峰顶,黝黑得如同润泽的发髻,
遍覆山四周的熟芒果也闪闪发光,
那时山峰定会使神仙伴侣欣赏艳羡,
它中间黑而四面全白⑤,好像大地的乳房。⑥ (18)

在那有藤萝亭盖给林中妇女享用的山头,
你稍停片刻,倾出水后,以轻快的步伐前进;

---

① 天上八方各有神象镇守。小神仙:印度神话中有各种小神仙,如药叉、紧那罗、健达缚等都是。参看45节。
② 蚁垤是蚂蚁掘土堆成的小山。照彼得堡梵文字典注,蚁垤峰是罗摩山的一峰名。
③ 毗湿奴是印度教的大神。他的化身黑天(克利什那)曾是牧童,青黑色,有孔雀翎毛为饰。因此用他来比虹彩照耀下的乌云。罗摩也被认为是毗湿奴的化身。
④ 因为在田地上下了雨,所以云变得轻了。
⑤ 芒果熟时是淡黄色,像人的白色皮肤。
⑥ 有的本子此处还有一节诗,被认为伪作。没有译出。

你将看到那在嶙峋的文底耶山脚下的列瓦河
分为支流,仿佛像身上装饰的彩色条纹。(19)

河流为树枝阻滞,因醉象的津涎而芳香扑鼻,
你喷出了雨,饮一饮河水,再向前移动;
云啊!你精力充盈,风就不能轻易将你戏弄,
因为一切都是空虚就变轻,丰满就变重。(20)

看到迦昙波花的半露的黄绿花蕊,
和处处沼泽边野芭蕉的初放的苞蕾,
嗅到了枯焦的森林中大地吐出的香味,
麋鹿就会给你指引道路去轻轻洒水。① (21)

朋友啊!我知道你为我的爱人虽然想快走,
却仍会在每一座有山花香气的山上淹留,
但愿你能努力加快脚步,如果见到有孔雀
以声声鸣叫向你表示欢迎而珠泪盈眸。② (22)

你走近陀沙罗那,羯多迦花就在枝头开放,
使园篱变成白色,筑巢的禽鸟也在树上盘旋,
占布树林的边缘上果实成熟泛出黑色,
这时天鹅之群也会在那儿小住几天。(23)

到了那儿的名闻四方的京城毗地沙,
你立刻可以得到多情人的充分报酬;
因为你将饮到芦苇河的甜蜜的流水,
雷声近岸时河上波涛将如秀眉紧皱。(24)

---

① 此下有一节诗,摩利那特认为伪作。未译。
② 据说雨季是孔雀的交配期,因此云见到孔雀含泪欢迎时就会想到自己还要给一对爱人传信。

你要休息,便在名为低峰的山头小憩,
山上盛开的迦昙波花会喜气洋洋来亲近①;
那儿石屋中散布出妓女行乐的脂粉香,
表现了城市人的恣意放纵的青春。(25)

休息后再往前走,到森林河边的花园中,
在茉莉的苞蕾上洒下一滴滴清新雨水;
你再投下阴影,在刹那间认认采花女的面容,
她们耳边的莲花已因在颊上拂汗而憔悴。(26)

虽然在你的北行的道路上有些曲折,
可是别放过不看优禅尼城的亭台楼厦;
那儿城市美女为闪电所惊眩的媚眼,
你若不去欣赏,就是虚度了年华。(27)

尼文底耶河以随波喧闹的一行鸟为腰带,
露出了肚脐的旋涡,妖媚地扭扭摆摆;
你在路上遇见时就去饮一饮她的美味吧,
因为女人第一句情话就是弄风情的姿态。(28)

过河后,美丽的云啊!信度河缺水瘦成发辫,
岸上树木枯叶飘零衬托出她苍白的形影;
她那为相思所苦恼的情形指示了你的幸运,
唯有你能够设法使她由消瘦转为丰盈。(29)

阿槃提的乡村老人都熟悉邬陀衍②故事,
到了那儿,你就去我说过的大城优禅尼;

---

① 直译是:"山由于和你接触好像由盛开的迦昙波花显出身毛喜竖。"因欢乐而毛发竖起是古印度的习惯说法。迦昙波是雨季中开的花。
② 邬陀衍一名犊王,优禅尼的公主梦见他而生爱,以后他就从宫中弄走了公主。此后他又曾和别的女人恋爱。这故事见于《故事海》。有几部梵文剧描写邬陀衍的故事,足见他的故事古时很流行。

它好像是天上的人在享受自己福报将尽时
把剩余的福泽换了一角天堂带来大地。(30)

黎明时分由湿波罗河上吹来的阵阵微风,
使湖鸟的陶醉的响亮的爱恋鸣声格外悠长,
它结交荷花,因而芬芳,令人全身舒畅,
祛除女人行乐后的疲倦,像婉转求告的情郎。①(31)

从窗棂中逸出来的熏头发的香气使你更加丰腴,
家孔雀也以舞蹈作礼表示戚谊,
印着美女脚底胭脂②的楼台飘散花香,
你看到这富丽景象便会失去旅途的倦意。(32)

湿婆的侍从看到主人颈色,怀着敬意望你,
你就前往三界之主乌玛之夫的福地去;③
香河的含有青莲花粉的风吹拂那儿的花园,
风里还有水中游戏的少女的脂粉香气。(33)

云啊!如果你到摩诃迦罗④为时尚早,
就一定要等候太阳从眼界消失,
充当了祭湿婆的晚祷的尊贵乐鼓,
你的低沉的雷声将获得完美的果实。(34)

舞女们身上的系带由脚的跳动而叮当作响,
她们的手因戏舞柄映珠宝光的麈尾⑤而疲倦,

---

① 此下有三节诗,摩利那特认为伪作。未译。
② 印度女子赤脚,在脚底涂红色。
③ 大神湿婆因曾吞下毒药,颈子成了青黑色,因此可与乌云颜色相比。乌玛是湿婆之妻。福地指优禅尼附近的湿婆庙。
④ 摩诃迦罗是湿婆神庙所在地。
⑤ 麈尾在印度是牦牛尾做的。

受到你那能使身上指甲痕①舒适的初雨雨点，
将对你投出一排蜜蜂似的曼长媚眼。（35）

开始跳舞时湿婆的手臂高举如森林，
你取来晚霞的鲜玫瑰色的红光化作圆形，
使大神不再想去拿那新剥下的象皮，
使乌玛不惊惧而凝神注视，看到你的虔诚②。（36）

那城中有一些女郎在夜间到爱人住处去，
针尖才能刺破的浓密的黑暗遮住了一切；
你用试金石上划出金线般的闪电照路吧，
可是不要放出雷雨声，因为她们很胆怯。（37）

你到有鸽子睡眠的屋顶上去度过夜晚，
你的闪电夫人已因不断放光而疲倦；
看见太阳时请再继续走未完的路程，
答应了为朋友办事决不会迟延。（38）

那时失望女子的眼泪正要爱人安慰，
因此你必须赶快离开太阳的道路；
他也要回来去擦莲花脸上的露珠清泪，
如果你挡住了他的光他就会发怒。（39）

深河里有像明净的心一样的清水，
你的天生俊俏的影子将投入其中，
因此你不要固执，莫让她的白莲似的
由银鱼跳跃而现出来的眼光落空。（40）

---

① 指甲痕是调情时的戏弄所留下的。参看 96 节。此处舞女是庙中侍候神的神婢，同时也是舞伎。
② 湿婆又是舞神。他曾杀一象怪，取新剥的象皮跳舞。现在带红光的乌云代替了血污的象皮。湿婆之妻乌玛也因此失去对象皮的恐惧。

她的仿佛用手轻提着的青色的水衣
直铺到芦苇边,忽被你取去,露出两岸如腿;
朋友啊!那时你低低下垂,将不忍分离——
谁能舍弃裸露的下肢,如果尝过了滋味?(41)

因你的雨水而更形丰满的大地放出香气,
凉风因此怡人,它又使林中无花果成熟,
像迎风吸取,鼻中做出可爱的响声,
你赶往提婆山,这凉风便在你的身下吹拂。(42)

到了鸠摩罗①的住处你就化作散花云,
给他沐浴,把天上恒河所浸湿的花雨洒下;
他是头上有新月的湿婆为了统率神军
降伏罗刹而投于火中的超乎旭日的光华。(43)

鸠摩罗的孔雀②落下有闪烁光环的翎毛,
乌玛因爱子便取来在戴青莲的耳边插好;
孔雀的眼角为湿婆的新月光辉所照耀,
你就以山中回响所加强的雷声使它舞蹈。(44)

礼拜了鸠摩罗,你再往前走一段路,
抱琴的对对小神仙给你让路,因为害怕雨点;
你停下来,为了尊重朗狄提婆的名声,
牛祭所化出的地上河流使他名垂永远③。(45)

你窃取了黑天的颜色④,俯身去取水,

---

① 鸠摩罗(童子)或塞犍陀是湿婆的儿子。他降伏罗刹(一种魔怪),成为战神。他是湿婆结婚后把自己的光华投入火中生的。迦梨陀娑在长篇叙事诗《鸠摩罗出世》中描写了湿婆与乌玛结婚生鸠摩罗的故事。
② 鸠摩罗的坐骑是孔雀。
③ 陀莎补罗王朗狄提婆举行牛祭时杀的牛血流成河,化为一道河流。
④ 大神黑天(克利什那),见15节注③。

那河流虽宽,看来却细,因为它遥远;
天上来往的神仙一定要凝神观看,
认作一块黛玉镶在地上一条珠链中间。(46)

陀莎补罗城的女人善于舞弄纤眉,
挑起睫毛,眼角闪动着黝黑而斑斓的光芒,
美丽得胜过了追随白茉莉转动的蜜蜂,
过了河,你就做她们的好奇眼光的对象。(47)

此后你便将阴影投到梵住地方,
去访那纪念王族大战的俱卢古战场;
阿周那曾把千百支利箭洒向帝王头,
正像你把无数雨点洒在莲花脸上。① (48)

戒去了映着爱妻俊眼的醉人美酒,
为爱亲族而脱离战争的持犁者②曾去饮下
莎罗室伐底河的流水。朋友啊!你也去吧,
那时你便只颜色黝黑而内心却纯洁无瑕。(49)

从此你循山峰走向那由山中之王下降的
查赫奴之女,她是沙迦罗王子的升天台阶,
她好像以泡沫窃笑乌玛的紧皱的眉头,
揪住湿婆头发,波浪的手触到那一弯新月③。(50)

---

① 梵住和俱卢之野是印度大史诗《摩诃婆罗多》所记载的大战的战场,在现在的德里附近。阿周那是大史诗中的英雄。
② 持犁者是印度大史诗《摩诃婆罗多》中英雄波罗摩的外号。他好饮酒,但后来戒掉了。他的武器是一张犁。他没有参加亲族互相屠杀的摩诃婆罗多大战。
③ 这节诗说的是恒河。山中之王是喜马拉雅山。关于恒河的神话中说:沙迦罗王的六万儿子触怒了大仙迦比罗,大仙使他们化为灰烬。沙迦罗的曾孙以苦行使恒河从天下降,冲洗尸灰,使他们升天。恒河曾为查赫奴饮下又从耳中流出来,所以也是查赫奴的女儿。恒河下降时曾为湿婆以头承住,因此使湿婆的妻子乌玛不悦。湿婆头上的新月,见 7 节注③。

如果你像神象①一样后身靠着天要去饮用
那蜿蜒的、透明水晶一般的清净河水；
你映在水中的影子立刻就会使恒河
美丽得好像在另一地方与雅母那河相会②。（51）

到了因积雪而皓白的高山，恒河的发源地，
山石因有怀脐香的麝常坐而芬芳扑鼻，
你在山顶坐下，祛除旅途劳顿，你的丰姿
就可与湿婆的白牛所掘起的山头③相比拟。（52）

如果风起时由松枝摩擦而生的森林大火
侵害了山，而且火花烧到了牦牛的毛丛，
你就应该以万千水流把火焰完全扑灭——
在上者的财富原只为减轻受难者的苦痛。（53）

在山上，狂怒的八足兽会猛烈向上跳跃，
向遥远的你攻击，以致自己粉身碎骨：
你就下一阵沉重的冰雹将它们驱散——
费力而无结果时谁不遭到讥笑和羞辱？（54）

那儿岩石上有头戴新月的湿婆的足迹，
永远是信士献祭之地，你应该绕行并俯身④；
看到这足迹，虔信的人在舍弃身体后
就摆脱了罪恶，成为神的永恒的仆人。（55）

竹丛中充满了风，发出甜蜜的音响，

---

① 在天上镇守八方的神象，见14节注①。
② 恒河与雅母那河在现在的阿拉哈巴德相汇合，汇合处是一处宗教圣地。二水一清一浊，恒河水白，雅母那河水黑。因此诗中说乌云罩上恒河，河水就暗，好像与雅母那河合流了。
③ 白牛是湿婆的坐骑。据说冈底斯山有一峰是它掘成的。因为掘起的土是黑的，所以比作乌云。参看113节。
④ 右绕神像行走是印度的礼拜形式之一种。

紧那罗①的妻子们歌唱着战胜三城②,
如果你的雷鸣也在山窟奏出鼓声,
赞颂湿婆的音乐就一定可以圆满完成。(56)

在雪山③麓你越过名胜一处又一处,
到那纪念持斧罗摩名声的山口天鹅门④;
请从那儿向北去,你的蜷曲的身躯
将像降伏波利时毗湿奴的黑足一般英俊⑤。(57)

十面王曾用臂震开冈底斯山的峰峦关节⑥,
那是女仙的明镜,请上升去做它的客人;
它的白色夜莲般皎洁的高峰布满天空,
好像是三眼神的大笑朝朝积累所成⑦。(58)

料想你上山时宛如细腻的涂眼乌烟⑧,
那仿佛新折下的象牙般的皓白峰峦
将光辉焕发更值得定睛凝神观看,
好像有一件黑衣披上了持犁者的双肩⑨。(59)

如果那儿湿婆去了颈上的蛇饰⑩,

---

① 紧那罗是半人半兽的小神仙。
② 指湿婆把三城怪物烧成灰烬的故事。
③ 雪山(喜马山)即喜马拉雅山。"喜马拉雅"是"喜马"和"阿赖雅"两词拼成的,"喜马"的意思是雪,"阿赖雅"的意思是堆东西的地方。因而喜马拉雅的意思也是雪山。
④ 持斧罗摩是印度大史诗《摩诃婆罗多》中的英雄。据说他曾在雪山用斧劈出山口,天鹅经过这山口飞到玛那莎湖去。
⑤ 大神毗湿奴降伏波利怪时曾化为黑矮人。
⑥ 十面王或十首王即罗婆那。大史诗《罗摩衍那》叙述他如何劫走罗摩的妻子悉达,最后为罗摩所杀。传说他曾去摇撼过湿婆住的神山。
⑦ 三眼神即湿婆,他额上有第三只眼。古印度诗人有些传统的比喻和修辞的定格;摩利那特注说,诗人认为湿婆的大笑是白色的。
⑧ 印度女人以乌烟勾涂眉眼,乌烟是女人化妆品之一。参看95节。
⑨ 持犁者即波罗罗摩,见49节注②。传说他的皮肤是白的,因此以他披黑衣比方雪山披乌云。
⑩ 湿婆颈上围着一条蛇。摩利那特注说,湿婆去掉蛇是因为他妻子乌玛害怕。

以手扶着乌玛在山上步行为乐；
你就凝聚身内水流,把自己造成阶梯,
在前面引导她登上那珠宝山坡。（60）

那儿一定有仙女以首饰的锋棱碰你,
使你降雨,把你变作淋浴的工具；
朋友啊！若是在夏季①而你不能避开她们,
你就用震耳的雷鸣使爱游戏的她们恐惧。（61）

饮一饮生长金莲花的玛那莎湖水,
暂时充当面幕以娱乐因陀罗②的仙象,
用轻风把如愿树③的柔枝当作衣衫吹拂,
云啊！请以种种游戏去玩赏那山中之王。（62）

逍遥自在的云啊！当你看到阿罗迦城④
在山上如倚爱人怀中,有恒河如绸衣滑下,
你不会不认识她：她在你到时以高楼承雨,
像美女头上承着密结珠络的乌云辫发。（63）

后　　云

你有闪电,有虹彩,有殷殷隆隆的可爱低音,
那儿的宫殿有美女,有画图,有伴音乐的鼓声,
它上触云霄,珠宝铺地；你地位崇高,内含净水,
凭这种种特色阿罗迦城足可与你抗衡。（64）

---

① 摩利那特注说：仙山上四季皆春,第一片雨云来了便成夏季。
② 因陀罗,见 6 节注②。
③ 如愿树是神话中的一种树,可产出任何东西。参看 66 节、74 节。
④ 阿罗迦是药叉住处,见 7 节。这时云已到达目的地。本节诗中把阿罗迦城比为女人,词义双关。阿罗迦的意义是头发,作城名时,词是阴性。

那儿的女郎手执秋莲,发间斜插冬茉莉,
面容与春季的罗陀花相映,更加娇艳,
髻上有鲜花古罗波,耳边有夜合花逞美丽,
你所催开的迦昙波花正在发上中分线①。(65)

那儿药叉们走上水晶造成的宫顶平台,
台上星光辉映成花朵,女伴尽是娇娥,
他们饮着如愿树所生的美酒"行乐果",
同时缓缓奏着像你的声音一般的鼓乐。(66)

那儿的女郎迎着天上恒河水冰过的凉风,
河边的曼陀罗花树阴影使暑意全消,
她们应神仙们的请求常做一种游戏,
寻找那些抛在金沙中藏起来的珍宝。(67)

那儿的唇如频婆果的女人的松解的罗衣
被情郎用鲁莽的手扯下,一心想鸾颠凤倒;
她们禁不住娇羞,便把满手香粉抛撒,
要扑灭高悬的珠宝灯光,却不想只是徒劳②。(68)

那儿有像你一样的云被风吹上七层楼,
它们怀着新鲜水滴,立刻玷污了画图;
仿佛受到了惊恐,便巧妙地模仿青烟,
化为零散的丝丝缕缕从窗棂中逃出。(69)

那儿的女人深夜从情郎的怀抱中起来时,
因你的遮拦移去而分外皎洁的明月光辉

---

① 这些花表现印度的一年六季,说明仙山同时有种种季节,有"四时不谢之花,八节长春之草"。参看 61 节。这以下有两节诗,摩利那特认为伪作。未译。
② 因为用珠宝代替灯放光,所以是不能扑灭的。

就使悬在丝络上的月光宝石①点点泻下
晶莹水滴,消去了她们的燕婉后的倦怠。(70)

那儿的多情药叉有无穷尽的财宝,
偕着赞颂俱毗罗的歌喉婉转的紧那罗②,
每天与仙妓班头在一起倾心谈笑,
在名为吠婆罗遮的外花园中朝欢暮乐。(71)

那儿,因走动而从发上落下的曼陀罗花,
波多罗的嫩枝片片,从耳边落下的金色莲,
一些珠串,还有碰撞乳房而断了线的花环,
都在日出时显示女人夜间赴幽会的路线。(72)

那儿爱神知道有俱毗罗的友人亲身居住,
常常恐惧得不敢举起以蜜蜂为弦的神弓③;
只有那些善于弄眉毛送秋波的聪慧女人
对所爱的人以从不落空的调情,使爱神成功。(73)

那儿彩色衣衫和能教人眉目传情的美酒,
带着嫩枝的盛开的花朵,形形色色的首饰,
适合于涂抹莲花一般的脚心的胭脂,
女人的一切妆饰都产生于如愿树枝。(74)

在那儿,俱毗罗仙宫的北面就是我家,
像虹彩一般美丽的大门远远就可认出;
近旁有我妻种的看作养子的小小曼陀罗树,

---

① 月光宝石是见月光就滴水的宝物。
② 俱毗罗,见 1 节注①。紧那罗,见 56 节注①。
③ 俱毗罗的友人指湿婆。爱神的弓弦是一排蜜蜂,箭是花朵。爱神曾用箭射湿婆,为湿婆的眼中神火烧成灰烬。迦梨陀娑的长篇叙事诗《鸠摩罗出世》中描写了爱神与湿婆的这段故事,还写了爱神的妻子哭夫。最后湿婆饶恕了爱神。但爱神从此失去了身体,因此又名"无形"。

树上有累累下垂伸手可得的鲜花簇簇。(75)

我家还有一口池塘,池上台阶是青玉铺成,
池中盛开的金莲花有绿宝石般的枝梗,
以池水为家的天鹅无忧无虑,看到你时
也不想去玛那莎湖,尽管湖就在附近①。(76)

池边有一座以秀丽的青玉为峰的小山,
山周围有金色芭蕉,景色常供观赏;
朋友啊!这正是我妻的心爱之物啊!
看到你有闪电在旁②,我便不禁黯然回想。(77)

那儿还有一株红色的无忧花,枝条拂动,
一株娟秀的香花生在花篱和花榭的近旁;
它们和我一样,借口说要开花结果,
一个要她的左脚,一个要她口内的酒香③。(78)

两树中间还有一条以水晶为座的金枝,
根上镶着绿宝石,放出如鲜嫩青竹般的闪光;
随着我妻的伴有钏镯玎玲的掌声起舞,
你的朋友孔雀到晚来便停在那金枝之上。(79)

好友啊!你心中记下这些标志去认我家,
看那门边还画着一对波陀摩和商迦④;
现在我不在家,我家一定减却光彩,
日落后昼莲花自然难保持娇艳容华。(80)

---

① 天鹅到雨季就飞到玛那莎湖去,见 11 节注②。
② 闪电是云的夫人。参看 38 节、115 节。
③ 据说无忧花要女人用左脚踢过才开花,而香花(吉莎罗花)则要女人喷酒才开花。
④ 商迦是螺,波陀摩是莲,不过另一注家说是人像,也许是像我国门上画的门神。

到那儿以后你化为小象形以便迅速进去，
在我以前说过的假山的可爱峰头就座；
你要把微微闪烁的闪电眼波投入屋内，
你那眼波正像是颤动着的一行萤火。（81）

那儿有一位多娇，正青春年少，皓齿尖尖，
唇似熟频婆，腰肢窈窕，眼如惊鹿，脐窝深陷，
因乳重而微微前俯，以臀丰而行路姗姗，
大概是神明创造女人时将她首先挑选。（82）

请认一认沉默寡言的她，我的第二生命，
因为伴侣远离，她像雌轮鸟①一般孤寂，
我想那少妇在这些沉重的日子里满心焦急，
已如霜打的荷花，姿色大非昔比。（83）

想那可爱的人一定由悲泣而肿了双眼，
嘴唇为叹息的热气所熏而颜色改变，
手托着的脸为下垂的头发所遮，不全显现，
正如明月光辉为你所掩时一样可怜。（84）

你的眼光一投下去时，她也许正在献祭；
也许在凭想象画我在别离后的清瘦姿容；
也许在问那有甜蜜声音的笼中鹦鹉：
"你是否也想念主人，因为你是他的爱宠。"（85）

好友啊！她也许把琴放在旧衣裹着的膝上，
想把那缀有我的名字的歌曲高声歌唱；
琴弦为眼泪所湿，她不得不时时拂拭，

---

① 轮鸟据传说是水鸟，雌雄白昼在一起，到晚间就不得不分离。印度诗人把它们比作伉俪情深的夫妇。

连她自己作的曲调也一次又一次遗忘。(86)

她也许正在用门口地上放着的花朵数目
计算着还有几个月别离的期限才满;
也许正在玩味着心中想象的和我团圆;
这些往往就是妇女与丈夫分离时的消遣。(87)

白天有事可做,与我的分离还不过于难受,
我只怕她到夜间没有消遣时就格外忧伤,
请停在窗前看她,用我的消息将她安慰,
那贞淑女子中夜不能入睡,还在以地为床。(88)

她因忧思而消瘦,侧身躺在独宿的床上,
像东方天际只剩下一弯的纤纤月亮;
和我在一起寻欢取乐时良宵如一瞬,
在热泪中度过的孤眠之夜却分外悠长。(89)

如甘露一般清凉的月光照进窗来,
她怀着旧日之爱转眼望月又立即回头,
双眼因睫毛上掩覆着沉重的伤心泪水,
宛如陆地莲花当有云的白昼,不放也不收①。(90)

她发出使花苞般嘴唇变色的叹息,掠开了
因沐浴不用香膏而粗糙的垂到颊上的发卷,
想只有在梦中才能与我相会,便渴望睡眠,
可是泪水的滔滔流泻又使她不能如愿。(91)

从分别第一天她就编起辫结,解下花环,
要解开那结必须我的痛苦消除,谪降期满;

---

① 陆地莲花据说是白天开放,到晚就闭合。有云不见太阳,所以不开放,又是白天,所以不收合。

现在她还得时时用不剪指甲的手去掠开
那垂到颊边的粗糙而不滑腻的唯一发辫①。（92）

她的摘去了所有首饰的娇弱的身躯
勉强支持，一次又一次躺在床上，痛苦万分；
那一定会使你也落下新雨结成的泪水，
因为往往是心肠软的就容易产生怜悯②。（93）

我知道你那位女友③对我一往情深，
因此才对她在初次离别时的情景这样揣测；
绝不是自命风流的习性使我喋喋不休，
兄长啊！不久你就会亲眼看到我说的一切。（94）

我料想：她的两眼已不再涂湿润的乌烟④，
头发妨碍了眼角传情，因戒酒忘了挑弄眉尖，
当你到时，那鹿眼女郎的上眼皮必会跳动⑤，
妩媚得如同鱼跳时微微颤动的青莲。（95）

她的左股现在已没有了我的指甲痕迹⑥，
由于命运所定，也脱去了久已相熟的珠钏，
它白嫩得如同鲜艳欲滴的芭蕉柔秆，
好合后我常以手抚摸，当你到时也会抖颤⑦。（96）

云啊！那时她如果得到了睡眠的幸福，

---

① 丈夫不在时妻子把头发打成一个辫子，要丈夫回来才解开。参看99节。不剪指甲和穿旧衣，睡地上，都是描写独居的妻子应有的情况。
② 原文是"心湿的"，同时也是"心软的"，一词两意，语意双关。译文只好用"心软的"，这还可以切合云，但不能切合雨了。
③ 对云说"你那位女友"就是指自己的妻子。药叉对云越来越表示彼此有交情。下文称"兄长"也是如此。
④ 印度女子在眼四周涂乌烟以为美。参看59节。
⑤ 古代迷信认为上眼皮跳动是一种好兆头。
⑥ 指甲痕是调情时的戏弄所留。参看35节。
⑦ 左腿颤动也被认为是好兆头。

请在她身旁停下,不发雷声,等候一个时辰;
不要让她在难得的梦中见到我这爱人时,
突然我又从那嫩枝般手臂的紧抱中离分。(97)

你用你的水滴所冰过的凉风把她唤醒,
还有新鲜的茉莉花苞来使她精神焕发,
她看到你怀着闪电停在窗前,会对你凝望,
云啊!请你就用雷声做语言对她开始说话。(98)

"夫人啊!请你认识我,我是云,你丈夫的好友,
心中怀着他的音信来到了你的身边;
我会用低沉的悦耳的声音催促无数行人,
他们旅途疲倦,急于去解开妻子的发辫①。"(99)

你说话以后,她会像悉达望着诃努曼一样②,
满怀渴望,心花怒放,看着你并向你敬礼,
然后会凝神倾听。好友啊!对于女人,
朋友带来的丈夫消息和会面也相差无几。(100)

长寿的云啊!因我的恳求也为了造福自己,
请告诉她:"你的伴侣在罗摩山依然康健;
他问你安好;女郎啊!他不能和你在一起。"
这便是易遭不幸的人首先要说的语言。(101)

"他为厄运阻隔在远方,怀着心心相印的愿望,
他只有凭清癯消瘦,凄怆悲痛,频频叹息,
热泪纵横和焦灼不安,来配你的瘦弱可怜,
凄凉伤感,长吁短叹,珠泪盈腮和满怀焦急。(102)

---

① 解发辫,见92节注①。
② 悉达被罗婆那劫走,与丈夫罗摩分离时,猴王诃努曼曾为罗摩去探望悉达。这是印度大史诗《罗摩衍那》中的一段故事。

"他在侍女面前每每要和你附耳低声
说那本应高声说出的话,贪图亲一亲你的脸;
现在你耳不能听见他,眼也不能看见,
他要说的一番情话就只好由我来口传:(103)

"'我在藤蔓中看出你的腰身,在惊鹿的眼中
看出你的秋波,在明月中我见到你的面容,
孔雀翎中见你头发,河水涟漪中你秀眉挑动,
唉,好娇嗔的人啊!还是找不出一处和你相同。(104)

"'我用红垩在岩石上画出你由爱生嗔,
又想把我自己画在你脚下匍匐求情,
顿时汹涌的泪水模糊了我的眼睛,
在画图中残忍的命运也不让你我亲近。(105)

"'我有时向空中伸出两臂去紧紧拥抱,
只为我好不容易在梦中看见了你;
当地的神仙们看到了我这样情形
也不禁向枝头洒下了珍珠似的泪滴。(106)

"'南来的风曾使松树上的芽蕾突然绽开,
它沾上了其中的津液因而芳香扑鼻;
贤德的妻啊!我拥抱这从雪山吹来的好风,
因为我想它大概曾经接触过你的身体。(107)

"'如何能够使漫漫长夜缩短成一瞬?
如何能够使白昼任何时都化热为凉?
俊眼佳人啊!我的心怀着这样的空想,
已因与你分离的难堪痛苦而陷于绝望。(108)

"'可是我虽辗转苦思却还能自己支撑自己,
因此,贤妻啊!你千万不要为我担心过分。
什么人会单单享福?什么人会仅仅受苦?
人的情况是忽升忽降,恰如旋转的车轮。(109)

"'到毗湿奴从蛇床起身时①,我的谪期就满,
请你闭起两眼去度余下的四个月时间;
以后你我就实现分离时积累的种种心愿,
在秋天的满月光辉照耀下的夜晚。'(110)

"你丈夫还说:'有一次你和我交颈同眠,
入睡后你忽然无缘无故大声哭醒;
我再三问时,你才心中暗笑着告诉我:
坏人啊!我梦中见你和别的女人调情。②(111)

"'凭这个表记你就知道我依然安好,
俊眼的人啊!请莫信谣传对我怀疑;
有人居然说,爱情在分别时就会减退,
其实心爱之物得不到时滋味更加甜蜜。'"(112)

这样安慰了你那初遭别离的伤心女友③,
请从湿婆神牛所掘起的山头④快转回程,
请带回她的表记和她所说的平安音讯,
来支持我的已如清晨茉莉花的脆弱生命。(113)

好友啊!你是否已决定为朋友办理此事?

---

① 毗湿奴神睡在巨蛇身上。他有四个月的长期睡眠,约从六月底到十月底,正包括雨季在内。
② 这是药叉为了证明云确实是他派去传信的,才说出一件别人不知道的事。正如《长恨歌》中杨玉环向道士提到"七月七日长生殿,夜半无人私语时"一样。
③ 女友,见 94 节注③。
④ 神牛掘山,见 52 节注③。

我决不认为你的沉默就是表示拒绝；
你不声不响时还应饮雨鸟①的请求给他雨水；
善人对求告者的答复就是做他所求的一切。（114）

你应我的不情之请，肯对我施此恩惠，
不论是出于友情还是对我独居感到怜悯；
云啊！雨季为你增加光彩，此后请任意遨游，
但愿你一刹那也不和你的闪电夫人离分。②（115）

后　　记

《云使》的梵文原本至今还没有经过详细勘校写本的定本出现。通行的是摩利那特（大约生于十四世纪）的梵文注释本。流行的各本中有不少异文，可能还有不少手写本没有校印出来。译文所根据的是摩利那特本，同时共参看了六种铅印版本。现在只译出公认为原作的一百一十五节。

原文中神的各种称号，云的别名等等在译文中都简化了，没有处处分别照译。虽然梵语和汉语差别极大，但除了不得不改动的句法外，译文尽量保存原文的词序，不轻易改动。脚韵和标点是原文没有的。

---

① 饮雨鸟，见9节注①。
② 以下有的本子还有三节诗，说云到阿罗迦传达了药叉的话，以后药叉夫妇团圆。这三节被认为伪作。未译。

妙 语 集

春 季

南方摩罗耶山吹来香风,
杜鹃声婉转,嫩蕊出花丛,
相思复生相思,
辗转在人心中。(154)

夏 季

白昼分外增加炎热,
夜晚不断削减身躯;
两者以不同行为相分别,
好比一对怀怨恨的夫妻。(193)

雨 季

尘心不再飞扬,
乌云密布侵占星空,
雨云下垂压胸上,
这雨季和老妇相同。(231)

雨　季

难道这土地要飞上天？
还是上天要进入大地？
这是活动的还是静止的正要分辨，
激流下泻用指尖抚摸娇女。（241）

秋　季

秋天以白云衬出彩虹，
好像湿润的指甲掐痕，
使带斑点的明月皎洁，
使太阳的光芒更逼人。（266）

冬　季

香气辣苦又有甜味，
树叶纷纷散落满地，
如今陀摩那迦树林
只剩枝干苍白萎靡。（298）

寒　季

在灰暗如烟的森林中落下难分辨，
遍覆屋顶扩散着缭绕的牛粪浓烟，
此时掩盖太阳出现使行旅难见，
毛一般的雪花显出处处白一片。（307）

莫认她是娇女郎,眼如惊鹿灵,面似莲花样,
胸前含苞欲放;去吧!心啊!莫空想;
你这欲望是幻觉,如在海市蜃楼饮乳浆,
莫在应舍弃的道路上再为爱奔忙。(501)

深情去,爱宠心,全消尽,
真意失,面前行,如路人。
左思右想,朝朝暮暮去不停,
爱友啊!不知为何我心未碎成粉!(697)

情人一走,心也不留,
睡眠离去,精神随着远游;
无耻的生命啊!难道没听说:
大人物行处便是大道众人走。(720)

游子的悲伤思妇极目望迢遥,
情人行处,寂寞路途,日暮黄昏到;
向粉刷的房舍走一步,蓦然想起,
这时他会来临,急转颈项,再望一遭。(728)

东方生出怀兔月,
爱神舞蹈,四方欢笑,
风在天空正散洒
白莲花粉,香气缭绕。(919)

爱神啊!请看这头上白发苍苍,
那是胜利的旗帜飘扬;
如今我已经将你打败,
你的箭不能再把我伤。(1518)

诗人以迦梨陀娑为首，
我们也算是诗人一流；
这两者若论起本质，
正如同高山和原子。（1713）

伐致呵利三百咏

伐致呵利 著

前　言

　　这是在印度流行了一千几百年的一部梵文短诗集。原名一般称为《三百咏》，或分作三个"百咏"，即《世道百咏》《艳情百咏》和《离欲百咏》。所谓"百咏"是将一百首左右的短诗集在一起的总名。这些诗大致有相仿的主题，但并不严格一致。这类的诗集还有阿摩卢的《百咏》，是以妇女为题材的；《太阳神百咏》，是歌颂太阳神的；以及其他。这些"百咏"之中，流传最广远的是这部《三百咏》。历来认为这些诗的作者名为伐致呵利（Bhartṛhari），所以常称为《伐致呵利三百咏》。

　　这书名为"三百咏"，其实流传下来的各种本子的诗数多少不一，且互有不同。印度的数学家兼历史学家高善必（D. D. Kosambi，1907—1966）以多年心力校勘了几种注本，最后根据现有的他能得到的三百七十七种写本（传抄本）校订出一部"精校本"。他估计现存的写本数量超过三千份，而他所知道的印本，从最早的一八〇三年刊本算起，已超过一百种。他校勘的结果是：从各种传本中校出的可靠的伐致呵利的原作只能有二百首，另有一百五十二首是可疑的，还有五百首是散见于少量的不同写本中的，三类合计共有八百五十二首。他校勘出这些首诗的"定本"；但只在前二类诗下附了详细的各本异文；第三类诗出现不多，异文中只举了主要的。他于一九四八年在印度孟买出版了这部"精校本"，并在书前用梵文题词："献给马克思、恩格斯、列宁"。

　　我现在译的这部诗集就是以高善必的"精校本"为根据，照他所校勘定下的原文译出，只有两处附注了异文。我所译的只是高善必认为确切无疑的最古的伐致呵利的二百首诗，他认为可疑的诗中只摘译了八首附在后面为例，以见其风格与前面的大致相同。事实上，这二百首诗虽然有个署名的作者，却也可能像我国的《古诗十九首》一样是同一思想和风格的诗的集子，因此有各种不同的增补本。

　　我曾在一九四七年根据高善必一九四五年校印的一个注本译出了这《三

百咏》中的六十九首诗,并在前面做了介绍,发表于《文学杂志》第二卷第六(朱光潜主编,商务印书馆出版,一九四八年)。那篇介绍文末尾记着"五月三十一日夜于珞珈山"。写完这文后没有几个小时,六月一日凌晨,武昌珞珈山的武汉大学就发生了反动政府逮捕并枪杀学生的"六一"惨案,我也和另四位教授及一些学生一起被押去拘留在"警备司令部"三天。由于群众运动和舆论的力量,我们才被释放。告密和杀人的凶手在武汉解放后不久就由人民政府逮捕镇压了。原先我在那篇介绍文末尾题了四句诗:

　　逝者已前灭,
　　生者不可留,
　　如何还相续,
　　寂寞历千秋。

仿佛是个"预兆"。

　　全国解放后,高善必访华时,我告诉他这件事。以后他把一九四八年的"精校本"和一九五七年他校勘的一个颇为博学的注本寄给了我。现在我的译文和诗的序列都依据他的"定本",诗义的解说则参看他所校的两种注本和孟买版的另一个很流行的注本,按照我的理解处理。

　　现在距我最初译伐致呵利的诗已经三十三年,毕生致力于中印友好的高善必也已去世了。他的父亲法喜·憍赏弥居士[①]是在印度鹿野苑教我学习梵语的老师。我译这些诗当然不是只为了我和他们父子两代的师友之谊,也是为了我国人民了解邻邦印度的古代文化,同时提供一点外国文学的知识。

　　下面介绍一下这些诗的署名作者伐致呵利。

　　古代印度的作家几乎都是无名氏;作品上有个作者的名字,却没有作者的年代和生平可考。伐致呵利也是这样。提到这个名字的资料既少且乱,说法大致有三种:国王、出家人、文法家。说是国王(见藏语的多罗那它《佛教史》),年代不对,历史无依据。说是国王出家,又说出家原因是由于女人,作为证明的是一首诗(第三一一首,译在附诗中);这诗完全不像国王口气,也不会是一个人出家的原因。作为文法家,有一部诗体文法书传下来,署名相同,书里面还讲哲学;但内容和诗体与《三百咏》全不相同,而且《三百咏》中诗句

[①] 法喜·憍赏弥(Dharmananda Kosambi,1876—1947)是佛教信徒,用我国佛教旧译名。"高善必"是本人自取的中文名字。

甚至有文法错误,不像是文法家的手笔。以上的三种说法都只能算是传说。关于伐致呵利的生平的史料中,最明确的是我国唐朝义净和尚的《南海寄归内法传》。其中第三十四节提到一位佛教徒作家伐致呵利,说到他著有一部讲"因明"(逻辑)的书,书名《薄迦论》,仿佛是流传下来的那部文法书的名字Vākyapadīya的前半译音,"因明"或为"声明"(文法)之误。义净还引了他的一首诗,说他七次出家,七次还俗。并且说他在义净到印度前四十年逝世。义净是七世纪去印度,所以伐致呵利应当也是七世纪人。义净还说这位作家"响震五天,德流八极",是著名的佛教徒。所有这些确切的说法大概可以应用在那位文法家和哲学家的身上,却不宜加在这位诗人的身上。首先,诗中表现的作者不是佛教徒,所说的出家往往是空话,没有多少佛教色彩,只是印度各种各样教派的出家人的普通话。这同许多佛教徒的诗歌一比较就可看出来。其次,义净没有说他是诗人,引的诗在高善必搜集的许多诗中连影子也不见。义净引的诗是依附于七次来回于入世出世之间的事的:

> 由染便归俗,
> 离贪还服缁;
> 如何两般事,
> 弄我若婴儿。

诗的思想和情调与《三百咏》并不类似。所以,根据这个中国史料还不能断定伐致呵利是七世纪的诗人。此外,至今还没有发现更确切的史料。因此,关于历史上的这位作者生平只能存疑。只有作者时代绝不能比七世纪更晚,而且可能还要早得多,则是可信的。伐致呵利的诗中有一首(本书第六十三首)见于大诗人迦梨陀娑的名剧《沙恭达罗》中,若他的时代较晚则掠夺名诗是不合情理的。不过美国哈佛大学教授因格尔斯(Daniel H. H. Ingalls)仍认为诗人和文法哲学家是一个人,时代应在公元四百年前后,即四至五世纪。(见他的《梵语诗选》引言,1979年第三版)

可是作品中的作者确实有鲜明的人格。高善必校出的二百首诗的思想内容和情调风格是一致的。这些诗中显现着一位有血有肉有灵魂的诗人。这位诗人还是很有典型性的。他的诗吐露出古代印度穷婆罗门文人的矛盾心情,发泄了这一社会阶层或集团的依附王者富豪吃饭而不得意的愤慨。这对我们理解古代印度的社会、思想、文学都有帮助。对此应当作具体的知人论世的较细致的分析。我打算另文研究；这里只提供作品，作为古代印度的文学遗产，先请读者自得印象，自行分析，批判。

  我的译诗是尽量依照原文的词句甚至其先后序列，力求不加增减，但在汉语的选词造句和文体上则又求像古代人的诗，不只是用现代汉语述意。原诗每首都是分双行写，分四句读，但格律不同，有长有短；长的每句中有固定停顿处，与中国的词、曲（但无衬字）体较似，而短的则像汉语诗的绝句。原诗以长短音配格律，如我国词的平仄，可以吟唱，但没有脚韵，而常用谐音。译诗无法依原来格律，只好都作四行诗而大半加脚韵，可能时模仿一点原诗句的格调。原诗多用比喻并好用双关语，这是印度诗的传统。伐致呵利应属于较早期的诗人，无论内容与形式都还在由素朴走向堆砌的初期，语言还比较自然。这也是这部诗集成为千百年来印度人学习梵语的流行读物的一个原因。当然更重要的是它艺术地表达了古代印度一部分文人（知识分子）的心声，因此为人历久传诵不衰，因而也反过来对形成这部分人的社会心理起了"反馈"作用，甚至在现代印度社会心理中也不无痕迹。

  这里的介绍只能算是解题。较详细的分析，如果我还有能力作出来，也只好俟诸以后了。

译 者

一九八〇年十月

一①

头上装饰着美丽的新月而放射熊熊光彩，
轻易便烧去颤抖的爱之飞蛾，在福人（灯芯）的顶上照耀，
断灭那弥漫内心的无边广大的愚痴黑暗，
诃罗，智慧之灯，愿您在修道者的心房中胜利！

二

瘦骨一把，独眼更耳聋，跛足又无尾，
遍体脓疮，蛆虫千百绕身爬，
颈悬破罐，这挨饿的老狗还把母狗追，
受伤濒死，爱神依旧不能放过他。

三

不伤生，不盗窃，不打诳语，
依时尽力行布施，不谈他人妇女，
断渴爱，敬长辈，怜悯众生：

---

① 第一首诗照例要颂神。诃罗即湿婆，亦即大自在天。他的顶上有一新月为装饰。他曾在爱神引诱他时用额上第三只眼的神光把爱神烧成灰烬。把他比作智慧之灯，因此描写可以双关。"福人"下面本有一词兼具"处境"和"灯芯"两义，无法译出。"胜利"是祝颂之词。从第一首到第七首，一般写本中均有，但分类入辑不同。

这是诸经共同的无阻碍的获福之路。

四

能识者满怀妒意，
有权者骄气凌人，
其他人不能赏识，
好诗句老死内心。

五①

知道一点点，我便如醉象由骄涎而盲目，
我满怀傲慢，自以为无所不知；
以后由智者身边又知道一点一点，
才自认愚人，骄气如热病自然消逝。

六②

当初无知识，爱欲暗遮眼，
只见全世间，尽是女人脸；
而今获智慧，如涂明目烟，
平等视一切，一切皆大梵。

七

辉煌大厦，娇媚少女，华盖耀眼明，
荣华富贵，恍如铸就，善业无穷尽；
一朝破灭，宛如珠串，寻乐故相争，
霎时线断，纷纷四散，转眼无踪影。

---

① 醉象流的涎与骄傲是一字双关。
② 印度人常以一种乌烟涂眼圈，以为可以增加美丽兼能明目。"大梵"是印度唯心论哲学指宇宙精神的术语。

世　道①

八②

无知的人容易满意，
智者更容易满意，
少有知识便骄傲的人
大梵天也无法讨他欢喜。

九

鳄鱼口中利齿下可以夺取宝珠，
波涛汹涌的海洋中可以强行航渡，
发怒的毒蛇还可以当鲜花装饰头顶，
却无人能使道地的傻瓜心满意足。

一〇

昼间苍白的月轮，青春已逝的荡妇，
空无莲花的池塘，出语不文的美貌，
唯财是好的主子，永遭穷困的善人，
混入王廷的恶徒：这是我心中的七苦。

---

① 从第八首到第七六首属第一辑《世道百咏》。
② "大梵天"，一般认为是司创造的大神。这与"大梵"不同。

一一

经过洗练的宝珠,战斗中负伤的胜利者,
因颠醉而消瘦的巨象,沙岸干燥的秋江,
仅余一弯的缺月,为寻欢而憔悴的少女,
布施到财尽的善人,都以减削而光彩愈增。

一二①

穷困时肯求索一握大麦,
富足时视大地如同草芥;
看事物,算大小,有种种不同,
钱多少,位高低,能变更轻重。

一三

博学而言辞藻丽,通经而堪授门徒,
这样的名诗人在他国土上居住而穷苦,
那只是君主无知,学者贫依然称富,
应责备把价低估,不能怪减价的宝珠。

一四

穷困时坚定,腾达时谦逊,
语妙于会场,勇往于战场,
欢心在荣誉,专心在典籍:
这正是大人物的本来面目。

---

① 诗意是说,金钱和地位能改变人对事物价值的看法。这是讥讽古代社会中富贵人不认识事物真价值,只凭自己的金钱、地位而目空一切。参看第二五首诗。

一五①

盗贼不能劫,永远赐安宁,
授予来求人,不断又加增,
劫尽亦不灭,内财名学问;
学者不可争,王者莫骄矜。

一六

别看轻已经亲证真谛的智者,
草一般轻的财富系不住他们;
两颊为新流醉涎染黑的巨象,
藕丝哪能够当作它们的缰绳?

一七

纵然饿瘦了,衰老了,四肢无力,
陷入困境,失去光彩,濒于死亡,
那专爱吞食醉象流涎前额的雄狮,
桀骜者之王,难道肯把干草当作食粮?

一八②

唯爱正当的生活,宁死也不陷污浊,
绝不向恶人乞讨,不对穷朋友求告,
灾难中高自位置,追随圣人的行迹;

---

① "劫"是宇宙循环历史中的一个周期,据说有四亿三千二百万年。诗意是说,学问是内在财富,不像一般财物那样容易失去。
② "称道"一词亦可解作"教导","卧利刀"指睡在刀锋上,称为"刀锋苦行",有不止一种解释。

这苦行如卧利刀,有谁人曾经称道?

一九①

身语意都充满功德甘露,
施恩惠使三界众生欢乐,
他人之善虽极微也视若高山,
欣然常志心间;这样的善人有几个?

二〇②

一边是遍入天安眠,另一边是他的仇敌,
一边又停着前来避难的飞山,
一边还隐藏着大火,更有那灭世的烈焰:
大海真是广阔,深远,一切包含。

二一

有时睡地上,有时卧高床,
有时嚼菜根,有时吃细粮,
有时衣褴褛,有时锦绣裳:
智者为成事业,苦乐不在心上。

二二③

我向神顶礼,可是他们服从可恶的命运,

---

① "极微"指物质的最小分子,是哲学术语,也是常用词。
② "遍入天"即大神毗湿奴,住在海上。有一群他的敌人曾逃到海中躲藏。传说山本来有翅能飞,后被神砍去翅膀;有一山飞入海中避难。相传海底有一种火。世界到了该消灭的时候,有大火起来将全世界烧毁,据说这火也在海底。
③ "业"即行为。一切行为皆必有报应,这是印度的传统信念。

命运可尊敬,但它也只能赋予业报之果,
既然果依业,命运和其他又算得什么,
顶礼业报吧,连命运也不能将它胜过。

二三

王者灭亡由于失败,出家人堕落因贪恋尘凡,
儿子由溺爱,婆罗门由不学,家族败于不肖子,
德行丧于信小人,酒醉忘耻,远游失爱,怠惰毁农事,
无礼损交情,不义行为坏富贵,滥施浪费耗钱财。

二四

以知耻为鲁钝,以斋戒为伪善,清白是滑头,
英勇是无情,正直是愚蠢,言语温和是可怜相,
威严神态是骄矜,善于辞令是饶舌,稳重是软弱:
有德者的美德哪一样不受到恶人的讥嘲?

二五①

愿种姓下地狱,成群品德降得更低,
善良天性堕悬崖,高贵门第火焚去,
勇敢是仇人,愿它遭雷击,只要钱财归自己,
没有了钱,这一切品德无非是草芥而已。

二六

篓中有一蛇,蜷曲,疲困,饥饿,正绝望;

---

① "种姓"指将人照家世出身分为婆罗门、刹帝利等四大种姓的制度,此处实指高贵的种姓出身即婆罗门而言。"成群品德"指各种类的品德。"降得更低"指地位降低,微不足道。这诗是写古代社会一种情况,像是穷文人的愤世嫉俗口吻,并非真赞颂金钱,与第一二首和第五一首诗同。

夜间来一鼠,自咬一洞,落入蛇口中;
蛇饱餐鼠肉,即由鼠洞,迅速向外逃。
世人安心吧! 兴衰升降,自有命操劳。

二七①

恶人应当远离,
即使他有学问;
蛇顶嵌有宝珠,
难道就不伤人?

二八②

乳先传品德,尽付身边水;
水见乳被烹,便向火献身;
乳见友遭难,焦急欲自焚;
与水重结合,才复归平静:此乃善人之友情。

二九③

能使恶棍变善人,愚人变学者,仇敌成好友,
不见的东西忽现前,毒药顷刻成甘露,
这是持盘者夫人;善人啊! 若想心愿得遂,
快拜求她吧,不用在无数品德中白费心力。

---

① 相传有一种毒蛇顶上藏有宝珠一颗。"伤人"直译为"可怕"。
② 这诗是用乳水关系比喻友情。天然乳中有水相合,乳水中有乳的品质。当煮乳时,水先化为蒸汽,然后乳也要焦干,只有乳水重相合,乳才不会焦。古印度人说乳与水是指无水分的乳粉与水,故分别有水乳中之乳,使之脱水,是天鹅智慧的表现。参看第三八首诗。
③ "持盘者夫人"一词罕见,指"持盘者"毗湿奴之妻吉祥天女,即掌财富的女神,或说是指文艺女神。有写本作"诡诈"女神,不少写本作"善行"女神。

三〇

一块人骨头,爬满蛆虫,沾满口涎,

没有肉,只有臭,讨人嫌,狗却啃得甜又甜,

它不怕天神之主在旁边,不羞惭!

下贱者原不觉他的财产不值半文钱。

三一

阻犯罪而劝行善,

隐秘密而彰功德,

患难中不弃,施赠以时:

这是善人所谓善友相。

三二

鱼、鹿与善人

以水、草、知足为生;

却有渔、猎、恶棍,

在世上做无来由的仇人。

三三①

熟铁上滴水不见踪影,

莲叶上滴水现出珠形,

日近大角星时滴入海蚌便化为珍珠:

上中下三等品质往往由共处而生。

---

① 印度传说,雨水在太阳与大角星(作为印度二十八宿之一,约相当于我国的亢宿)相接近时滴入海蚌壳,便能化为珍珠。"共处"即接近,有异文作"接触在一起"。

三四

像鲜花一束,
高人有两条路:
或在众人之顶,
或凋谢于森林。

三五

沉默是哑巴,能说会道是狂妄或多嘴,
站在身旁是冒犯,远了又是胆小鬼,
忍耐是怯懦,若不忍,又常当作无礼:
侍候人的道理真高深,仙圣也难学会。

三六

谦卑反而高,赞美别人却显扬了自己,
为他人努力成大业却达到自己的目的,
用宽容就能摧毁满嘴粗暴诽谤的诬蔑者:
有这样奇行的善人是世间所重,谁不尊礼?

三七

有贪心何必问过恶?有邪心何必问罪行?
能诚实何必修苦行?心地纯洁何必去朝圣?
仁慈何需亲信人?有荣誉何需装饰品?
有学问何用求钱财?若受污名,死亡何足论?

三八①

大梵天盛怒时可剥夺天鹅
居住莲花池中的欢乐,
他的分别乳水的能力
却传遍世间,天神也无可奈何。

三九

秃顶人头上遭受太阳光炙灼,
想求阴凉,他走到一棵大树下,
命运安排,大果下落,砰然头破:
时运不济,灾难往往到处追随他。

四〇

相貌不能产善果,也不是家世和品质,
也不是学问,也不是殷勤对人,
只有前世修苦行积累的命运,
像树木一样,得到时机便结果实。

四一②

富贵以仁慈为装饰,勇敢以言语谨慎,
知识以平静,门第以谦逊,财富以施舍得人,

---

① 天鹅是大梵天的坐骑。传说天鹅能将混合的乳与水分开,使乳脱水。参看第二八首诗注。
② "平静"指能控制感官,无欲。"门第"又作"学问"或"平静"。校本采"平静",加了"可疑,未定"符号。现照意义采用"门第"。苦行者常易发怒诅咒人,故应以"不怒"为美德。"法"指执行宗教规定的仪式等。

苦行以不怒,有权者以容忍,行"法"以真诚,
但一切的最高妆饰,一切之因,是善良品性。

四二

能除去资质鲁钝,能在谈论中灌输真理,
能使人更得尊敬,能排除各种罪恶,
能净化心灵,能向四方传播荣誉:
请问,与善人结交还有什么不能获得?

四三

愿与善人亲,喜他人德行,对师长尊敬,
勤研究学问,爱恋自己妻,恐惧恶言语,
崇信自在天,有自制能力,与恶人远离;
有这些无瑕美德者,我谨向他们顶礼。

四四

断渴爱,行忍耐,消灭骄矜,莫于恶事生心,
说真话,遵善人道路行,侍奉饱学之人,
尊重应尊重的人,和解仇敌,隐藏自己善行,
善保荣誉,对苦难中人慈悲:这是善人行径。

四五

智者行一事,不论善不善,
必先尽全力,考虑其后果;
贸贸然行事,其所得结果,
必将如利箭,至死刺心窝。

四六

森林中,战场上,或处水中或火内,
或陷入敌人重围,或在海中或山顶,
不论入睡或酒醉,或遭遇艰辛,
保护人者是前世所修善行。

四七

恐怖的森林将化为京都,
一切人都将化为亲友,
整个大地呈现无限宝藏,
只要有广大善行前世曾修。

四八①

任你没入水中,或登须弥山顶,或战败敌人,
或学尽商业、农业、一切学问和六十四能,
或竭尽全力像飞鸟一样在广阔的天空中游行,
业力下,不应有的终不发生,应有的又怎能消隐?

四九②

以语主为师,金刚杵为兵器,天神为部队,
天堂为城堡,有诃利赐恩,仙象为坐骑,
有这样神奇武力的天帝仍然被敌人摧毁;

---

① "学问"常说有十四种,或十八种,或四种。"能"指各种艺术和技术,有六十四种。
② "语主"或译"祭主",音译毗诃波提,是一位仙人,在天上为木星,是天神之师。"金刚杵"是天神首长因陀罗的武器。"诃利"指毗湿奴(遍入天)。"仙象"是因陀罗的坐骑。"天帝"即因陀罗。

因此只有求告命运。去吧！无用的勇气。

五〇

施舍、受用与散失，
钱财有三条去路；
若不施舍又不享受，
它只剩下第三途。

五一

有钱的人便是出自高门，
博学、多闻、会评鉴德行，
又能言善辩，容貌出群：
一切品德都倚仗黄金。

五二①

天神不以无价之宝为满足，
也不因出现剧毒而恐怖，
得不到不死仙酒决不罢休；
智者都不从既定目标退后。

五三②

尽管有木星等五六位同受尊敬，

---

① 印度神话：天神共搅乳海以求得不死仙酒（甘露）。在最后达到目的以前，曾获得奇珍异宝、仙女、天马、仙象、如意神牛、如意宝树等，并出现一烈性毒药，可以毁灭世界，幸为大自在天吞下，才未发生祸害，最后才出来甘露。
② 印度神话：罗睺在甘露出现后偷饮，为太阳和月亮发现并报告众神。罗睺被毗湿奴斩下头。但因甘露已饮至喉，故头得不死。他专寻太阳、月亮报仇。不过从口中吞下后又从喉中出来。这是解释日食和月食的传说。

特好勇武的罗睺星却不对他们仇恨；
兄弟！请看，这魔主虽只剩下头颅，
还要在朔望日吞食主宰昼夜的两大明星。

五四

耳的装饰是学问，不是耳环；
手的装饰是布施，不是手钏；
慈悲为怀的人们身躯放光彩，
不是靠檀香，而是仗行善。

五五①

有佳作者永扬名，
善吟韵味大诗人；
他们以荣誉为身体，
不怕老死，不怕生。
〔有高能者永扬名，
　善炼丹汞大智人；
　他们以荣光为身体，
　不怕老死，不怕生。〕

五六

自己额上由造化写下的财富大小，
到金山上不能多得，到沙漠中也不会少；
因此要坚忍，别对富豪白白做出可怜相，
请看，井中或海中一罐所盛水量都一样。

---

① 这首诗中用了双关语，故作两译。"佳作"和"高能"还可解为"善行"。

五七

在施食者面前摇尾巴,腿跪下,
坐在地上张嘴露腹,这是狗模样;
大象却不然,先要严肃望一望,
听了无数的好言语,才肯把食享。

五八

国王啊！如果想挤这大地母牛的奶,
现在就应该像对牛犊一样养育人民;
只有把它经常好好养育起来,
大地才会像如意树枝一样茂盛。

五九

又真诚,又虚假;又严厉,又甜言蜜语;
又残忍,又仁慈;又贪婪,又慷慨大方;
又不断花费,又有大量钱财滚滚来;
帝王行为像妓女,有不止一种形象。

六〇

从来暴君不承认
谁是他的自己人;
浇油祭祀者触火,
火也一样将他焚。

六一

残暴成性,无故生争执,
劫夺他人财产与妻子,
对亲友常怀嫉妒心,
恶人本性原如此。

六二

初浓重而渐减,
先轻淡而后增,
小人君子的友情
如上下午的阴影。

六三①

树因果实累累而俯身,
云因新雨蓄积而下垂,
善人由富裕而彬彬有礼,
施恩惠者原是本性谦卑。

六四

太阳使白昼荷花开放,
月亮使夜间白莲绽蕊,
云也不待请求就下雨,
善人是自愿为人尽力。

---

① 这首诗见迦梨陀娑的《沙恭达罗》剧第五幕。

六五①

既然无意识的阳燧石
太阳光(足)一触就冒火焰；
那么显赫的人物
怎能容忍别人冒犯？

六六

命令,荣誉,爱护婆罗门,
布施,享受,能保全友人：
如果没有这六种品德,
这样的人何用王者宠幸？

六七

正好似试图用细藕丝拴住大象,
又如想拿马缨花娇嫩蕊切断金刚,
也仿佛要一滴蜜将咸海化成甜味,
好言语引恶人走正路就是这样。

六八

造化为无知创造隐蔽处,
有益而无害,完全能自主；
尤其在智人学者集会中,
愚人有沉默作为装饰物。

---

① "阳燧石"据说一见阳光就冒火光。我国古时由阳光取火的阳燧是金属的,此处借用。"光"又是"足"、脚,是双关语,脚踏是侮辱。

六九

超越了一切恶人,毫无顾忌,
自己从前靠贱行生活,已都忘记,
仗命运获得权势,憎恨德行,
在这小人的治下,谁能安居?

七〇

学问是人的崇高容貌,又是深藏的财宝,
学问使人有福享有名望,是众师首长,
学问是远游他方时的亲友,是最高保护神,
王者尊学而不尊财,无学问者和动物一样。

七一

对亲人和顺,对外人怜悯,对恶人精明,
对善人亲近,对小人骄矜,对学者公正,
对敌人英勇,对长者谦逊,对女人调情,
这类人精通各种巧技,世间情况由他们定。

七二

手作可敬的施舍,头向尊长足下顶礼,
口说真实的言语,臂有无敌的膂力,
心中是纯洁思想,耳边听经典文章,
即使无势又无财,高尚的人也有此盛装。

七三①

蛇王头上顶起了一层层世界，
龟王背上又将这蛇王担承，
大海又轻易把龟王纳于怀抱，
啊！伟大人物的品性威力无穷无尽。

七四

在循环的轮回人间，
谁死了不再生还？
他生下使家族地位上升，
这才能算是真正出生。

七五

狮子尽管在幼年，
也敢攻醉象，不怕他两颊流涎；
这是强者的天性，
显赫的原因并不在于年龄。

七六

装饰人的不是臂钏和光辉如月的项圈，
不是沐浴，涂香油，花朵和盛装的发辫，
唯有文雅的言辞可以把人来装饰，
一切装饰常在毁坏中，真正装饰是语言。

---

① 印度神话：地下、地上、天上三层（或十四层）世界是在海中的蛇与龟上面。

艳　　情①

七七

善人的无尘垢的明辨之灯
只有在那时可以照明：
当鹿眼女人的闪烁目光
还没有来将它遮隐。

七八

有灵活的大眼睛,由青春而骄矜,
乳房丰满,瘦腹上有三叠皱纹；
见到这样的美貌而不动心,
那才能真算是有福之人。

七九

笑容,情感,娇羞,伶俐,
转过脸,半投来斜射眼光,
语言,带妒意的争辩,游戏,
合起来,便使女人成为罗网。

---

① 从第七七首到第一四七首属第二辑《艳情百咏》。

八〇

有环佩、腰带、脚镯响叮当，
胜过了天鹅鸣的年轻女郎，
投出像惊鹿一样的眼光，
谁的心能不向她投降？

八一

请大家听我讲一件真理，
不是偏见，是七重天地间的真谛：
女人以外没有别的迷人，
她也是痛苦的唯一原因。

八二

女郎的调笑本是天性，
却闪耀在愚人的心间；
正如莲花颜色出于自然，
偏有蠢笨的蜜蜂飞来盘旋。

八三①

声色娱乐都是空虚、腐朽、无味，
是一切罪恶渊薮，都应当放弃；
然而在具备真理智慧的人心中，
却仍有那不可言说的巨灵更为有力。
〔然而我要说，没有什么比行善更造福，

---

① "巨灵"指爱神。这一首诗后面附的是后半首诗的另外传本的异文。

世上也没有什么比鹿眼女更可爱慕。〕

八四①

圣人们啊！请弃去妒嫉,考虑正义,
确守正轨,回答这个问题:
应供奉倾斜物,究竟是指的大山坡,
还是指那逗弄爱神微笑的少女?

八五

何必说那许多空洞的废话?
人们只有两处值得向往依存:
或是贪恋新鲜娱乐的乳重难承的、
美人的青春,或是森林。

八六

王爷啊！这世上谁也走不到欲海的尽头。
无穷财富有何用?青春逝去,欲情犹有。
还是去情人住处,那里有莲花般的眼眸,
莫待老年步步进犯,迅速夺去温柔。

八七②

顶上有浓密的乌云,
旁边山上有孔雀欢鸣,
大地上一片草木滋生,

---

① "倾斜物"一词双关,既指大山坡,又指女子胸前。
② 这首诗写雨季情景。印度人说雨季如同我国人说春季,故在外地的游子思家。参看第一三七首诗。

旅人的眼光何处能停？

八八

人世空虚，变化不定，高人只有两路可循：
通晓真理甘露仙液怡悦情意，让时光流尽；
否则有那乳腿丰腴又纵情欢乐的美人，
可以任你轻运手掌爱抚取乐，自在消停。

八九

忽而眉头紧皱，忽而满面含羞，
忽而似含惊恐，忽而笑语温柔，
少女们的如此面容，眼波流动，
正像四面八方绽开着簇簇芙蓉。

九〇

面容如明月，俊眼笑莲花，
颜色胜黄金，黑蜂让秀发，
两乳欺象颊，美臀如重压，
言语含温柔，天然妆饰女儿家。

九一

没有甘露和毒药，
如若不算女娇娥：
爱恋时她是甘露枝，
离弃时她是毒藤萝。

九二

挤眉弄眼,眼角传情,
巧笑娇羞,甜言蜜语,
举步妖娆,停步作态;
这是妇女的装饰和武器。

九三

含笑的面容,天真又灵活的眼神,
娇声说出的游戏语言有味而清新,
嫩枝条一般的娇巧玲珑的行走身段;
刚到青春的鹿眼女郎有哪一样不迷人?

九四

疑虑之旋涡,无礼之大厦,惊险之城堡,
过失之聚集,欺骗之渊薮,无信之窠巢,
天堂之障碍,地狱之城门,众幻之住所,
甘露毒药,生人网罗,这女人巧机关是谁创造?

九五

人能坚守善道,又能控制感官,
又能遵行礼法,又能知道羞惭,
若没有夺人心志的荡女以眉弓从耳边
射出黑睫毛下眼光利箭到心间。

九六

赛过满月光辉,保持姣好容颜,
确有唇蜜在窈窕女郎的莲花面;
若这时光逝去,那便滋味索然,
如津巴树果只有苦汁,毒药一般。

九七

在这无味的世间,常伺候于昏君宫门前,
损伤心志的高尚的人怎得安然——
若没有少女保持初升月色容颜和莲眼,
摇动叮当环佩,因乳重而腰部微弯?

九八

夏季里,有冲凉浴室,有花朵,有月光,
有清净檀香水湿双手的鹿眼女郎,
有清风,有茉莉花香,有宫禁闺房,
这些都使醉意、欢心、恋情、乐趣增强。

九九①

阵阵香风,枝头新发嫩芽丛,
杜鹃声悦耳如焦急的蜜蜂嗡嗡,
少许欢乐的微汗出自少女的如月面容,
夏季已来,如何能望德行出自富翁?

---

① 这首诗末行依别本则作:"春季到,夜间(地上)何物不显其德性?"

一○○

纵使学问渊博,精通世故,彻悟心性,
这世上也少有真实德行之人,
因为人间有俊眼女郎弯曲双眉
像钥匙一样能打开地狱之门。

一○一[①]

展示三叠波浪,闪耀莲花面庞,
一对鸳鸯戏水,隆起乳房成双,
外观美貌,内怀险恶,是这大江,
若不想沉溺生死海,切莫到其近旁。

一○二[②]

甜蜜歌声,曼舞姿色,既有美味,
又有浓香,轻触乳房,使我迷惘,
令人失去真知,只谋私利的骗子,
五种感官将我欺骗,使我上当。

一○三

生死轮回的世界啊!
超出你的路途应不远,
若没有难越的障碍——
醉人的俊眼在中间。

---

① 诗中双关语兼指江河与美女。腹上三道纹被认为美。
② "五种感官"是:耳、眼、舌、鼻、身;其感觉对象是:声、色、味、香、触。"真知"即"真谛",指最高真理。

一〇四

美人身的森林边,
难行走的乳峰前,
心灵旅客啊!莫流连,
有大盗爱神在其间。

一〇五①

浇灌欲乐之树的雨云,流动不断的游戏的水源,
爱神的亲密朋友,灵巧珠宝的海洋藏处,
吸引少女眼光饮月鸟的满月,幸运女神的住地,
这样的青春时期来到而心不乱的人真有福气。

一〇六

情欲的居处,遭到千百地狱大苦的原因,
产生愚痴的种子,遮蔽智慧明月的云层,
爱神的好友,各种各样明显罪过的连锁,
灾祸花朵的园圃,人世上就是这青年时辰。

一〇七

可看的什么最上?是鹿眼女郎的可爱脸庞,
可闻的是她嘴边香气;可听的是她的言语;
可尝的是她花苞唇间美味;可触的是她身躯;
青年朋友最可想念的到处都是她的游戏。

---

① "饮月鸟"是传说以月光为饮食的鸟。这里把少女的眼比作饮月鸟。

一〇八

其实月亮没有成面庞,青莲也未成双眼,
身躯更不是黄金所制,却甘受诗人欺骗;
明知道鹿眼女全身不过是皮肤和骨头
加上血肉,却有愚人还要对她们迷恋。

一〇九

天生瞎眼,面容丑陋,老迈龙钟,
村俗不堪,出身低贱,癞疥流脓——
对这等人,为一点金钱就交出自己
美丽身体的妓女,斩慧树的利刀,有谁爱宠?

一一〇

这是妓女,乃爱神的火焰,
由美貌做柴薪而火力增添,
这里面多情人把祭品奉献,
投进了青春时代和金钱。

一一一

春天来到,杜鹃鸟的歌声悦耳,
南来的摩罗耶山的香风轻拂,
却都能伤害离别情人的游子;
唉!患难中仙露也会成为剧毒。

一一二①

自在天、梵天、遍入天,三大神
都由他而永成鹿眼女的家奴,
其圣洁行为非言语所能表述,
顶礼这位尊神,其标志是海中怪物。

一一三②

爱神的女子印章是胜利者,能赐一切财富,
愚人无智慧却抛弃她去追求虚妄幸福,
他们受神严厉惩罚成为光身子或光头,
或留五撮头发,或扎满小辫,或手捧头盖骨。

一一四③

在这人生大海中,海鱼为记的渔翁,
将名为女人的钓鱼钩下抛,
不久便钓上贪恋唇边美味的人之鱼,
放在情欲之火上煎熬。

一一五

在沉醉的爱情激动时,
女人们若想怎么办,
要从中加以阻拦,
连大梵天也不敢。

---

① 三大神中,大梵天有女,余二神有妻。海怪或鳄鱼是爱神的标志。
② 爱神以女子为官印。这首诗后半写各派出家人的形状。
③ "海鱼为记的渔翁"指爱神,因他以海怪或海鱼为标记。参看第一一二首诗。

一一六

头上有茉莉花含苞欲放,
身上涂红花粉配合檀香,
怀中抱懒洋洋可爱女郎,
这便是来到了另一天堂。

一一七

红花粉末涂抹身上,
珠串颤动白乳一双,
莲花两足如鹅鸣响,
世间美女谁能抵挡?

一一八

那些大诗人真正是识见颠倒,
他们一直用弱者之名把女人叫;
那些灵活眼珠的闪闪目光所到,
天神们也都屈服,怎么能算弱小?

一一九①

隆起的乳房,灵活的两眼,蹙动的双眉,
猩红的唇瓣,这些当然会使人难过;
但爱神亲手写下的幸运字迹一行,
那中立无害的茸毛,怎么也将人折磨?

---

① 诗中形容词有双关含义。腹上脐间茸毛被认为美。"中立无害"一词双关,既指在身体中部,又指不侵犯他人的"中立"者。

一二〇

那责备女人的假冒的圣人
是个自欺欺人的骗子手,
因为苦行的报酬是天堂,
天堂里还是有仙女同游。

一二一

踟蹰在森林树影间,
有纤弱的女郎在行路,
手提起薄薄的胸前衣,
要把皎月的光辉遮住。

一二二

不见面时只想见面,
见到以后更想亲密,
和大眼睛的抱在一起,
我们又想永不分离。

一二三

辫发散乱落在胸前,
半合半开如花俊眼,
寻欢疲倦两颊微汗,
福人饮蜜少女唇边。

一二四

开始是"不,不"娇声,随后渐有意,
然后羞怯放松身体,失去意志力,
接着是爱心增长,寻欢求乐趣,
娇躯无力心欢喜,这是名门淑女。

一二五

若得在眼前,
仿佛仙露甜;
一旦不相见,
苦如毒药丸。

一二六

咒语不能制,药物不能疗,
消灾千百法,件件不奏效,
一阵病上来,全身即颠倒,
爱情癫痫病使人眼晕头旋绕。

一二七

海鱼为标志的爱神
听从秀眉女的命令;
她闪动目光所指处,
一定出现那仆人。

一二八

不合适,是颠倒,
老年男子还被爱侵扰;
另一事,指女子
生活、寻欢、衰老也不止。

一二九

宁可遭受细长、灵活、游动、闪烁、放肆、
青莲花般的巨蛇咬伤,也别碰那眼光,
遭蛇咬还到处有好心的医生诊治,
对于媚眼,我既无咒语也无医药能防。

一三〇

灯也有,火也有,
还有宝石般星光和明月,
只缺了我的鹿眼女,
这世界依然是一片暗黑。

一三一①

面容如月光宝石,
青丝发如绿玉放光,
双手似红莲花钻石,
她正像众宝合装。

---

① 诗中原来用语双关,既是形容词,又是宝石名。

一三二①

胸前乳房沉重（木星），
面如满月放光（太阳），
双足缓缓移动（土星），
她正如星曜组装。

一三三②

女郎呀！你的射法
真是空前未见，
你能射中人心，
却只用弓弦（品德）不用箭。

一三四

粉白的住房，皎洁的月光，
莲花般容貌，浓烈的檀香，
芬芳的花环，这件件桩桩
迷惑多情人，却对避世者无妨。

一三五③

应住恒河旁，
河水涤诸罪；
或依少女胸，
乳间罗珠翠。

---

① 诗中原柰用语双关，既是形容词，又是行星别名。
② "弓弦"与"品德"，原文一字双关。
③ 诗中二、四句叠用谐声词，同音异义。

一三六

假如那人乳隆,臀美,面容姣,
心啊!你也不必暗烦恼。
假如你对这些真想要,
快修功德,无功德不能得到。

一三七①

既有那电光闪闪,花树放浓香,
又加上乌云新,阵阵雷鸣响,
还有那孔雀游戏咯咯叫声长,
热情荡漾,秀眼女怎度过离别时光?

一三八

调笑取乐有闺房,身边是美女懒洋洋;
耳边有雌杜鹃鸣声荡漾,花开满园芳,
有少数真诗人共谈讲,迷人明月光,
五彩花环,种种春色使某些人心欢畅。

一三九②

头发约束好(能自制),眼睛伸长到耳边(精通经典),
口中有天然纯洁的牙齿(婆罗门祭司)一串,
珍珠(解脱)常住处是胸前一对(修行)瓶罐,
女郎啊!你身形寂静,怎么煽动情焰?

---

① 印度说雨季如同我国说春季。参看第八七首诗。那一首说游子思妻,这一首说家中妻思夫。
② 这首诗中全用双关语描写。括弧中是另一意义。

一四〇①

天上乌云蔽空,地上满是蕉叶丛,
新开山花处处送来阵阵香风,
孔雀群鸣声悦耳,充满森林中,
幸福者,不幸者,都由此心怀激动。

一四一②

雨季如少女,燃起情意,
开放茉莉花散发香气,
浓重乌云(乳房)高高升起,
何人能不由此心神悦怡?

一四二

大雨中可爱人不能从府第出外,
大眼女由寒冷颤抖着紧抱在怀,
夹着雨点的凉风进窗棂消除倦怠,
啊!富人的下雨天也如晴天自在。

一四三③

过夜半,贪寻欢,肢体懒,
渴难忍,醉未醒,楼顶寂无人,
娇美人,臂无力,递过漏水瓶,
月光明,照秋水,不饮是无福之人。

---

① 这首诗写雨季情景,参看第八七首及第一三七首诗及注。诗中后半用了一些谐声词。
② 诗中用双关语。
③ 诗中说的"漏水瓶"是瓶底有小孔向下漏水,以便就饮而不沾唇。"秋水"指秋夜的凉水。

一四四

冬季里,奶酪酥油为饮食,身披红色衣,
红花香水涂满身,寻欢作乐软无力,
隆乳丰臀美女抱在怀,深居宅内,
口中满含槟榔叶,富人有福安然睡。

一四五①

吹散头发,强闭双眼,猛掣衣衫,
使人身毛直竖,显露身形抖颤,
一再伤损朱唇,引起声声气喘,
寒季风此时往往与情人一般。

一四六②

永远坚持修炼瑜伽行,法力使内心
与神我结成友谊不能分,对如此高人,
可爱美人的甜言蜜语,秀唇美面,
芬芳气息,隆乳紧抱,又何足论?

一四七

言语中全是舍弃尘世沾染的谈论,
口头上嗡嗡响着经典的饱学之人,
要放弃那有着红宝石编成腰带的、
眼如莲花的美人之臀,又有谁能?

---

① 诗中用语双关。
② "瑜伽"包括身心双方的修炼。"神我"指宇宙精神,"内心"指个体精神,二者合一即得道,得解脱。

离　欲[①]

一四八

奔波过许多艰难险阻地方,依然毫无结果,
放弃了家世和门第的骄矜,白白侍候一场,
不顾尊严在他人家中饮食,惶惶同乌鸦一样,
爱犯罪的贪欲啊！今天还不满足,还在增长！

一四九

为求宝我也曾深挖大地,烧炼在矿山,
远涉重洋,还小心侍奉在帝王前,
也曾一心诵咒语,熬夜在坟墓边,
却未曾得到半文钱,贪欲啊！如今请免！

一五〇

一心讨好,勉强忍受狂徒恶言语,
暗制心中泪,虚情假意装笑容,
还要向被财富毁坏了智慧的蠢人敬礼,
希望啊！今后你再怎样将我耍弄？

---

① 从第一四八首到第二〇〇首属第三辑《离欲百咏》。

一五一

由太阳的去去来来,生命一天天缩减;
受许多繁杂事务重压,也不知道时间;
看到了生老死灾难,又没有生出恐惧;
饮下了愚痴放逸之酒,这世界已经酣然。

一五二

若不见苦妻房衣衫褴褛,
饿孩儿牵母衣哭哭啼啼,
有志者谁肯为可恶肚皮,
恐遭拒,语含糊,向人求乞?

一五三

享乐欲望已停止,青春骄傲也消逝,
亲如性命的同辈朋友已迅速去天上,
扶杖缓缓起立,两眼模糊生重翳,
唉!顽劣的身躯,竟然还恐惧死亡。

一五四①

从未曾为斩断尘寰依法冥想大自在天双足,
也未曾求得正法可以打开天堂之门户,
甚至睡梦中也不曾拥抱过美女一双肥乳,
我不过是砍伐母亲青春森林的一柄利斧。

---

① 诗中第一句说未能信神、拜神(大自在天)求解脱,第二句说未能修行正法求升天。

一五五①

未曾享受福,我们却把罪受;
未曾修苦行,我们却尝苦头;
时间未走开,我们却要溜走;
欲望未见老,我们却已老朽。

一五六

脸上现皱纹,
头上白发生,
四肢软无力,
欲望却年轻。

一五七

福乐纵然长久,也不能不自然消逝;
与放弃有什么差异,使人们拿不定主意?
它自行消逝,会使人感到无限悲伤痛苦;
自动放弃它,却使人得到无穷静寂乐趣。

一五八②

饭是乞讨来,既毫无滋味,又日只一餐;
床便是大地,唯有自己身体随时做伴;
穿的是千百陈旧布片拼成的破烂衣衫;
哈哈！就这样,尘世欲乐还不能割断。

---

① 诗中用了一些谐声词。
② 诗中说以自己身体为伴,意思是孤身一人,没有亲友。

一五九

肉团的两乳却被比成一对金瓶；
满贮黏液的嘴脸又被喻为月轮；
流尿浸湿的下体也可与象鼻抗衡；
啊！杰出的诗人竟把恶形加以美名！

一六〇

不知道焚烧威力,飞蛾投入烈火；
不知道内有钓钩,鱼儿将肉饵吞下；
我们明知世上爱欲缠绕祸患网罗,
竟不能解脱;唉！愚痴之力真伟大！

一六一

有菜果,可供食;有甜水,可供饮；
有大地,可供眠;有树皮,可遮身；
众恶人,得微资,如饮酒,醉身心,
无礼貌,加凌辱;要我忍受,万不能。

一六二

从前,世界由一些宽宏大度的伟人创立；
由另一些维护,另一些征服后如草芥般赠人；
现在,又有另一些智者享受这十四层天地；
仅仅主宰几个城镇的人何来这醉狂热病？

一六三

你是王,我们是从师得智慧而骄傲无上;
你以豪富闻名,我们有诗人扬名十方;
这样,傲慢的人!我们之间距离并不远;
若你不理我们;我们也丝毫没有欲望。

一六四

千百帝王从未不享受这大地而逝去;
获得这大地的有哪位王者得到尊礼?
大地的一部分的一部分的一角落主人,
应当悲伤,却反而欢欣,真是愚蠢无比!

一六五

非舞伎,非供奉,非歌童,
又不会一心嫉害他人,
又不是乳房重得弯腰的少女,
王廷中哪能容下我们?

一六六

你主宰钱财;我们是语文之主宰;
你是英雄;我们善于挫败论战者骄态;
财迷求你;求除智慧上污垢者从我来;
你若不尊我;我更不理你;国王啊!我走了。

一六七

心啊！你何必一天天千方百计
讨人欢心，自寻烦恼无边际？
内心欢喜，自有如意宝珠伟力，
决心解脱，尚有何求不满意？

一六八

为了这荷叶上水珠般的生命，
我们失去见识，有什么不曾进行？
竟当着那些钱财迷住心意的富人
犯下无耻地自吹自擂才德的罪行！

一六九

兄弟啊！可叹那大王爷和簇拥他的藩王，
还有那王廷臣子和面如满月众女在近旁，
更有高贵王子成群，歌人和传说吟唱；
这都由时间（死神）之力归于记忆；谨向大神敬礼。

一七〇

生我们的人都久已逝去；
同生长的人也沉入记忆；
现在我们一天天走近死亡，
像那大河的积沙岸边老树。

一七一①

某一家宅棋盘格,先多后余一,
先一后又多,一个不剩到终局,
如此轮流颠倒昼夜两棋子(骰子),
时间与其妻神通游戏,以人为赌具。

一七二

是不是把苦行修炼,住在圣河边?
还是依礼陪伴妻子,她品貌双全?
是品尝诗歌甘露味,是饮瀑布般经典?
我们不知怎么办,人寿只有几瞬间。

一七三

希望是江河,愿望为其水,欲望为其波,
情欲乃蛟鳄,盘算是鸟雀,坚毅树被消磨,
愚痴旋涡深难过,忧虑岸高多险恶,
寡欲清心,修行瑜伽,渡到彼岸应欢乐。

一七四②

富人前乞讨受苦时觉得悠长;
享乐中智慧颠倒时又感短促;

---

① 诗中用了双关语。"家宅"又为"棋盘格",或掷骰子用的带格盘子。这是古代印度赌具,已失传。"时间"又为"死神",其妻名"迦利","迦利"又为毁灭之神之妻称号。
② 照修道人说法,修炼打坐"入定"时忘掉时间,"出禅定"时才想起从前对时间长短的看法是由苦乐而不同,并不属实。这实际上是诗人说"但愿如此",借此发牢骚,并未能超脱。

愿我内心一笑，回忆这般时光，
当出禅定时，坐在山窟中石床上。

一七五

无垢之学未学成，财富未得到，
父母之前又未曾一心一意尽孝，
灵活大眼女郎，连梦中也未曾抱，
贪求别人赏口饭，乌鸦一般，把时光过了！

一七六①

朋友啊！我们在这轮回的三界中寻求遍，
从来未曾耳中听说或眼中看见，
有何人能轻易用控制绳桩拴住心灵雄象，
它深深迷醉于声色雌象而疯狂傲慢。

一七七

我们以树皮衣满足，你却以财富，
满足是一样，突出处是并无突出；
只有欲望无穷者才算是穷苦，
内心满足的人中，谁穷，谁富？

一七八

享乐如天上云端轻盈电光一闪，
寿命似风卷云层中纤弱雨滴一点，

---

① "轮回"转世，代代不绝。诗中将心灵比喻为雄象，将外界感觉对象，如声、色等比喻为雌象。

青春嬉戏时短暂,应念此即人间,
智者啊！要修炼收心入定,切莫迟延。

一七九

福德村镇,广大森林,手持乞食钵,白布遮掩,
满腹经典婆罗门祭火烟熏处门户叩遍,
为饥饿所苦,为填充肚腹空谷,有志气者宁愿
以此为福,也胜过天天在同族同辈间求怜。

一八〇

心啊！离开这声色密林,烦恼聚集处,
趋向那寂静本性,幸福道路,刹那消除
一切痛苦,放弃自己的波浪般不定生涯,
勿再迷恋浮生欢乐,此刻就该将心定住。

一八一

挚友啊！现在以花果根菜为乐吧！
卧大地,穿粗糙新树皮。起来,同到森林去。
在那儿,那些不辨是非,心地痴愚,患财富病,
胡言乱语的卑鄙老爷们,连姓名也无人提起。

一八二①

心啊！清除愚痴;向头饰新月之神寻欢喜,
且一心依附那天降圣河岸边土地。

---

① 大自在天湿婆头上有新月为饰,见第一首诗注。"圣河"即"天河",指恒河,传说是从天上降到地上的。

谁能信任波涛,泡沫,电光,妇女,
以及火焰,毒蛇,湍流的奔腾迅急?

一八三①

乐歌在前,南国热情诗人在左右,
执麈尾的女娥环佩叮当在身后,
若能这样,便可去贪恋人生美味;
否则,心啊! 快快进入无分别三昧!

一八四

难道山谷中根菜已消灭,泉水已枯竭,
树上挂浆果带薄皮的枝条也已断绝?
为什么要去伺候那粗野无礼的恶徒的
刻薄的傲慢之风吹动的眉间颜色?

一八五

上问自在天:何时我才能独自逍遥,
无欲无求,平静无烦恼,
以天为衣,以手为钵行乞讨,
将一切业报连根都拔掉?

一八六②

得到能满足一切欲望的财富,以后何如?
在敌人头颅上踏上了双足,以后何如?

---

① "三昧"即入禅定。"无分别三昧"是禅定之一种。禅定是凡修炼"瑜伽"的各教派都承认的。
② "劫"是计算宇宙寿命的一个时间单位,见第一五首诗注。

奉献所爱的人以种种美物,以后何如?
人的肉身生存历劫不渝,以后何如?

一八七

虔奉湿婆神,生死恐惧记在心,
亲友之中无眷恋,爱神不动情,
不遇他人无过失,森林寂无人,
离弃欲望后,更有何物可追寻?

一八八①

因此,世人啊!如果你们有真心,
应求大梵,无穷,不老,广大,最上神;
可怜世上众人崇奉大地主宰者,
种种享乐,那只是随从大神之物品。

一八九

心啊!你深入地下,上升天廷,
漫游世界,只凭一闪念就行;
却从来不曾走错路念到大梵,
念到它,你就可以获得福星。

一九〇②

大地为床榻,柔臂为巨枕,
天空是华盖,风如宫扇轻,

---

① "大梵"指抽象的宇宙精神,见第六首注。若作为神,加以形象化,则为大自在天或遍入天等。
② 诗中用语双关。"道者"音译是"牟尼",修道者,圣人。

皎月做明灯,寡欲做女人,
如豪富王者,道者得安寝。

一九一①

何必读《吠陀》、法典、往世书、浩瀚的经典?
何必行那些能赐天堂茅舍住的祭仪拜忏?
除却唯一如同销毁人生重担的时间烈火,
能使人进入自我欢喜境地者,此外皆买卖一般。

一九二

寿命如波涛起伏,青春只有数日停留,
财富如念头一闪,享乐如雨季电光来去骤,
情人交颈相依偎,紧抱也不能持久,
为渡到人生恐怖海彼岸,要一心向梵莫旁求。

一九三

月光美妙,美妙是林中草地好,
与善人交游多美妙,美妙诗中言语巧,
情人的含嗔带泪面容真美妙,
一切美妙在心中都不久长,再也没有了。

一九四

当此身健无病,老年远未来临,
五官感觉灵无碍,未耗损寿命,

---

① 《吠陀》是印度最古经典,作为圣典。"法典""往世书"是一些古代经典的类名。"天堂茅舍"有表示轻鄙之意,因升天也不如得解脱,与神合一。"自我欢喜"指得道后境界。

此时智者应努力,力求造福自身心;
一旦宅中火起,何能再谋求掘井?

一九五

在世上未习学问,辩压敌群,富有教养,
又未用刀锋劈象颊,得声名直到天上,
又未饮美人嫩苞唇味,映初升月光,
却白白失去青春,唉!像一盏灯独照空房。

一九六①

有福之人住山谷,冥想光明高无上,
欢喜洒泪珠,衣襟上鸟雀饮用不惊惶;
我们却向往于愿望中心灵宫院池塘
岸边园林游乐,虚度了一辈子时光。

一九七

生为死所扰,光彩夺目的青春伤于老,
知足害于贪财,清静为荡妇调情所恼,
德行受世人嫉妒,森林有蛇虎,王者有奸佞,
财富权势不永恒,有何物不为何物所损?

一九八

千百种心病身病从根上毁坏一生健康,
有财富处便开门招祸患,如引鸟飞来一样,

---

① 诗后半有意用了一个堆砌辞藻的长复合词,以与前半朴素的词对照;意思是说,自己只能在心里空想欢乐,其实做不到,只是在愿望中虚度一生。

生下来就必然立即为死神收归己有无法抗,
专横的命运所造物中有什么稳定久长?

一九九

处胎中在污秽之间艰难地蜷曲身体,
青年时要受相思苦恼与情人别离,
到老年又必遭遇妇人们嘲弄轻鄙,
世人啊!请问这世间有没有一点欢愉?

二〇〇

人寿不过百年,夜已占去一半,
另一半中的一半属于儿时和老境,
余年有疾病离别愁苦,在侍候人中度一生,
这水波一般短促的生命中哪有欢情?

附可疑诗八首①

二二一

舍己为人的人是善人,
常人为人谋而不损己,
利己而损人是人中罗刹鬼,
损人而无所利,吾不知其何名。

二三五

一会儿是儿童,一会儿是贪欢的少年,
一会儿穷无所有,一会儿有权有钱,
衰老的身躯装饰上皱纹,在人生舞台上,
隐入阎王所在的幕后,人真像演员。

二六五

任深通世故的人责备或称赞,
任财富女神随意离去或来前,
不管是死在今天或活到永远,

---

① 精校本的校刊者高善必认为可疑的诗有一百五十二首,附在后面,照第一行最初的字母次序排列,但每诗序码仍接前面。译本中这以下是从那可疑的第二〇一首到第三五〇二首中摘译的。所谓"可疑",是依据传写本校刊出来的。这里译出几首不过是为了由此可见传本参差而内容和文体仍大致相仿。

智者决不离开正道,一步走乱。

三○一①

地母啊!风父!火友!水亲戚!空兄弟!
现在给你们做最后一次的合掌顶礼。
由你们的结合之力而生,由善行滋长而有光辉,
由无垢智慧消除一切愚痴,我今与大梵合一。

三一一

我所时刻想念的人,她却不恋我,
她想要的是别人,别人又恋别一个,
又有另一个人却认为我最可意,
去吧!她和他,爱神,这个人,和我自己。

三二一

有人依离欲,
有人行世道,
有人乐艳情,
各各异所好。

三三三②

衰老如牝虎伫立狰狞,

---

① 地、水、火、风、空,共为"五大"。古代印度哲学认为这些是构成一切的物质元素。佛教不承认"空"为一"大",故只有"四大"。(说"四大皆空",那"空"不是"五大"的"空"。)"大梵"见第六首诗注。

② 末行"无益"亦可译作"不善",但此处主要指"利害"之"利",而不是着重"善恶"之"善";可以说是有利者即善,但这样解说就有点现代化了。

疾病如仇敌袭击此身，
年华泻去如水出漏瓶，
依然行无益，奇哉世人。

三四八

想到时引起痛苦，
见到时令人心醉，
碰到时使人入迷，
为何叫作亲爱的？

古代印度文艺理论文选

引　言

　　古代印度文艺理论指的是梵语文学中的一些理论著作,其中现存的、已刊行的、有较大影响的有下列一些书:

　　《舞论》(*Nātyaśāstra*)。作者相传为婆罗多牟尼,即婆罗多仙人(Bharatamuni)。成书时代约在公元前后不久。论戏剧、舞蹈、音乐等各方面。

　　《火神往世书》(*Agnipurāṇa*)。公元后的著作,其中有一部分论述文学。

　　《诗庄严论》(*Kāvyālaṅkāra*)。作者婆摩诃(Bhāmaha)。约公元七世纪的著作。论文学和修辞学。此外还有一部同名的著作,时代较晚(九世纪)。

　　《诗镜》(*Kāvyādarśa*)。作者檀丁(Daṇḍin)。约公元七世纪的著作。论文学和修辞学。

　　《诗庄严经》(*Kāvyālaṅkārasūtra*)。作者伐摩那(Vāmana)。八世纪的著作。内容与上两书同类。形式则是"经"体,有"经"有"注"。

　　《摄庄严论》(*Alaṅkārasaṅgraha*)。作者优婆吒(Udbhaṭa)。约八世纪的著作。

　　《诗庄严论》(*Kāvyālaṅkāra*)。作者楼陀罗吒(Rudraṭa)。约九世纪的著作。

　　《韵光》(*Dhvanyāloka*)。作者阿难陀伐弹那(Ānandavardhana,意译为欢增)。九世纪的著作。提出"韵"的理论,对后来影响很大。

　　《韵光注》(*Locana*,原意是"眼目""照明")。作者新护(Abhinavagupta)。约十至十一世纪的著作。这实际是一部专门著作,大大发挥"韵"的理论,成为后来直到现代的文艺理论权威。新护也作了《舞论》的注。

　　《曲语生命论》(*Vakroktijīvita*)。作者恭多罗(Kuntala)或恭多迦(Kuntaka)。十世纪的著作。它认为"曲语"即"巧妙的措辞"是诗的生命,不同意"韵"的理论。此外,不同意"韵"的理论的还有约十世纪的著作《心镜》(Hṛdayadarpaṇa)。作者跋吒·那药迦(Bhaṭṭa Nāyaka)。它强调词有三种作用:包含意义,使听众普遍领会,使听众享受。原书已佚。

《十色》(Daśarūpaka)。作者胜财(Dhanañjaya)。十世纪的著作。"色"即戏剧,本义为形式,这是一个术语。本书原是《舞论》中论戏剧部分的摘要和发挥,后来成了戏剧理论读本。

《诗探》(Kāvyamīmāṃsā)。作者王顶(Rājaśekhara)。十世纪的著作。论述诗的各方面,承认梵语(雅语)、俗语及另两种地方语言有同等地位。

《辨明论》(Vyaktiviveka)。作者摩希曼·跋吒(Mahiman Bhaṭṭa)。十一世纪著作。注重意义,认为领会诗要包括推理在内。

《诗教》(Kāvyānuśāsana)。作者雪月(Hemacandra)。约十一二世纪著作。兼论戏剧。另有一部同名著作,时代较晚(十二三世纪)。

《诗光》(Kāvyaprakāśa)。作者曼摩吒(Mammaṭa)。约十一二世纪的著作。这是直到现代还流行的文学理论和修辞学的读本。

《辩才天女的颈饰》(Sarasvatīkaṇṭhābharaṇa)。作者婆阇(Bhoja)。十一世纪的综合性的著作。

《庄严论精华》(Alaṅkārasarvasva)。作者鲁耶迦(Ruyyaka)。十二世纪的著作。

《文镜》(Sāhityadarpaṇa)。作者毗首那他(Viśvanātha,意译为宇主)。十四世纪的著作。同《诗光》《十色》一样是直到现代还流行的读本。这书还兼论戏剧。

《味海》(Rasagaṅgādhara)。作者世主(Jagannātha)。十七世纪的著作。这可算这类古典著作中的最后一部有地位的书了。

此外,当然还有不少各种各样的著作(包括讲诗的格律的书),但具有理论意义和历史意义的,大致就是上列的这些书。

现在从这些书中摘译出五部书的比较有理论性的章节,可以算是"管中窥豹",不过见其一斑;也许可以借此稍微了解印度文化传统的一角,并同我国古代的文艺批评理论略作对照。

下面分别把摘译的五部书和译文的根据做稍详细的介绍。

一 《舞论》

《舞论》(戏曲学)是现存的古代印度最早的、系统的文艺理论著作。作者相传是婆罗多牟尼(婆罗多仙人),这只是传说中的戏剧创始人的名字。成书的确切年代至今未定,一般认为大约是公元二世纪的产物;但书中引了一些传统的歌诀,可见书的内容及原型应更早于成书年代,可能在公元以前。有两种传本,各有不止一种不同写本。一八八〇年、一八八四年、一八八八年在法国刊行了其中几章的原文。一八九四年印度孟买才出版了全本,作为《古诗丛刊》(Kāvyamālā)之一。一八九八年法国刊行了根据各种写本的校定本,但只到第十四章。一九二六年和一九三四年印度巴罗达刊行了附有新护注本的两卷,但也只到第十八章。一九二九年印度贝拿勒斯(现名瓦拉纳西)出版了另一种本子。一九四三年《古诗丛刊》本出了第二版,附注各刊本的异文。一九五〇年印度加尔各答刊行了高斯(Manomohan Ghosh)的英文译本,只到第二十七章(孟买本的原文有三十七章)。在这以前,欧洲发表的法文的翻译也只有几章。各刊本的章节颇有不同。

《舞论》是一部诗体(歌诀式的)著作,只在很少地方夹杂散文的解说。它全面论述了戏剧工作的各个方面,从理论(戏剧的体裁和内容分析)到实践(表演程式等)无不具备,而主要是为了满足实际工作的需要,起一个戏剧工作者手册的作用。它论到了剧场、演出、舞蹈、内容情调分析、形体表演程式、诗律、语言(包括修辞)、戏剧的分类和结构、体裁、风格、化装、表演、角色,最后更广泛地论音乐。它所谓戏剧实是狭义的戏曲,其中音乐和舞蹈占重要地位,而梵语"戏剧"一词本来也源出于"舞"。所以书名照词源本义译作《舞论》,而书中的 nāṭya 一词仍译作"戏剧",也不改译"戏曲"。

有这样全面而细致地系统论述戏剧演出的各方面的书出现,这表明当时印度戏剧已经有了长期的发展和丰富的内容。从书的内容也可看出它是实际从事戏剧工作的人所作的总结,而不是观剧或编剧的文人的评论。这个全面总结一经出现,它就对后来的文艺理论产生了很大的影响。一方面,关于戏剧的理论著作(到大约十四世纪的《文镜》为止),就现存的书看来,皆出自文人手笔,大体上不能出其范围,而戏剧作品也在主要原则上遵循其规定。另一方面,它所论到的一些理论问题,如"味""情"的解释和分析,对于论诗(广义的,即文学)的著作也成为重要的课题。各派文学理论,或则默认这种说法为理论前提,或则加以发展,提出新的意见。一般的文学评论也以这套理论为其出发点,许多说法已成为文人常识。在整个梵语古典文学时代中,"味"的含义逐步发展成为文艺理论的一个中心论题。经过各派的争论,所谓"味"(加上了"韵")竟从《舞论》的素朴解说愈来愈变成包括神秘的、色情的、宗教的内容的烦琐哲学。

《舞论》基本上是注重实际演出工作的书,与后来的文艺理论书注重创作和评论作品不同;但是它在理论方面仍然接触到一些重要的问题,而且往往有在当时历史条件下不失为多少有进步意义的意见。例如它论到了戏剧与现实的关系,戏剧的目的、效果和教育意义,戏剧的基本因素及其相互关系,戏剧如何通过表演将本身的统一情调传达给观众,各种表演(语言、形体、内心活动见于外形)的意义与相互关系,各种角色(人物)的特征,如何判断戏剧演出的成功与失败等等。它承认现实生活是戏剧的基础与来源,戏剧应当全面反映现实,模仿现实生活。它规定戏剧不只是满足观众的不同需要和娱乐,更应当有教育意义。它认为戏剧应有统一的基本情调而一切必须与此结合并为此服务。它认为基本情调("味")有其产生的条件,也就是说,能通过一定的活动而为人们所明白认识的具体情况("别情"),因而可以有一定的具体表演方法作为传达手段("随情"),而一个基本情调(戏剧的亦即文学的)乃是根据现实生活中人的一般感情表现("情")而定,而同类感情又有复杂的情况,故必须依作品内容需要定出主次(固定的"情"和不定的"情"),以配合基本情调。它看到了戏剧与其源泉的关系是要"模仿",而戏剧与其效果的关系是要"感染",至于这个过程的中间环节则在于凝为以"情"为基础的"味",而借复杂的表演以求传达出统一的内容。它断定以外形活动表现的内心活动表演是表演的基础,而看不见的内心活动应与基本情调("味")和谐一致。它分析现实生活中人物的心理状态与感情特征而归结为八种"味"和许多"情",一一提炼为舞台上的表演程式。它重视语言在戏剧中的作用。它具体分析戏剧的成功和效果,认为来自语言和外形的低于来自内心表演和情调感染的。它又分析戏剧的失败除来自自然界和敌人以外还有剧本、演出和演员本身的错误。然后它分析观众的各种情况,认为"世人"的种种不同品质是戏剧的基础,而"世人"才是评判戏剧成败的权威。总之,它把戏剧的来源、依据、目的、效果、成分、传达方式及其中的道理、评价标准等等问题都论到了。尽管书中的这些思想有些模糊、矛盾,其表达方式也很素朴、简单,而且用了两千年前古代印度人所习惯的方式,说的是"行话",但是其中心思想却显然是系统的、一贯的、有条理可循的。

在论"味"和"情"的关系等方面,它似乎实际上已经接触到了现代所谓美和美感的问题。这在后来的理论(主要是新护的著作)中得到了发挥,而为现代一些印度学者作为古典美学理论加以阐述。

至于书中表现的思想方法,例如着重分析和计数以及用类推比喻作说理的证明,则是古代印度的传统习惯,我们从汉译佛教经典中也常可见此情况。这种分析有时很精细,有时不免琐碎、拼凑和不确切。问难和辩论也是古代印度常用的论著体裁和思想方法,这在书中不多见。书中显然有两个层次,论"味"和"情"部分中的散文自然比歌诀为晚,因而有些论证方式与全书体例不大一致。

当然,在《舞论》的时代,戏剧只能是供上自宫廷下至市井观赏而以富裕的剥削阶级为其主要服务对象的。这从它所分析的人物及情调的着重点以及评价的立足点上可以看得出来。可惜除了《舞论》本身以外,当时的戏剧活动情况别无较详资料,而所有现存的剧本几乎都产生在它以后而且绝大多数是文人作品。不过,剧本《小泥车》(有吴晓铃汉译本)和在新疆发现的马鸣的剧本残卷可能与现存的《舞论》的本子时代相去不远,从那里面可以推测到当时戏剧活动还主要在民间而且集中于城市。大概是因为这个缘故,《舞论》和后来关于文学及戏剧的理论著作之间,在主要内容和思想倾向上,有着重要的差别。《舞论》中虽没有什么反抗、斗争的气息,也还没有像后来那样偏重于形式和"艳情"。如果把比它稍早的《利论》(*Arthaśāstra*)和比它稍晚的《欲经》(*Kāmasūtra*)拿来比较,则城市社会上层的政治黑暗和风俗腐败在《舞论》中虽有反映,却还不是其主要方面,可见当时的戏剧理论工作者还与人民有着相当的联系,而戏剧观众的面还不那么狭窄。

现在把《舞论》中总论戏剧及论"味"和"情"的部分摘译出来,作为古代印度最早的文艺理论资料。译文根据印度孟买《古诗丛刊》本(一九四三年第二版),参考高斯的英译本。两本有些不同,但这一部分的差别还不大。

二 《诗镜》

《诗镜》是古代印度同类书中现存的最早的两部之一。作者署名檀丁,同一名下还有一部小说《十公子传》。《诗镜》是诗体,共三章,六百六十节诗。原文曾传入我国西藏地区,译成藏文,原文用字母拼写和藏译一并收入西藏佛典《丹珠》中,还另有一部藏文注释。印度刊印本最初出版于一八六三年,附有校刊者爱月·辩语主（Premacandra Tarkabāgīśa）做的梵文注释，作为《印度丛书》（*Bibliotheca Indica*）之一。一八九〇年德国出版了波特林克（Otto Böhtlingk）校译的原文附德译的本子，所依据的就是一八六三年的印度刊本。一九三九年印度加尔各答大学出版了巴纳吉（Anukul Chandra Banerjee）校刊的梵文和藏文对照本，其中原文依据德格版《丹珠》，藏译则依据一个写本，据校者说即《丹珠》本的根据。现在的汉译即以这三种本子为据，但《印度丛书》本不可得，原文可依德国本，原注只有利用一九五六年印度加尔各答出版的一个附有部分英译的错字很多的翻印本。译者注中所称"德本""藏本""罗注"即指这三个本子。不少例句因与原文语言密切有关，德译、英译都照录原文。现在这些例句除照录原文外还附了汉译大意。摘译的是带有理论性质的第一章和第三章后半，第二章及第三章前半分析各种修辞手法，很多是离开原文即无大意义，故略去未译。

  从本书内容可以看出这是古代印度早期文学理论的一个总结，实际是一本作诗手册。这一时期所着重的只是在形式方面，即"诗的形体"，所以着重在修辞；后人才讨论到"诗的灵魂"，即文学的本质或特性。印度古典文学中所谓诗，常是广义的，指文学，但比现在我们所了解的文学的意义为狭。它指的是古典文学作家的作品，以我们现在称为史诗的《罗摩衍那》为最初的典范。《诗镜》总结前人，影响后代，代表早期这类理论著作，而且很早就传入我国，在西藏还有过相当影响，有其历史意义。至于其理论则显然是限于当时作诗人的实际，正如《舞论》限于当时演剧人的实际一样，它的理论本身比较明白，从汉译和译者注大致可以看出其内容。简单说，它认为诗的"形体"就是表达某种意义的"词的连缀"，所以诗就是"语言所构成"（Vāṅmaya），是词与义结合成为诗句。诗体分为韵文体、散文体和混合体，而散文体又分为故事和小说。若依感觉接受分类，则是供听的诗和供看的戏两种体裁。若依语言分，则有雅语、俗语、土语、杂语、讹语（如将梵语中家宅一词的 gṛha 读成 ghar，印地语现在即用后一字为家宅）。这就是《诗镜》对文学的理论，因此连篇累牍都是修辞法的分析与讨论。至于文学的内容、本质、作用，它并不认识，更谈不到文学的社会意义。把它和《舞论》的观点对照，可见其差别是相当大的。这不仅是由于隔了几百年的时代与社会有区别，而且是作者所属社会阶层以及当时所谓诗和剧的社会地位及情况所造成的。《诗镜》讲修辞手法时注重语音，看来繁难；其实我国以前学作旧诗词和四六骈语都得训练对平仄和对仗的灵敏感觉,印度人学作梵文诗也是一样;这是古代风气,由吟咏而来,并不足为奇。

三 《韵光》

《韵光》是大约九世纪的著作,书中有诗体歌诀和散文说明。作者署名阿难陀伐弹那(欢增)。他究竟只是书中散文说明部分的作者,还是同时是诗体本文的作者,至今未有定论。不过本书的著名注者新护以及其他一些古人总是把《韵》的作者和《光(说明)》的作者分别来说,而且从书中散文说明的语气看来,似乎这部分确是一个注解。因此,很可能诗体本文是欢增以前的人所作的口诀。如果是这样,则本书原名应是《韵》,即《韵论》,而散文部分则是它的《光》,即解说,两者合称《韵光》。"韵"这个词的意义原只是声音、音韵,由于这一派理论才成为专门术语,由此具备了"暗示"的意思。

全书分为四章,诗体的本文只有一百十六节(散文说明部分引的诗不算在内)。第一章建立"韵"的理论,把反对者的主要论点逐一驳倒,其要点是在词的"析义"(分解)方面肯定了与"字面义"及"内含义"不同的"暗示义"亦即"韵"的依据。第二章和第三章正面分析这种"暗示义"或"领会义"或"韵",由此涉及一些传统的理论问题如诗"德"和有关的修辞手法等。第四章论"韵"的实际应用。显然,这书既不是作诗手册,也不是文学理论的综合读本,而是提出重要理论观点的专门著作。

《韵光》在印度古典文学理论的发展史中占有极其重要的地位。它把以前的形式主义的注重修辞手法的理论传统打破了,创立了一个系统完整的关于"诗的灵魂"的理论。它吸收了一些语言学和哲学的论点作为依据,进一步发展了从《舞论》以来的"味"的理论,将这一方面的理论探讨大大推向前进,从而影响了几乎所有后来的文学理论家。尽管在它以后还有不少派别和不同纲领,但是在理论探讨的方向和道路方面都没有能够脱离它的指引。它显然是印度古典文学理论发展过程中分别前后期的重要里程碑。它的注者新护的发挥使这一理论体系具有神秘主义的哲学意义。到了现代,印度的受到西方文艺理论影响的人又对欢增和新护作了新的美学解说,这就更值得我们注意。大概因为这是一部理论专著,所以尽管地位崇高,影响巨大,本身却不及综合性的读本如《诗光》《文镜》等那样流行;但是它的理论要点仍然通过了其他人的著作而不断传播(包括改头换面的、有变化和发展的),一直到今天。这一理论不仅对文学理论而且对文学创作,甚至在一般哲学思想中,都有或直接或间接、或明或暗、或多或少的影响。

《韵光》虽然在它出现之时的文学理论中可以算是有创造性的发展,但是它的局限性也是很明显的。它不能脱离那一时代的古典文学的创作基础,这从它所引为例证的诗中可以看出来。它突破了只讲修辞的狭隘的形式主义,却仍然从诗是"词和义"的组合这一点出发,并没有真正超出形式主义而达到分析作品内容的地步,更谈不到认识文学的社会意义。至于唯心主义观点和形而上学方法当然更是其根本缺点了。不过它在这有限范围内做了周密的思考和深入的探索,提出了有完整体系的理论,而且还不像后来人那样烦琐和晦涩,毕竟不愧为开山之作。《韵光》和这一理论在以后的发展还有一个重要区别:它里面没有浓厚的神秘主义色彩,而新护的注和其他著作则表明他是崇拜大自在天的神秘主义哲学家。

为什么这一理论会产生如此不容忽视的影响呢?下面从两方面试做考察:一是它以前的哲学思想发展,一是它当时的社会环境特点。

在古代印度学术思想发展史中,我们可以看出两种方法论倾向:一是对现象进行分析和计算,一是对现象进行本质的推究。前者引向烦琐哲学,后者引向神秘主义。值得注意的是前者还应用于语法和逻辑方面,即对构词的分析和对认识及推理的分析。这种分析研究所得的有些范畴和格式成为学术界的共同知识,虽则解释有所不同。文艺理论也不例外。从《舞论》已可以看出这种分析方法。从其解说"情"一词可见语法中析词法的影响。(参看第174页注①②及第七章。)在《韵光》以前,诗歌(文学)理论几乎都是修辞格式的分析排比;讨论诗"德"、诗"病"以至于所谓"风格"(派别)、程式,都是讲词章形式,作各种分析、归类、计算。这样分析的中心思想是把诗当作"词和义"(形式和内容,现象和本质)的联缀。大诗人迦梨陀娑在长诗《罗怙世系》的开头颂诗中就提出"语言和意义"的联结,比喻为大自在天夫妇的不可分离,足见这也早已是作家的思想。《韵光》把修辞的分析向前推进一步,追究本质,开创了新的局面,从此诗的理论研究从"形体"转而扩大到"灵魂"。不仅如此,《韵光》还把语法家、逻辑家、哲学家的分析方法运用到诗的"词和义"方面来,而又从注重"词"转到注重"义",建立了基于暗示的"韵"的学说。它利用分析的成果走到了分析的对立面。

与《韵光》的作者欢增差不多同时,也是在八九世纪中,哲学思想方面也出现了一个具有类似业绩的人,就是商羯罗(Saṅkara)。他总结和改造了前人的学说,继承了追究事物本质以至"灵魂"的一派思想传统,把唯心主义哲学推上一个高峰,完成了一个体系。这种称为"不二论"的思想到十二世纪前后有大发展,也和"韵"的理论一样到现代更受推崇。两者都把注重分析计算的方法论和认识论以至相联系的宇宙观撇到一边。(类似佛教的"空宗"。)这不会是偶然的。

从历史发展看,文艺理论和哲学思想到这一时期有重大变化,那么,社会环境有什么变化?我们看到的最大变化是,信仰伊斯兰教的阿拉伯人在七八世纪一度侵入印度次大陆,十世纪以后,伊斯兰教徒占领了北方,导致佛教作为一个教派的灭亡以及一些大庙宇的被洗劫与毁坏,当然,封建土地所有权也同时换了主人。伊斯兰教的反偶像的一神教的信仰主义,不可避免地要冲击原有的拜偶像的各教派(特别是佛教)的多神教思想。对社会下层受压迫人民改教的恐惧与仇恨,以及对新兴统治者的投降或对抗,都会使宗教和哲学中的斗争离不开阶级斗争和民族斗争。这可能是九至十二世纪间思想变化发展的重要社会背景。

欢增的《韵光》是从"诗的形体"——"词和义"——追究"诗的灵魂"的理论著作。商羯罗的《梵经注》(又名《有身经注》)是追究具有身体的(身体中的)灵魂的理论著作。这两部书都出现于时代的转换期间。这时(八九世纪)政治上是"太平"的黄昏和风暴的前夕,学术上是纷争的末尾和"一统"的开头,文学上是古典雅语(梵语)文学的繁荣的末流和僵化的起点,各地民间语言的新文学正先后分别在酝酿和发展之中,宗教上是佛教开始没落和伊斯兰教开始兴起。这一时期的经济基础和上层建筑的变动情况是很值得探讨的,这里不过是提出问题。

下面再略说有关《韵光》内容的两点:一是词义分析,一是神秘主义。

《韵光》所依据的词义分析源出于前一时期的语法哲学和弥曼差派哲学;而讲逻辑的,讲分析世界的,甚至讲修行的,也都参加过讨论。首先是词形("声"、音)和意义的分解,然后意义又分解为本义、转义和暗示。暗示在不同情况下对不同的人有不同的具体内容。同一词便由此分解为三种不同作用的方面。这样,一个词便分解为六,各有不同名称:三个是词形方面的"能"(能动的,即外形或工具),三个是意义方面的"所"(被动的,即内容或目标)。这种分解称为"析义"(Vṛtti),原来是语法上分析词的形态时用的术语。这些词和义如何构成句子和句子的意义?由此又分析出三个条件:彼此相"望",相"联",相"近"。这句子与构成其成分的词所显示的是一是二?就是说,词集合表示的与词分别表示的是否相同?集体是个别的单纯结合抑或是有新的内容?对这个问题,弥曼差派内部又有两派不同答复。(参看第212页注①、第216页注⑤、第217页注①、第218页注④⑥、第219页注①④、第222页注⑧、第224页注①)像这样的分析再分析,由于梵语的构词和造句的特点,在语法、修辞、逻辑、哲学各方面产生了各种各样的术语和公式。这些本来就难了解,更难译成其他语言。(由汉译佛教"论"藏中一些书可见。)语言结构与逻辑思维间的关系在这里特别密切。《韵光》的理论的难以理解(但比后来的还要容易些),也因为它要求先知道这些前提,而这是当时的内行都知道的。这类书本不是为一般人写作的。(参看第219页注④)

近年来(六七十年代)国际上语言学界的新派理论和语义学的新的发展涉及了一些与上述类似的问题,也牵连到文艺理论(文体论、风格论),这使我们对古代印度学者的这方面的探索感兴趣。这里和后面译文中的几条译者注不过是简略提一提。(例如第224页注①)

至于神秘主义倾向虽然在《韵光》中还未发展,却也有其来龙去脉。这比以分析为特点的学术思想来源还要复杂。它是一道暗流,有民间的各派宗教迷信和巫术为基础,在社会上各时各地曾有各种表现,各起过或大或小的不同作用。这一思潮的势力实际上远远超过少数读书人的学术争论。(在佛教思想发展史上也很明显。)它的历史很长,文献很多,对印度人民的精神面貌有重大影响,需要做认真的科学的研究。《韵光》只是从文学和语言方面通向神秘主义。(参看第220页注②)

《韵光》是文学理论从形式主义转入神秘主义的中间站。这一发展同后几百年内印度新兴语言文学的关系也很显著。思想根基在社会,并不在语言,文言变为白话改变不了内容趋向。

现在译出《韵光》的第一章以见其理论要点,后面分析"韵"的几章没有译。这里的辩论文体会使看过佛典"论"藏的读者觉得熟悉。这正是古代印度学术辩论的一种基本方式。语法、逻辑、哲学等理论著作往往是这样。《文镜》第一章也是这样(见下文)。

译文根据的原本是印度出版的《迦尸梵文丛刊》本(*Kashi Sanskrit*

Series，一九四〇年版）。书中附有新护的注和这个注的注疏，以及编者的小注。不过这层层的注是以新护的注为中心，并非对于本文的逐字逐句的解说，本文中仍有些地方晦涩难解。译者的注带有疏解性质，也提到新护的注。外国古书和我们相距太远，单看本文不易了解，特别是译文中无法明白表现的双关语、术语及外国古人当时的习惯和用意。为了帮助读者了解，注中说得啰唆一些，有些说法也不一定对。其他几篇的注也是这样。

四 《诗光》

《诗光》作者曼摩吒大约生于十一世纪。关于他的生平只有零星传说。他的这部综合前人论诗学说并自抒己见的著作在印度从古至今享有很高的声誉，可以算是最流行的一部古典文学理论读本。为它做注释的不胜枚举；流传至今的古注有不少已经出版。自从三世纪的《诗镜》和《诗庄严论》起（这两部书以前的诗论已佚），到十四世纪的《文镜》止，七八百年间出现了很多这类的书，而以九至十一世纪为高峰。《诗光》的作者正是处于盛极将衰的时代，因此他的书可以看作是古典诗论的一个总结。这一时期中，诗的理论的繁荣证明职业诗人的众多，而这又与几个王国宫廷中的风气有关。这些理论家中有不少是与克什米尔及其宫廷有关系的。从这一背景可以了解，为什么这类书中引证的例子大多数是艳词（不仅有梵语即雅语的，而且包括所谓俗语的诗），而所引的诗的来源又多已佚失。这更可以说明，为什么在这种理论中形式主义和烦琐哲学总是占上风。约十一世纪初年，著名的婆阇王的理论把各种"味"都归之于"艳情"，更是贵族富豪趣味的突出表现。这位国王据说有八十四种著作，大概其中有不少是宫廷诗人的代笔，由此也可见这类诗人的生活背景。十一世纪以后，当时印度的西北方和北方首先在政治上，随即在文化上有了很大的变动。信奉伊斯兰教的一些外来民族侵入而且统治了许多地方。这正是政治腐败所招致的一个结果。随着政治、经济、社会各方面的变化，这些古代作家和他们的文学作品及理论自然也就由腐朽而趋于消沉了。如果说《诗镜》是这种诗论的开端，则《诗光》正是其终结。《文镜》不过是把这个总结扩大范围（包括了戏剧理论），重复做了一次。

《诗光》以一百四十二节诗体歌诀作为纲领（共二百一十二条），而以散文说明的形式作论，并引了六百零三首诗作为例证。体裁和《韵光》相同。全书分为十章。第一章总论诗的目的、特色及评价等级。第二章论词与义,分析了词的三种意义:字面义、内含义、暗示义。第三章论意义的暗示,列举九种暗示方式。第四章论《韵》,即论以"韵"为主的所谓上品诗,以及"韵"的分类,并论及"味"的理论。"韵"的分类由二而十八,而五十一,最后竟至一万零四百五十五种!第五章论以"韵"为次要的所谓中品诗。第六章论只重声音和意义的修辞的所谓下品诗。第七章论诗"病",分别论词、句、意、"味"的"病"。第八章论诗"德",它只承认三种:"甜蜜""壮丽""显豁"。它和《诗镜》不同,把"德"和"修饰"严格分开了。第九章论词的"修饰"。初分为谐声、双关语、回文等六种,以下再细分类。第十章论意义的"修饰",共六十一种,各种又细分类。

　　这种文学理论有很大的局限性:它的方向是错误的,它的基础是狭窄的,它的方法是烦琐的,它与梵语及其古典文学作品有密切不可分的关系,因而离开梵语便很难了解。但是在有些具体问题的讨论上,仍不是毫无值得注意之处;至于其历史意义和作为反面的镜子的作用则是很明显的。

　　现在译出《诗光》第一章以见其基本理论及体例。《诗光》原文版本很多。译文根据的是两种刊印本:一是南印度出版的,附有两种梵语注释(*Trivandrum Sanskrit Series*,一九二六年及一九三〇年出版两册),一是北印度麦拉特出版的,附有印地语解说(一九六〇年版)。

五　《文镜》

　　《文镜》是十四世纪的著作,是古代印度文学理论中后期的综合论著。梵语古典文学及其理论到此已经基本结束,后来虽有个别较有地位和影响的理论家,但没有重大的发展。文学创作也主要移入民间和地方口语。(北方的朝廷以波斯语为官话,直到英语代替了它。)政治和社会的大变化使古典文学成为古董,失去生命力,依附贵族富豪的文人到了穷途末路。《文镜》的作者毗首那他(宇主)企图总结过去的文学理论,全面论述所谓文学(sāhitya,以前只称为诗,kāvya),并且评论前人的意见,提出自己的主张。《文镜》和《诗镜》相距约七百年,一始一终,恰可作为对照,由此看出这方面理论的发展及其局限。

　　宇主注过《诗光》,还有一些别的著作。《文镜》的体裁是以诗体歌诀为纲而加以大量说明和讨论;措辞力求简括,以至非再注不明。这和《诗镜》的完全用诗体正好是古代印度学术著作(哲学、科学、语法等)两种体裁的标本。在印度,直到现代,《文镜》还是学习古典文学理论的流行读本。虽然就理论上的创见和影响说,它不及《韵光》;就传诵广远和受尊重说,它也不能比《诗光》;但是作为包罗宏富的课本,它兼论诗和戏剧,探讨前人所涉及的各方面问题,比较全面;它的流行是有道理的。

全书分为十章:一、论诗的特性。二、论句子。三、论"味"及"情"及男女主角。四、论"韵"。五、论"暗示"。六、论戏剧。七、论诗"病"。八、论诗"德"。九、论"风格"。十、论"修饰"。

现在译出有绪论性质的第一章以见一斑。其中有些辩论段落,同《韵光》第一章一样,是古代印度学术论著中常用的典型方式。在汉译佛典的许多"论"中都有这种文体。这种讨论式的论证方式,从公元前二世纪的语法书《大疏》(*Mahābhāṣyā*)就开始了。那里是以师生对话,经过疑问、解答、再问、再答、总结的程序进行的。后来的书就用论敌之间辩论的方式了。至于辩论方法则依据于分析和类推,常用印度逻辑学中规定的一些论证格式和术语;当然这里没有哲学著作中运用得那样充分。

原书的版本很多。译文根据的是一九四七年印度瓦拉纳西出版的附有梵文注解的本子,是《迦尸梵文丛刊》之一;译者注中所说"原注"即指此本的注释。另参照了一九五七年印度加尔各答出版的、附有不完全的梵文及英文注释的本子。两个本子的印刷都不好,而文字及解说也有些不同,但因更好的校刊本还不可得,只好以此为据。

以上先列举了一些文献,又介绍了现在摘译的五部书的情况,下面再做一点说明。

一般常说印度古典文学理论分为四派,即"庄严"或修辞一派(alaṅkāra),"风格"或程式一派(rīti),"味"或情调一派(rasa),"韵"或神韵一派(dhvani)。这个分法不甚恰当,没有看到历史发展。实际上前二者是前一阶段重心,后二者是后一阶段重心。婆摩诃的《诗庄严论》,檀丁的《诗镜》,以及伐摩那的《诗庄严经》,实际还可包括较早的《舞论》中理论在内,属于前期(主要是七八世纪)。这时注重作诗法的实践,讲究形式和修辞,理论上只有模糊见解和分类。《舞论》所论"情"与"味"都是着重在演剧实践。《诗庄严经》认为"风格"是"诗的灵魂",但分析出来的只是华丽的、柔和的与朴素的三派,仍然是形式,不过稍进一步,好像我国古时有人分别"阳刚""阴柔"两种文体那样。欢增的《韵光》才开始了后期。他认为"诗的灵魂"是"韵",这不但与以前讲"诗的形体"不同,而且与伐摩那论"灵魂"而仍着眼于文体形式也大有不同。后期由回答"诗的灵魂"(文学的本质和特征)问题的着重点不同而分为四派:以"味"为主的一派,以"风格"为主的一派,以"韵"为主的一派,还有影响较小的以"曲语"(vakrokti)为主的一派。但无论前期或后期,重"形体"或重"灵魂",都没有深入到诗的"内容"(vastu),整个是形式主义的文学理论。所谓"形体"与"灵魂",实质上是早就有的,认为诗是词和义结合的理论中,在语言和意义两方面的有所偏重的发展。古代文人的封建社会处境决定他们只能在这里面兜圈子。他们所谓诗或文学的实例出不了封建时代文学,这是理所当然的。值得注意的倒是,在这些现在看来多半是腐朽的诗中,他们竟能认真分析并做出现在看来也不是毫无意义的探索。下面略举一例。

　　诗是什么?《诗镜》说,诗不过是有词和义相联结的诗句的联缀。《诗光》说,"味"是主体,但分析出来的只是诗"德"、诗"病"、诗的"修饰",由此分别出各派"风格",然后依"韵"分等级。这其实是一个综合的说法。《诗庄严经》提出了"灵魂"问题而依然归结于"风格"和"修饰"。《文镜》说,诗就是有"味"的句子。这些还不如《舞论》就戏剧实践分析各种的"情"较为具体而有意义。后期的发展中也有值得注意之处。《文镜》以"韵"解"味",而接受者的获得"味"则由于"熏习"(vāsanā 印象,译名用佛教旧译术语),亦即自己原来具有的同类的感情,所以文学能够"熏染"。(好像现在说"共鸣",却又不同)这种说法越来越玄妙,因而走向末流。但是在分析情调、比喻、言外之意等方面,他们的千余年的努力也并非全是徒劳。至于涉及的理论问题前面已经提到了。

　　译文是尽量直译,原来的诗体则译成散文。不得不增加的词用六角括弧标明,译者加的解说用圆括弧标明。术语在字下面加点,表示不是一般意义,但原文中哲学、语法等的常用语而在译文中可作一般理解的词则不加点。原文中有些意同词异或词同意异的说法也都照译而另加说明。有些诗句离开原文即难理解,则照录原文而附翻译。原文只分句无标点,译文标点是照汉语习惯加的。古书原不分段,译文分段是照所据的现代刊行本。诗节后附的括弧中数字是原来诗节的序数。所译几部书体裁不同,故用的字体有异。《舞论》和《诗镜》是一类,本身是完整的诗体论文,引诗即在内,所以全文用一种字体。另三部书是另一类,本文歌诀用仿宋体,说明用一般字体,引证的诗用小一号字体。《诗镜》的颂诗属于本文,而《韵光》的颂诗不是本文,又非引诗,就不算诗节序数,用了与说明相同的字体。印度字母不分大写、小写,现用拉丁字母拼写原文,人名和书名的第一字母用了大写。以上这些都是刊印印度古书的常用体例,今仿用。原书是比较难读的理论专著,为帮助读者理解,译者加了一些注释。至于译者对印度古书研究不够,理解有误,传译和注释不当,以及论点和说法错误,都是难免的。这只能算是从无到有的"问路石"。译文和注是一九六五年写的,《舞论》《诗镜》《文镜》曾在《古典文艺理论译丛》第十期发表。

　　本书所摘译的是文学方面,艺术理论未能涉及。这里只附带提一下绘画理论方面的一个问题。

　　印度传统的所谓"艺论"的一节诗,列举绘画的"六支"(saḍaṅga),即六成分,六项基本原则。公元后几世纪间的著作《欲经》(或《欲论》)的十三世纪的注中,在解说第一章第三节第十六段经说"六十四艺"的下面,引了这节讲绘画的诗。这在印度绘画传统中被认为金科玉律。恰好我国南齐(五世纪)的谢赫也有"绘画六法"之说,因此有人竟断为中国的"晚"于印度,应是由印度传来。(见英人勃朗的《印度绘画》〔Percy Brown: *Indian Painting*〕,一九三二年第四版,第二十三页)因为他未检原书,所以把十三世纪的注当作五世纪以前的本文了。

　　现在把中印两方的原文引在下面。

　　《欲经》注里引的诗译出来是：

　　　　形别与诸量,
　　　　情与美相应,
　　　　似与笔墨分,
　　　　是谓艺六支。

　　说的是：一、"形别"(rūpabhedāḥ),即各种不同形相的差别。二、"量"(pramāṇāni),指大小远近等各种比例。这两个词都是用的复数。("形"照佛经旧译术语是"色"。"量"也是逻辑认识论术语,旧译同。)三、"情"(bhāva),与《舞论》中用的术语"情"是一个词,大概指的也是一类,即心情、情调等。

四、"美相应"(lāvaṇyayojana)。"相应"用同源词"瑜伽"的旧译,意为联系、结合;"美相应"即加上"美",具有"美"。这个"美"有文雅、优美之意;其词来源于"盐",(参看第 218 页注④)可以解为"有味"。原诗中"情与美相应"合为一个复合词 bhāvalāvaṇyayojanam。五、"似"(sādṛśya),即相似。六、"笔墨分"(varṇikābhaṅga),即用笔设色。"笔墨"在梵文用的是一个词 varṇikā,既是色彩,又是画笔。"分"本意是破,触,分开。对于这首传统歌诀后来有各种解说。这里只就本词说明,不涉及其美术的或宗教及哲学的解释。不过,有的书将"情与美相应"一个复合词作为一"支",将"笔墨"与"分"不作为复合词而分为两"支",这样,"分"或"破"就难解说。(见《迦尸梵文丛刊》本一九二九年版第三十页,史密特〔Richard Schmidt〕德文译本一九二二年第七版第四十五页)我在这里的解词大体依照现代印度孟加拉画派的领袖人物,阿巴宁德罗那特·泰戈尔(Abanindranath Tagore,1871—1951)的解说。(见《国际大学季刊》一九四二年《阿·泰戈尔专号》所载阿·泰戈尔一九一五年发表的文章)

谢赫在《古画品录》的序中说到"六法":

> 虽画有六法,罕能尽该;而自古及今,各善一节。六法者何?一、气韵生动是也。二、骨法用笔是也。三、应物象形是也。四、随类赋彩是也。五、经营位置是也。六、传移模写是也。

唐朝的张彦远在《历代名画记》中《论画六法》一节开头说:"昔谢赫云:画有六法。一曰气韵生动,二曰骨法用笔,三曰应物象形,四曰随类赋彩,五曰经营位置,六曰传模移写。自古画人罕能兼之。"(以下张彦远加以发挥的话略去。二书皆据明汲古阁刊本,第六法用词微异。)

这"六支"与"六法"有什么相联系之处?这里不过是提供一点原始资料。

译　者

一九七八年冬

舞　　论

婆罗多牟尼　著

第 一 章

我创造了"那吒吠陀"（戏剧学），可决定你们（天神的敌人）和天神的幸与不幸，考虑到〔你们和天神的〕行为和思想感情。①（106）

在这里，不是只有你们的或者天神们的一方面的情况。戏剧是三界②的全部情况的表现。（107）

〔戏中出现的〕有时是正法，有时是游戏，有时是财利，有时是和平，有时是欢笑，有时是战争，有时是爱欲，有时是杀戮。③（108）

〔戏剧〕对于履行正法的人〔教导〕正法，对于寻求爱欲的人〔满足〕爱欲，对于品行恶劣的人〔施行〕惩戒，对于醉狂的人④〔教导〕自制，（109）

对于怯懦的人〔赋予〕勇气，对于英勇的人〔赋予〕刚毅，对于不慧的人〔赋予〕聪慧，对于饱学的人〔赋予〕学力，（110）

对于有财有势的人〔供给〕娱乐，对于受苦受难的人〔赋予〕坚定，对于以财为生的人〔供给〕财利，对于心慌意乱的人〔赋予〕决心。（111）

---

① 以上1到105节诗略去。上文说婆罗多牟尼和他的一百个儿子演出了第一个戏剧，表现天神战胜其敌人，于是天神的敌人大怒，使人扰乱；因此创造之神大梵天教天神修筑剧场，由许多天神分别保护其中各部分；随后大梵天又对天神的敌人们说明戏剧的意义与作用，即此处所译。诗节序数从孟买刊本，英译稍异。
② "三界"指天上、人间、地下。
③ "法、利、欲"并称人生三大目的，往往加"解脱"为四。
④ "醉狂的人"有异文作"品行优良的人"（或"有教养的"与上文"品行恶劣的"即"无教养的"相对），英译从之。

我所创造的戏剧具有各种各样的感情,以各种各样的情况为内容,模仿人间的生活,(112)

依据上、中、下〔三等〕人的行动,赋予有益的教训,产生坚决、游戏(娱乐)、幸福等等。(113)

｛这戏剧将在各种味、各种情、一切行为和行动〔的表现〕中产生有益的教训。｝①

我所创造的戏剧对于遭受痛苦的人,苦于劳累的人,苦于忧伤的人,〔各种〕受苦的人,及时给予安宁。(114)

这戏剧将〔导向〕正法,〔导向〕荣誉,〔导致〕长寿,有益〔于人〕,增长智慧,教训世人。(115)

没有〔任何〕传闻,没有〔任何〕工巧,没有〔任何〕学问,没有〔任何〕艺术,没有〔任何〕方略,没有〔任何〕行为,不见于戏剧之中。②(116)

｛在这戏剧中,集合了一切学科〔理论〕,〔一切〕工巧,各种行为。因此我创造了它。｝③

因此,你们(天神的敌人)不要对天神们生气。｛这戏剧将模仿七大洲。④｝我所创造的这戏剧就是模仿。(117)

应当知道,戏剧就是显现天神们的,阿修罗(天神的敌人)们的,王者们的,居家人们的,梵仙们的事情。(118)

这种有乐有苦的人间的本性,有了形体等⑤表演,就称为戏剧。(119)

戏剧将编排吠陀经典和历史传说的故事⑥,在世间产生娱乐。(120)⑦

---

① ｛｝括弧中是孟买刊本列入本文而加括弧的诗句。原注称,只个别本子才有这些诗句。下同。英译将此节列为正文。
② "传闻"英译为"格言",一般指传统相承的话或学问。"方略"照英译,照词义也可译为"职业"。
③ "学科"指各门学问。此节英译列为正文。
④ "七大洲"是古代印度所想象的世界,印度居于其中之一,即"赡部洲"。此句英译列入正文。
⑤ "等"指语言、服装、内心表演等。
⑥ "吠陀"是印度最古的经典。"历史传说"一般指史诗和"往世书"。
⑦ 此节诗英译置于前两节之前。第一章以下还有121到128节诗说明演剧以前必须在剧场中祭神。今略去。

第 六 章

戏剧中的味相传有八种：艳情、滑稽、悲悯、暴戾、英勇、恐怖、厌恶、奇异。(16)①

现在我先来解说味。没有任何〔词的〕意义能脱离味而进行。

味产生于别情、随情和不定的〔情〕的结合。②

有什么例证？这儿，〔据〕说，正如味产生于一些不同的佐料、蔬菜〔和其他〕物品的结合，正如由于糖、〔其他〕物品、佐料、蔬菜而出现六味③，同样，有一些不同的情相伴随的常情（固定的情或稳定的情）就达到了（具备了）味的境地（性质）。这儿，〔有人问，〕说：所谓味〔有〕什么词义？〔答复〕说：由于〔具有〕可被尝〔味〕的性质。〔问：〕味如何被尝？〔答复说：〕正如有正常心情的人们吃着由一些不同佐料所烹调的食物，就尝到一些味，而且获得快乐等等，同样，有正常心情的观众尝到为一些不同的情的表演所显现的，具备语言、形体和内心〔的表演〕的常情，就获得了快乐等等，〔这在下文引的以〕"戏剧的味"〔为结语的诗句中〕解说了。这儿有〔两节〕传统的诗：

"正如善于品尝食物的人们吃着有许多物品和许多佐料在一起的食物，尝到〔味〕一样，(33)

"智者心中尝到与情的表演相联系的常情〔的味〕。因此，〔这些常情〕相传是戏剧的味。"(34)

这儿，〔有人问，〕说：是情出于味呢，还是味出于情？〔答复〕说：有些人的意见是，它们的出生是由于彼此互相联系。这〔话〕不对。为什么？因为只见味出于情而不见情出于味。④ 这儿有一些诗〔为证〕：

---

① 上文1到15节解释了几个术语，下文17到32节解释并列举"常情"等等，今并略去。八"味"后增为九，但后来又有人只承认其中三种。以下原文即诗与散文相参。不注诗节数的在原文中都是散文。"味"(rasa)英译本译作 sentiment。

② 这一条因为没有解说"产生"和"结合"，又未提到"常情（固定的情）"，引起后人许多不同解释。几个术语的意义见下文。

③ 例中之"味"是一般的味。"六味"是辛、酸、甜、咸、苦、涩。

④ 这段话与下文引诗有些不合。英译者以为原文有错简，照诗意应当"味出于情而非情出于味"是"有些人的意见"，而反驳的话才是只见其出于二者互相联系。但他也说现在这样的本文由来已久，因为早已有人驳婆罗多的采"味出于情"说。译者按：大概散文部分是一说，引诗乃传统的不同说法。

"因为〔情〕使这些与种种表演相联系的味出现,所以戏剧家认〔之〕为情。"①(35)

"正如烹调的食物随许多种类的不同的〔辅佐烹调的〕物品而出现,同样,情与一些表演一起使味出现。"②(36)

"没有味缺乏情,也没有情脱离味,二者在表演中互相成就。"(37)

"正如佐料和蔬菜相结合使食物有了滋味,同样,情和味互相导致存在。"③(38)

"正如树出于种子,花果出于树,同样,味是根,一切情由它们而建立。"(39)

现在我们来解说这些味的来源、颜色、〔主宰的〕神和例证。这〔八种〕味的来源是四种味,即,艳情、暴戾、英勇、厌恶。④

这儿,

滑稽出于艳情,悲悯之味由暴戾生,奇异出生于英勇,恐怖来自厌恶。(40)

模仿艳情便叫作滑稽,暴戾的行为〔结果〕就是悲悯之味,(41)

英勇的行为称为奇异,显出〔可〕厌恶的地方则是恐怖。(42)

以下是颜色:

艳情是绿色,滑稽是白色,悲悯是灰色,暴戾是红色,(43)

英勇是橙色,恐怖是黑色,厌恶是蓝色,奇异是黄色。(44)

以下是主宰天神:

艳情之神毗湿奴,滑稽之神波罗摩他,暴戾之神楼陀罗,悲悯之神是阎摩,(45)

厌恶之神摩诃迦罗(湿婆),恐怖之神是迦罗(阎摩),英勇之神因陀罗,奇异之神大梵天。⑤(46)

---

① 这是从词源编出的:bhāva 的词根是 bhū,本有形成、出现、存在之义;现在说,由于使味出现(bhāvayanti:使出现,使存在)故名"使出现"=bhāva(情)。解说见下文第七章。
② 仍利用了词源解释,同上节。
③ "导致存在"即"使出现"(bhāvayanti),即"影响",见下文第七章。
④ 这节原文是散文。
⑤ 毗湿奴或译遍入天,摩诃迦罗即湿婆,即大自在天,他们与大梵天是印度教的三大神,被认为分掌保全、毁灭与创造。楼陀罗原是吠陀神话中的神,后被认为与湿婆一体。迦罗指阎摩,即死神。因陀罗是吠陀神话中天神的首长。波罗摩他通常指隶属于湿婆的一些小神。

这样解说了这些味的来源、颜色、天神。现在解说与别情、随情、不定的情相联系的特征和例证,并列举味的常情(固定的情)。①

这儿(八种味之中),艳情由常情(固定的情)欢乐而生,以光彩的服装为其灵魂。正如世间凡是清白的,纯洁的,光彩的或美丽的都以"艳"表示。〔所以〕穿了光彩的衣服的人就被称为"艳〔丽的〕人"。又如人的名字产生于种姓、家族、行为而为传统教导所确定,同样,这些味和情以及戏剧中的事物的名称也由行为而产生并为传统教导所确定。这样,由于以可爱的光彩的服装为灵魂,经行为确定〔称为〕艳情味。它以男女为因,以最好的青年〔时期〕为本。它有两个基础:欢爱和相思。这儿(两者之中),欢乐产生于季节、花环、香膏、妆饰、所爱的人、〔享乐的〕对象、优美住宅的享受,到花园去行乐,听到和看见〔情人〕,〔与情人一同〕游戏、娱乐等等别情。〔在戏剧中〕它应当用眼的灵活、眉的挑动、媚眼、行动、戏弄、甜蜜的姿态、语言等等随情表演。〔其中的〕不定的情不包括恐怖、懒散、凶猛、厌恶。至于相思则应当用忧郁②、困乏、疑惧、嫉妒、疲劳、忧虑、焦灼、睡意、睡、梦、嗔怪③、疾病、疲狂、癫痫、痴呆、死亡等等随情表演。

这儿④,〔有人问,〕说:如果艳情产生于欢乐,为何它会有属于悲悯的情?这儿〔答复〕说:前面已经说过,艳情是由欢爱和相思〔两者〕构成的。《妓女经》⑤作者曾说过十种〔相思〕情况,这些我们将在〔第二十四章〕《论一般表演》中说到。悲悯起于受诅咒的困苦、灾难、与所爱的人分离、丧失财富、杀戮、监禁,有绝对性质⑥。相思则起于焦灼与忧虑,有相对性质。所以悲悯是一回事而相思是另一回事。这样,艳情就与一切〔其他味中的〕情相联系。还有:

"富有幸福,与所爱相依,享受季节与花环,与男女有关⑦,〔此〕名为艳

---

① 此节及下两节原文是散文。"相联系的"英译作"它们的联系"。
② "忧郁"英译作"冷淡"。
③ "嗔怪"英译作"醒"。原文词形近似,意为"佯对情人不理"或"冷漠",注云有异文为"醒"。
④ 原文此处接上节而在下面分为另一节,今依英译从此处分节而与原文下一节连接,较合内容。下文尚有同样情形,不一一注明。
⑤ 《妓女经》不传,可能即《欲经》(《欲论》)或其同类之书。《欲经》是大约三世纪以后的著作,作者为伐蹉衍那。书今尚存。
⑥ "有绝对性质"及下文"有相对性质",英译作"绝望的情形"及"保持乐观的情形"。又,"灾难",英译无。参看下文释"悲悯"节。
⑦ 照原文是"与女子在一起的男子",英译作"与男女〔的结合〕有关",当是原文二词合为一词,义较胜。

情。"(47)

还有同此处的经文相连的〔两节〕阿梨耶体的诗:

"季节、花环、妆饰,〔以及对于〕情人、音乐、诗歌的享受,到花园去游玩,〔随着这些,〕艳情的味就产生了。"(48)

"它(艳情)应当用的表演是:眼神与面容的宁静,还有欢笑、甜言蜜语、满意、快乐,以及甜蜜的形体动作。"①(49)

以上是艳情味一节。②

滑稽以常情(固定的情)笑为灵魂。它产生于不正常的衣服和妆饰、莽撞、贪婪、欺骗③、不正确的谈话、显示身体缺陷、指说错误等等别情。它应当用唇鼻颊的抖颤、眼睛睁大或挤小、流汗、脸色、掐腰等等随情表演。〔它的〕不定的情是:伪装、懒惰、散漫、贪睡、梦、失眠、嫉妒等等。这〔味〕有两种:处于自己的,处于他人的。当〔角色〕自己笑时,那就是处于自己的〔味〕;而当〔角色〕使他人笑时,那就是处于他人的〔味〕。这儿有〔两节〕④传统的阿梨耶体的诗:

"由于颠倒的妆饰,不正常的行为、谈话和服装,不正常的形体动作而发笑:相传这味就是滑稽。"(50)

"因为以不正常的行为、言语、形体动作以及不正常的服装使人发笑,所以这味被认为滑稽。"(51)

在妇女和下等人之中,这味出现得最多。它共有六种,我再〔在下面列举,〕说:(52)

微笑、喜笑、欢笑、冷笑、大笑、狂笑。上等、中等、下等人各有二种。(53)

这儿,

微笑、喜笑属于上等人,欢笑、冷笑属于中等人,大笑、狂笑属于下等人。(54)

这儿是〔一些〕诗:

上等人的微笑应当是端庄的〔笑〕,两颊微微开展,带有优美的眼角〔传

---

① 这三节诗是总结上文的歌诀。这大概是传统歌诀,引来作结,而上文是其说明。以后各节皆有此情形,是古书体例之一。
② 这是原文编者加的标题,依传统习惯附在末尾。英译则照现代习惯置于前面。下同。
③ 英译作"争吵"。原文注云有异文作"争吵"。
④ 原文用了双数,只指首二节。第3节不是阿梨耶体且内容属于本文,故这以下不加引号。

情〕，不露牙齿。（55）

颜面和眼睛都开放，两颊也开展，稍微露出牙齿，这就成为喜笑。（56）

｛以下是中等人的：｝

紧缩眼睛和两颊，带有声音，甜蜜，合乎时机，有〔欢乐的〕脸色，这便是欢笑。（57）

鼻孔开放，眼睛斜视，两肩与头部紧缩（低垂），这便是冷笑。（58）

｛以下是下等人的：｝

笑得不合时机，而且眼中含泪，两肩和头部抖动起来，这便是大笑。（59）

眼睛激动又含泪，高声叫喊，两手掩着腰，这便是狂笑。（60）

在戏剧中，随事件而出现的滑稽的情景，应当这样结合上中下〔三等人表演〕。（61）

以上就是滑稽的味，有起于自己和起于他人两种，分属于三等人，处于三种地位（身份）。（62）

以上是滑稽味一节。

悲悯起于常情（固定的情）悲。它产生于受诅咒的困苦、灾难①、与所爱的人分离、丧失财富、杀戮、监禁、逃亡、危险、不幸的遭遇等等别情。它应当用流泪、哭泣、口干、变色、四肢无力、叹息、健忘等等随情表演。〔它的〕不定的情是：忧郁、困乏、忧虑、焦灼、激动、幻觉、昏倒、疲劳、惶恐②、悲伤、哀愁、疾病、痴呆、疯狂、癫痫、恐怖、懒散、死亡、瘫痪、颤抖、变色、流泪、失声等等。这儿有〔两节〕阿梨耶体的诗：

"或由于见到所爱的人的被杀（死），或由于听到刺耳的言语，有着这些特别的情，就出现了悲悯的味。"（63）

"悲悯味应当用号啕大哭、昏倒在地、痛哭和啜泣、折磨〔自己的〕身体来表演。"（64）

以上是悲悯味一节。

暴戾以常情（固定的情）愤怒为灵魂，以罗刹、陀那婆③、骄傲的人为本，以战争为因。它产生于愤怒、抢劫、责骂、侮辱、诬蔑、攻击〔人〕的言语、残暴、迫

---

① "灾难"，英译无。
② "疲劳、惶恐"，英译无。
③ 罗刹与陀那婆指妖精、魔怪。

害①、猜忌等等别情。它的行动是敲打、劈破、捶打、割裂、攻打、揪打②、投射武器、互殴、流血等等。它应当用红眼、流汗③、皱眉、挑衅的态度、牙咬嘴唇（咬牙切齿）、颊肉抖颤、摩拳擦掌等等随情表演。它的〔不定的〕情④是：镇静、勇敢、激动、愤慨、鲁莽、凶猛、傲慢、眼神不正⑤、流汗、颤抖、汗毛竖起等等。

这儿，〔有人问，〕说：既然是暴戾的味属于罗刹、陀那婆等，是否不属于其他？〔答复〕说：暴戾的味也属于其他，但是在这儿（罗刹等一方面）算是〔他们的〕专职。因为他们本性就是暴戾的。为什么？⑥〔因为他们有〕许多手臂、许多嘴，直竖起来的纷乱的棕红色头发，血红的突出的眼睛⑦，而且〔肤〕色是可怕的黑色。不论他们要进行什么行动、言语、形体动作等，他们的一切都是暴戾的。连艳情（爱情）在他们也是多半用暴力的。可以想见，那些模仿他们的人也是由战争和互殴而有暴戾的味的。这儿有〔两节〕阿梨耶体的诗：

"由于在战争中攻打、杀戮、残害肢体、刺穿，以及战争的混乱，就产生了暴戾。"（65）

"投射各种武器，砍去头颅、躯体、手臂，这些特殊的事情，便是〔暴戾所〕应当用的表演。"（66）

〔由〕以上可见暴戾味是暴戾的语言和形体动作，充满了武器的攻击，以凶猛的行动和行为为其灵魂。（67）

以上是暴戾味一节。

英勇以上等〔人〕为本，以勇为灵魂。它产生于镇静、坚决、谋略、训练、军力、骁勇、毅力⑧、威名、威风等等别情。它应当用坚定、坚忍、刚强、牺牲⑨、精明等等随情表演。它的〔不定的〕情⑩是：刚毅、智慧、傲慢、激动、凶猛、愤慨、回忆、汗毛竖起等等。⑪ 这儿有〔两节〕传统的阿梨耶体的诗：

① "攻击的言语""残暴""迫害"，英译作"驱邪""恐吓""仇恨"。
② "攻打""揪打"英译作"刺穿""拿起武器"。
③ "流汗"，英译无。
④ 原文只有"情"一字，注云有异文作"不定的情"。英译作"不定的情"。
⑤ "傲慢""眼神不正"，英译无。
⑥ 此语英译无。原文注云有一写本无。
⑦ 此语英译无。
⑧ "毅力"，英译无，似与"骁勇"合而为一。
⑨ "牺牲"本义是"放弃"，英译是"慈善"，是作"施舍"解，未必适当。
⑩ 原文只是"情"，英译作"不定的情"。
⑪ 英译多"精力"，共九。

"由于勇敢、坚决、不悲观、不惊异、不慌乱①以及种种特殊的情况,就出现了英勇的味。"(68)

"英勇的味应当正确地用坚定、坚忍、英勇、傲慢、勇敢、骁勇、威风、斥责的言语来表演。"(69)

以上是英勇味一节。

恐怖以常情(固定的情)恐惧为灵魂。它产生于不正常的声音,见妖鬼、见枭与豺而恐惧惊慌,进入空虚的住宅或森林,看见或听见或谈到亲人的被杀或被囚等等别情。它应当用手足颤抖、眼神不定②、汗毛竖起、变脸色、失声等等随情表演。它的〔不定的〕情③是:瘫痪、流汗、口吃、颤抖、失声、变色、疑惧、昏倒、沮丧、激动、不安、痴呆、恐慌、癫痫、死亡等等。这儿有阿梨耶体诗〔为证〕:

"恐怖的形成由于不正常的声音、见妖鬼、战争、进入森林或空虚的住宅、得罪长辈或王爷。"(70)

"恐惧〔的情形是〕四肢和嘴和眼神陷于呆钝、两腿僵化、东张西望、惊慌失措、口干舌燥、心跳不止、汗毛竖起。"(71)

"这是自然的〔恐怖〕,虚构的假扮的〔恐怖〕也应照这样〔表演〕,但是〔其中的〕这些情应当是较为温和。"(72)

"恐怖应当经常用手足颤抖、瘫痪、四肢紧缩、心跳、唇颚喉干燥来表演。"(73)

以上是恐怖味一节。

厌恶以常情(固定的情)厌为其灵魂。它产生于听到或看见或谈到令人恶心的、恶劣的、使人不愉快的、不堪入目的〔事物〕等等别情。它应当用全身紧缩、嘴闭拢、作呕、呕吐、难受等等随情表演。它的〔不定的〕情④是:癫痫、难受、激动、昏倒、痴病、死亡等等。这儿有〔两节〕阿梨耶体的诗:

"由于看见可厌恶的〔事物〕以及气味、味道、接触、声音的恶劣⑤〔而有了〕许多难受〔的感受〕,便出现了厌恶的味。"(74)

"厌恶应当正确地用口眼闭拢、掩鼻、脸朝下、轻轻移步来表演。"(75)

---

① 原文缺"不",今从注中异文及英译("镇静")。
② 英译无。
③④ 原文只是"情",英译作"不定的情"。
⑤ 此指眼、鼻、舌、身、耳五种感觉器官的对象与心意相违。

以上是厌恶味一节。

奇异以常情（固定的情）惊诧为灵魂。它产生于看见神仙，满足心愿，进入花园①或神庙等，〔进入〕大会（朝廷）、大厦，〔看到〕幻境、幻术等等别情。它应当用睁大眼睛、目不转瞬、汗毛竖起、〔喜极〕流泪、出汗、欢喜、叫好、布施、不断做"哈！哈！"声、挥舞手臂、点头、用衣襟招展②、手指〔在空中〕划动等等随情表演。它的〔不定的〕情③是：瘫痪、流泪、出汗、口吃、汗毛竖起、激动、慌乱、喜悦、不安、疯狂、坚定④、痴呆、死去等等。这儿有传统的〔两节〕阿梨耶体的诗：

"凡是极端卓越的言语、工巧⑤、行为、形象，就都是奇异味中的别情。"⑥（76）

"它的表演是：接触到〔好东西〕、摇动四肢、发出哈哈声、叫好、颤抖、口吃、出汗等等。"⑦（77）

以上是奇异味一节。

艳情有三类：言语的、服装的、行动的。滑稽与暴戾也各有三类：形体的、服装的、言语的。（78）

悲悯有三类：由于正法受阻碍的、由于失去财利的、由于悲伤的。（79）

大梵天宣称英勇味有三类：勇于布施的、勇于〔履行〕正法的、勇于作战的。⑧（80）

恐怖有三类：出于伪装的、出于犯罪的、出于受到恐吓的。（81）

厌恶有〔感觉〕恶心的、单纯的、〔感到〕刺激的三类⑨。由粪便、蛆虫引起的是〔感觉〕恶心的，由血等引起的是〔感到〕刺激的。⑩（82）

---

① "花园"，英译无，且列举各项次序不同。
② 英译无臂与头的动作。"头"原文作"脸"，印度人习惯将下颔向一方摆动（类似摇头而非）表示赞许。印度人的衣裳是一整块布，所以只是摇动衣角。原文这些都只用"挥舞"一词表示动词，今分别译并略迁就我国习惯说法。
③ 原文只是"情"，英译作"不定的情"。原文此处又分段，今从英译不分段。
④ "喜悦"至"坚定"四项，英译无。
⑤ "工巧"英译作"性格"，原文注中有此异文。
⑥ 此节英译较简，只说此味起于言语、性格、行为、美貌。
⑦ "接触"，英译作"嗅到香气"。
⑧ 英译无"大梵天宣称"。"英勇"词与"英雄"同。
⑨ "三类"原文作"第二"，今从注中异文作"第三"，依英译译为"三类"。从下文看，所谓"第二"是把"单纯的"算作第三类。
⑩ 原文后半将"恶心"与"刺激"与前面顺序颠倒，今从英译，似较妥。

奇异有两类:神奇的和产生于欢喜的。由见到神奇〔事物、神仙〕而起的是神奇的,由喜悦〔而生〕的是产生于欢喜的。①（83）

这样,八种味的特征已经指明了。以下我将说明情的特征。(84)

以上婆罗多著《舞论》(戏剧学)第六章《论味》。

第 七 章

现在我们解说情②。〔有人问,〕说:为什么〔叫作〕bhāva(情)？是〔因为它们〕bhavanti(存在、形成)〔才叫作〕bhāva 呢,还是〔因为它们〕bhāvayanti(使存在或形成,产生,展现,遍布,浸透,感染,影响,注入)〔才叫作〕bhāva 呢？〔答复〕说:〔因为它们〕把具有语言、形体和内心〔的表演〕的诗的意义 bhāvayanti(影响,感染,注入)〔读者和观众、听众〕,〔所以叫作〕bhāva。词根是 bhū,〔其意义是〕工具(造作)。③ 如 bhāvita(被布满的,受影响的)与 vāsita(受熏染的)、kṛta(被做成的)意义没有不同。世间也通行说:"啊！一切都被这香气或味(水)所 bhāvita(布满,熏,染,浸)了。"这又是"遍布"的意义。这儿有诗〔为证〕:

"〔因为诗的〕意义由 vibhāva(别情)而取得,由 anubhāva(随情)及语言和形体和内心的表演④而被送达,〔所以〕名为 bhāva(情)。"(1)

"以语言、形体、面色以及内心的表演,把诗人的心中的 bhāva(情)去bhāvayan(影响,感染)〔对方〕,〔所以〕叫作 bhāva(情)。"(2)

"因为把这些与种种表演相联系的味 bhāvayanti(感染)〔观众、听众〕,所以这些被戏剧家认为 bhāva(情)。"(3)

〔问:〕为什么(叫作)vibhāva(别情⑤)？〔答复〕说:vibhāva(别情)的意义就是〔明确的〕vijñāna(知识)。vibhāva(别情)与 kāraṇa(原因)、nimitta(原因)、hetu(原因)是同义词。以语言、形体和内心的表演而 vibhāvyante(被表

---

① 原文在此下尚加一节说明第九种味"平静"。注云,所校四本中只一本有。英译不取,注云,所加"平静"一节系伪作。按:书中明说只八味。后人列举九味,故在此强加一节。此显非原来所有,故不译。
② "情",英译本为 state。汉译"情"可兼表示情况与情感。
③ 此句英译不同,作"bhāva 者,原因或工具也"。此异文亦见原文注中。
④ "语言……表演",英译无。
⑤ "别情",英译本译为 determinant。

明),〔所以叫作〕vibhāva(别情)。正如 vibhāvita(被表明)和 vijñāta(被明白,知晓)意义没有不同。

这儿有诗〔为证〕:

"因为很多意义(事物)①借助于语言和形体的表演由这〔别情而〕被〔分别〕vibhāvyante(表明),因此这叫作 vibhāva(别情)。"(4)

〔问:〕为什么〔叫作〕anubhāva(随情)②?〔答复〕说:语言、形体和内心的表演由这个而 anubhāvyate(被使人感受)〔所以这叫作 anubhāva(随情)〕。这儿有诗〔为证〕:

"这儿因为意义(事物)③由语言和形体的表演而被使〔人〕感受到,〔这意义又〕与大肢体及小肢体④〔的动作〕相联系,因此相传为 anubhāva(随情)。"(5)

这样,〔我们〕已经解说了,情是与别情、随情相联系的。由此,这些情〔已经过论证〕成立了。以下我们要解说这些与别情、随情相联系的情的特征和例证。其中,别情、随情是世人周知的。由于〔它们〕依从世人的本性,〔所以〕这二者的特征就不说了,为的是免除冗长。这儿有诗〔为证〕:

"表演中的随情和别情,智者认为是由世人的本性建立的,是依从世间交往(生活)的。"(6)

常情(固定的情)有八。不定的情有三十三。内心表演的情有八。〔情〕共有三类。这样,我们就可以知道,表达诗的味的因共计四十九。当它们结合了共同性的品质(德)时,味就出现了。这儿有诗〔为证〕:

"符合心意的事物,它的情由味而生(或:产生味)⑤,遍布全身,如火遍布干柴。"(7)

这儿,〔有人问,〕说:如果依据诗的意义的⑥,由别情、随情表现出来的,四十九种情,与共同性的品质(德)相结合,〔由此〕出现了〔八〕味;那么,怎么只有常情(固定的情)才得到味的性质?〔答复〕说:正如有同样特征的,有相同的手、足、腹、身的,有相同的肢体的⑦人,由于家族、品性、学问、行动、工巧、聪

---

① ③ "意义"英译本作"事物",因原文 artha 一词本有两义。在本章第1节诗中英译作"意义"。
② "随情",英译本译为 consequent。
④ "大肢体"指手臂等,"小肢体"指口眼等。
⑤ 英译作"是味的来源"。"事物"与"意义"是同一词。参看本页注①。此处英译作"事物"。
⑥ 英译作"互相接触的"。原文注云,有异文作"相互依据意义的"。
⑦ 英译无"身"及有"相同的肢体的"。

慧〔的优越〕,得到了王者的地位,而另一些智慧少的〔人〕成为他们的侍从;同样,别情、随情、不定的情依靠常情(固定的情)。由于有很多依靠〔它们的〕,常情(固定的情)就成为主人。同样,另一些成为地方官的情(别情与随情)由于有〔优越〕品质,不定的情就依附于它们,成为随从。这儿〔有人问,〕说:有什么例证?〔答复是:〕正如王者有很多臣仆围绕,才得到王者之名,而不是其他的人,尽管他很伟大;同样,常情(固定的情)有别情、随情、不定的情围绕,得到味之名。

这儿有诗〔为证〕:

"正如人类中王者〔为大〕,正如门徒中师傅〔为大〕,这样,在一切情中常情为大。"①(8)

---

① 本章中,此下逐一解说八种"常情"、三十三种"不定的情"(直译行走的情)、八种"内心表演的情"(指表现内心感情的外部现象,如出汗、变色、颤抖、昏倒等),最后说明四十九种情如何配合八种味。今略。

诗　　镜

檀丁　著

第 一 章

　　愿四面天神的颜面莲花丛中的天鹅女,极纯洁的辩才天女,在我的心湖中永远娱乐吧!①（1）

　　综合了前人的论著,考察了实际的运用,我们尽自己的能力,撰述了〔这部论〕诗的特征〔的书〕。②（2）

　　借助于学者和他们的门徒以及其余的人的语言,人们的交往在这世上才以各种形式进行下去。③（3）

　　假如名叫词的光不从世界开始时就照耀〔世界〕,这全部三界就会成为盲目的黑暗了。④（4）

　　你自己看吧！上古帝王的荣誉的影像,获得了由语言构成的镜子,尽管他

---

① 这是照例的篇首颂词,其中用了双关比喻,现两义并译。"四面天神"是大梵天,创造之神,有四个头,面向四方。他的坐骑是天鹅。天鹅据说有分辨乳和水的能力,常比喻有才学见识的人。"辩才天女"是主宰文艺的女神,能言善辩而且饱学,又是语言或语言之神的别名。她是大梵天的女儿,一说是妻子。天鹅喜欢在莲花丛中游戏。"颜面莲花"或"莲花面"即"面如莲花"或"以面为莲,面即莲花"。"心湖"即心,又是仙山上的湖名。"纯洁"形容女神;形容天鹅,则应译作"洁白"。这节诗有另一解:"愿我的辩才天女(语言)在学生的(读者的)心中永远娱乐吧。""娱乐"或"游戏"即"愉快地生活"或"享受乐趣"。本书原文是诗体。"永远"藏本作"长久"。

② "诗"是广义,即文学。"考察了"藏本词异,义同。

③ "学者"指为语言制定规范的一些文法学家。原注者认为语言有三种:梵语、俗语(经文法家规范化了的各种地方性语言)、方言(未经文法家承认的地方口语)。因此,"其余的人"即指学者与其门徒以外的不学的人,他们只能用方言土语。但照字面也可解作两种人:从学者学习过的人,学者们自己(或者"其余的人")。原注的解释是:"从学者学习过的以及其余的人。"这样与"以及"的语气符合。"学者"和"余人"词同,义异。诗人常用这样的手法以求谐音与风趣。

④ "词"古译"声",指词,也指语言。"三界"参看第 171 页注②。"世界"一词本义指不息的轮回。藏本微异,义同。

们已经不在眼前,〔这些影像〕却并不消失。(5)

智者教导说:语言使用得正确,它就是如意神牛,可是〔如果〕使用得错误,它就要表明使用者的愚蠢。① (6)

因此在诗中连一个小毛病也绝不可忽视。即使是美丽的身体,有了一个白癜就会变为丑陋。(7)

不懂〔诗〕学的人怎么能分辨〔诗的〕德和病?难道一个瞎子会有资格判别颜色吗?② (8)

因此,圣贤为了使人们精通〔诗学〕,制定了各种不同体裁的语言〔作品〕的作法。③ (9)

他们指示了诗的形体和修饰。所谓〔诗的〕形体就是依所愿望的意义而〔与其他相〕区别的词的连缀。④ (10)

这〔诗的形体〕分别规定为三类:韵文体、散文体、混合体。韵文体由四句构成。它又有计音数的和计音量的两种〔格律〕。⑤ (11)

这〔诗的格律的〕全部已经在《诗律研究》中详尽地说明了。这种学问是想渡过艰深的诗海的人的船只。⑥ (12)

韵文体的细节,例如 muktaka(单节诗)、kulaka(五节诗)、koṣa(库藏诗)、saṃghāta(集聚诗)等等,都没有论述,因为〔这些都〕是多章诗的部分形式。⑦ (13)

多章相连的〔诗称为〕大诗。〔下面〕说它的特征:祝愿、归敬(颂神),或

---

① "如意神牛"是著名的神牛,向她求什么就可以得什么。这节诗用的"语言"一词的普通意义是牛,而"愚蠢"一词的字面意义是牛性。这里照含义译。诗的字面意义是:"牛使用得好就是如意牛,使用得不好就要表明使用者的牛性。"
② 诗"德"和诗"病"见下文。
③ "体裁"原词是"道路"。"语言"实指诗,即文学。
④ "修饰"照古译是"庄严",即修辞。后来把这作为论诗的作法等文学理论的学问的总称,即"庄严论"。此处"形体"的定义是指诗句的组成方式。"所愿望的"指所要表达的。藏本"修饰"是单数。
⑤ "句"是一节诗的四分之一。最古的《吠陀》诗歌有三"句"一节的,但后来的诗都是一节分为两行(以竖线画断)而读作四句。"计音数的"依长短音节计算,每"句"的音节数相同而且长音的次序固定。"计音量的"依音量单位计算,短音算一单位,长音算两单位。每"句"的音量单位数目固定,但音节数和长短音次序都不固定。
⑥ 《诗律研究》相传为檀丁所著。原注云:"想渡过"一本作"想进入"。藏本正是此异文。
⑦ "单节诗"是一节诗自成一首,意义完足。"五节诗"是五以上(可至十五节)构成一句。"库藏诗"是各节独立而连在一起。"集聚诗"是同一格律的许多节连在一起。"等等"大约指两节一句、三节一句、四节一句的,各有专名。"多章诗"指八章以上、三十章以下的长诗,即"大诗"。"章"是 Sarga,是长诗中的章名。藏本微异,义同。

则直述内容〔构成〕它的开篇;(14)

它依据传说故事或则其他真实的事件;包括四大事(法、利、欲、解脱)的果实;有聪明能干而且高尚勇敢的主角;①(15)

还描绘城市、海洋、山岭、季节、日月初升、花园中或水中的游戏、饮酒、欢爱;(16)

相思、结婚、生子、定计、遣使、征伐、交战、主角的胜利;(17)

有修饰;不简略;充满味和情;诗章不太冗长;韵律动听;连声妙(或:妙于连接);②(18)

处处变换格律(或:章末变换格律)。〔这样的〕修饰得好的诗,能娱乐人们,将永存到劫尽。③ (19)

一篇诗缺了上述的某些成分也不应受指责,只要它的描绘完美,足以娱悦懂诗的人。④ (20)

首先描述了主角的品德,〔然后写〕他消灭敌人;这是天然美丽的手法。⑤ (21)

即使〔先〕描绘了敌人的家世、勇力、学问等等,而由于战胜了他,就描绘了主角的优越;〔这更〕使我们喜欢。⑥ (22)

不是诗句的一些词的连续是散文体。它有两种:小说、故事。两者之中,小说据说是⑦(23)

只能由主角叙述;而另一种(故事)则由主角或其他人〔叙述〕。这里,表白自己的品德不是病,〔因为主角是在〕叙述真实的事情。(24)。

但是,〔我们〕看到了〔这〕不算规定,因为那里(小说中)也有其他人作的叙述。〔而且〕"或由他人说,或由自己",这还算什么样的分类特征呢?⑧(25)

如果认为区别小说的标志是〔有〕用 vaktra(伐刻多罗)和 aparavaktra(阿

---

① "四大事"参看第 171 页注③。"果实"指这四方面活动所得结果或报酬。藏本微异,义同。
② "味"和"情"见下文。"连声"见下文第三章 159 节注。
③ "劫"或"劫波"指宇宙由生到灭的一段时期,据说有四亿三千二百万年,相当于创造之神大梵天的一日。藏本微异;"格律"作"章末"。
④ 藏本"指责"作"排除"。
⑤ "手法"直译是"道路"。
⑥ 藏本"描绘"作"叙述"。
⑦ 藏本微异,义同。
⑧ 藏本"特征"作"原因"。

波罗伐刻多罗)格律的〔诗句〕,还有〔章回的名称是〕ucchvāsa(优契婆娑);可是往往故事中也有①(26)

用 āryā(阿梨耶)〔格律的诗句〕,为什么不能同样用 vaktra(伐刻多罗)和 aparavaktra(阿波罗伐刻多罗)〔格律〕呢?〔故事里的章名〕有 lambha(朗婆)等等〔算是〕区别,〔但〕也可以用 ucchvāsa(优契婆娑)〔作章名〕;那么,为什么〔以此为区别〕呢?②(27)

因此,所谓小说、故事,只是一个种类用了两个名称。其余的说故事一类的〔散文作品〕也属于这一类。③(28)

劫女、战争、相思、上升(日出、月出、主角的胜利)等等是〔散文体〕与多章诗相同的〔内容〕;〔因此〕这些都不是〔散文体的〕特殊的品德。④(29)

由诗人癖好所作的标志〔也不是故事的特点,因为这〕在别处(另一类作品中)也不算毛病。为了达到所愿望的目的,什么样的开篇有能力的〔诗人〕不能〔创作〕呢?⑤(30)

〔诗文〕混合体是正剧等等。它们已在别处详细论述过了。有一种由韵文散文〔混合〕构成的〔作品〕名为占布。⑥(31)

因为这种语言作品(文学)又〔可以〕是雅语(梵文)、俗语、土语和杂语。圣贤们说它有四种。⑦(32)

大家都知道,雅语(梵文)是天神的语言,大仙人们随着述说出来。俗语的构成不止一种:从它(梵文)派生的〔词〕、与它(梵文)相同的〔词〕、〔某一〕地方的〔词〕。⑧(33)

人们认为摩诃剌陀地方用的语言是最好的俗语;是妙语宝珠之海;《架桥

---

① 这两种格律后来已不流行。"ucchvāsa"的意思是呼一口气。檀丁的小说《十公子传》的章名就是这样。藏本此字作 āsvāsa,则是"纳息"(吸气)。下节同。
② "阿梨耶"是计音量的格律名,《舞论》第六章第50及51节诗即此体。Lambha 应作 Lamba,德本改,诗体的《故事海》中章名 Lambaka。
③ 藏本"也"作"而"。
④ "上升"可兼有几个意思。"品德"指性质。藏本微异,义同。
⑤ 据说这是反驳与檀丁同时或稍前的文艺理论家婆摩诃的主张。"癖好"也可解为"感情""用意""气质",指他在作品中(开端或章末)专用某一词等作标志。藏本稍异,义同。
⑥ 戏剧分为"正剧""副剧"两大类。此处"正剧"也是戏剧的总名,又是"正剧"的第一种。"别处"大概指《舞论》等。现存的一些"占布"都是较晚期的讲究辞藻的有诗有文的小说,藏本微异,义同。
⑦ "杂语"指雅语俗语都用。藏本"圣贤"作"可信的人",即圣贤。
⑧ 藏本微异,义同。

记》等就是用它作的。① （34）

Śaurasenī（梭罗塞尼）语、Gauḍī（侨利）语、Lāṭī（罗提）语以及其他同类的语言〔也称为〕俗语，在〔诗人的作品的〕对话中应用。② （35）

牧牛人等的语言，在诗中称为土语；在学术论著中，梵文以外的〔语言一概〕称为土语。③ （36）

雅语（梵文）等是多章诗等〔用的语言〕；俗语是用 skandhaka（室建陀迦）等〔格律的〕〔语言〕；土语是用 āsāra（阿婆罗）等〔格律〕的〔语言〕；而正剧等〔戏剧〕则是用杂语的。④ （37）

故事也用各种语言，还可〔完全〕用雅语（梵文）创作。大家说，有令人惊异的内容的《伟大的故事》是用鬼的语言作的。⑤ （38）

〔伴有〕女舞、男舞、沙利耶舞等〔的诗〕是为了看的；而与它不同的〔诗〕则是为了听的。这样，〔诗〕又〔由古人〕宣布分为两类。⑥ （39）

有许多语言风格，彼此间有细微的区别，〔我们将〕描述其中的毗陀婆派（南方派）和乔罗派（东方派）〔两种〕，〔因为这两种是〕有明显的分别的。⑦ （40）

紧密、显豁、同一、甜蜜、柔和、易解、高尚、壮丽、美好、暗喻：(41)

这些就是毗陀婆派（南方派）风格的灵魂，相传〔共计〕十项〔诗〕德。在乔罗派（东方派）风格中，所见〔情况〕大体与这些相反。⑧ （42）

紧密是：〔诗句中〕主要是些不送气音，〔因而〕松懈（软弱），〔但使人〕不

---

① 摩诃剌陀在印度西南部，语言称为 Mahārāṣṭrī（摩诃剌陀语）。《架桥记》是大约六世纪的一篇用俗语作的长诗，文体华丽。
② Śaurasenī（梭罗塞尼）语是印度西部语言，Gauḍī（侨利）语是东部语言，Lāṭī（罗提）语是南部语言。"其他同类的"指戏剧中用的其他俗语。这些都是以地方标明语名。
③ 藏本略异，义同。
④ 藏本 āsāra 作 osara，首音不同。
⑤ 《伟大的故事》据说是有十万诗节的长诗，已失传，其内容保存在长诗《故事海》中。"鬼的语言"名为"鬼语"（Paiśācī）。藏本"故事"下有"等"。"作"作"传诵"。
⑥ 此处说"诗"，实指文学。"看的"诗是戏剧，必有乐舞；"听的"诗是写出的诗文。印度传统不重阅而重诵，口耳相传，以听为主，特重声音，故"词"名为"声"。藏本"沙利耶舞"（śalya）作"沙弥耶舞"（śāmya）。
⑦ "风格"原词是"道路"。风格分派有三派、四派以至六派，皆以地名标志。
⑧ 藏本稍异，义同。

感到松懈（软弱）。例如"mālatīmālā lolālikalilā"（聚集着颤动的蜜蜂的茉莉花环）。① （43）

这〔样的诗句〕也为乔罗派（东方派）所喜爱，因为〔他们〕认为〔其中〕有谐声，〔而且他们〕重视连缀。〔但是〕毗陀婆派（南方派）〔还喜爱〕"mālatīdāma laṅghitaṃ bhramaraiḥ"（许多蜜蜂冲向茉莉花环）〔这样的诗句〕。② （44）

具备显豁就是用人所共知的词义。〔例如：〕"indor indīvaradyuti lakṣma lakṣmīṃ tanoti"（月色的青莲色的斑点增加了它的美丽）就是容易了解的话。③ （45）

乔罗派（东方派）认为可以由分析词源解释，〔因此，他们〕连不大通行的〔词义〕也喜爱。例如："anatyarjunābjanmasadṛkṣāṅko balakṣaguḥ"（有着与不十分白的莲花相似的符志的月亮）。④ （46）

同一是在〔音、词的〕连缀中没有不同。这有柔、刚、中〔三种〕连缀，是由柔、刚、杂〔三种〕音的组成而形成的。⑤ （47）

〔柔音连缀的例：〕"kokilālāpavācālo mām eti malayānilaḥ"（从摩罗耶山来的风，带着杜鹃鸟的谈话的喧闹声，来到我身边）。〔刚音连缀的例：〕"ucchalacchīkarācchācchanirjharāmbhaḥkaṇokṣitāḥ"（为飞溅细雨的极纯洁的瀑

---

① "不送气音"是文法术语，直译为"用少量呼气的"音，指元音、半元音、鼻音、不带声不送气和带声不送气的辅音。"送气音"指送气的辅音和三个嘘音。从此以下与音及词形有关的例都照录原文并将译文附原文后括弧中。
② "谐声"指同音重复。上一例句中有谐声，结构紧密，虽然全是不送气音，在声音上本来应当是"松懈"的，软弱的。这节的例句中有送气音 bh、gh，缺少"谐声"，不为东方派所喜，但是南方派认为它还是具备"紧密"的诗"德"。"谐声"如我国的双声叠韵，包括较复杂，至于整个音节的重复则是另一类，见下文第61节注。
③ 例句中用的词及词义都是比较常见的。迦梨陀娑的剧本《沙恭达罗》第一幕中有一句诗和这例句相仿。
④ 作者偏向南方派而不喜东方派，解说诗"德"时以南方派为主，而对东方派时有微词；因此在"显豁"下面引了东方派的晦涩的诗句来对比。例句中的词和词义大都冷僻古怪，诗句读起来音调也很别扭。arjuna 的通行意义是史诗中的一个英雄名字，"白色的"一义较少用，现在加上 an-ati(y)（不太）更加生硬，āb-ja（水中生）可用作"莲花"解，现在把 ja 改为 janma（生），意义虽同，而ābjanma 却是个罕见的僻词。"相似"一词通常用 sadṛśa 或 sadṛś，而此处用 sadṛkṣā，也是罕见的。balakṣa（白色的）很少用。-gu 的常义是"牛"，而此处作"光"解，又是僻义。这个复合词的意义是"有白光的"，指月亮，更是生造出的词。
⑤ 据原注，"柔""刚""中"（杂）分别指各种音，并认为"同一"指同一类型的词音出现于起头和结尾。德译只照字面译，未加说明。原注又指出此是"声"的"同一"，另举"义"的"同一"一例，则显系回文复义："udeti savitā tāmras, tāmra evāstam eti ca"（太阳升起是赤铜色，西沉仍是赤铜色）。

布的水滴所喷洒的〔南风来到我身边〕)。① (48)

〔中音连缀的例:〕"candanapraṇayodgandhir mando malayamārutaḥ"(与旃檀亲密而芳香浓郁的、和煦的、从摩罗耶山来的风〔来到我身边〕)。〔乔罗派的不论音的连缀同一的例:〕"spardhate ruddhamaddhāiryo vararāmāmukhānilaiḥ"(使我丧失坚定的〔南方香风〕要同美人口边的风比赛)。② (49)

这样,东方派的诗法不论不同,只注意意义与修饰的丰富,而得到发展。③ (50)

甜蜜就是有味,在语言中以及在内容方面都有味存在。由于这〔味〕,智者迷醉,好像蜜蜂由花蜜〔而醉〕。④ (51)

听到从某一〔发音部位的〕发音就感觉到〔与另一音的发音部位〕相同,这种形式的词的联系,有着谐声,就产生了味。⑤ (52)

"eṣa rājā yadā lakṣmīm prāptavān brāhmaṇapriyaḥ tataḥ prabhṛti dharmasya loke'sminn utsavo' bhavat"(自从这位爱护婆罗门的王爷登极,正法在世间就兴旺起来了。)⑥(53)

这〔样依发音部位谐声的诗句〕不为乔罗派(东方派)所重视。他们爱好〔同音重复的〕谐声。毗陀婆派(南方派)喜爱这〔种谐声〕甚于〔同音重复的〕谐声。⑦ (54)

在诗句中和在词中,音的重复,如果〔相距〕不远,可以使人觉察到前面有

---

① 原注并未分析例句中如何"同一",只说起止音皆是"柔""刚"等。前一例中显系重复 la 音,后一例中则重复送气的腭音。前例中上"句"中首一词尾音为 la,末词尾音亦为 la,下"句"末词尾音亦为 la。上"句"首末元音皆为 o,首末词音同类。后例中上"句"首、末词皆有 ch,首末词音同类。摩罗耶山相传系印度南方盛产旃檀(檀香木)之山,故从此山吹来的风即指南来的香风,诗中常用,暗示引起相思之情。
② 前例中上"句"首词的尾音为 n,末词尾音为 dh,下"句"首词尾音 d,末词尾音 t。后例是"不同"之例,但下"句"中前词尾音与后词首音相同。藏本一词异,义同。
③ 藏本"发展"词异,义相仿。
④ 藏本微异,义同。
⑤ 文法家将发音部位分为喉、腭、舌、齿、唇五部。同一部位的发音在南方派心目中就算一种谐声,但谐声应指同一音的重复,见下文。藏本二处微异,"这种形式"后有"等"。
⑥ 这是例子。一节诗分四"句"读。其中第一"句"中前一词尾与后一词首的音属于相同部位。ṣ、r 是舌音,j、y 是腭音,d、l 是齿音。第二句中重复出现唇音:p、v、b、m。"正法"在此处显然只是婆罗门祭司观点的说法,首先指对婆罗门的布施及祭祀等。原注云:诗中有了颂圣的感情,内容也"甜蜜"。藏本微异,义同。
⑦ 藏本末一词异,义同。

过的感受的影响,这〔种音的重复〕就是谐声。(55)

"Candre śaranniśottaṃse kundastavakavibhrame indranīlanibhaṃ lakṣma sandadhāty alinaḥ śriyam"(作为秋夜的装饰的,仿佛一簇白茉莉花朵的明月上面,像绿玉一般的斑点有着黑蜂群的美丽)。① (56)

"Cāru cāndramasaṃ bhīru bimbaṃ paśyaitad ambare manmano manmathākrāntaṃ nirdayaṃ hantum udyatam"(羞怯的女郎啊!你看天上这美丽的月轮极力要把我的被爱神占据了的心无情地杀害)。② (57)

〔东方派〕喜爱这样的,听来相距不远的谐声;而不〔喜欢〕"rāmāmukhāmbhojasadṛśaś candramāḥ"(明月好似美人的莲面)这样的〔诗句〕。③ (58)

"smaraḥ kharaḥ khalaḥ kāntaḥ kāyaḥ kopaś ca naḥ kṛśaḥ cryuto māno 'dhiko rāgo moho jāto 'savo gatāḥ"(爱神严厉,情郎狠心,我身躯消瘦,气恼减轻,傲心降,恋心增,痴情生,命难存)。④ (59)

这样一类的〔诗句〕表现了〔词的〕连缀的粗糙和松懈;因此南方派不用这样的谐声。⑤ (60)

音组方面的重复称为双关音;但这不完全是甜蜜,因此要在以后(第三章中)论述。⑥ (61)

---

① 例中第一"句"有两个ś,第二"句"有两个k和两个v,第三"句"有两个n和两个l,第四"句"有d、dh、t、n四个齿音辅音。前三"句"有同音谐声,第四句有同发音部位的谐声。原注云:从内容说,由景生情也算"甜蜜"。
② 例中第一"句"有两个cā和两个ru,第二"句"有两个mba,第三"句"有两个manma,第四"句"有两个d和两个t。因此,除第四"句"外,不只辅音,而且整个音节都谐声。原注云:诗意描写相思而且用了夸张的修辞法,所以也算内容"甜蜜"。藏本有二词异,一义同,一是"杀害"作"做",即"无情对待"。
③ 例句中作为谐声的第一词尾音mā与末词尾音mā相距太远。
④ 这是作为东方派喜欢而南方派不喜的谐声的例。诗的前半有r、k、h、k音重复,后半有t等齿音重复。
⑤ "粗糙"指听来刺耳,具体说,即"送气音ḥ过密"。"松懈"也是指音,即这样的送气音ḥ因连声规则而变音(aḥ成为o)过密。前例中前半ḥ过多,过密,后半由aḥ变成的o过多,过密。德本改原文一音,词义较明。
⑥ "双关音"在音的方面要求音节连续重复,与前面所说(看第44节注)只要求辅音重复的谐声(双声)不同,而且无意义的部分音节重复以及同意义的词的重复还不算,更要求音同义异的似双关语的重叠。因此,作者认为应属于"修饰"即修辞手段,不在此处论述。至于一词两义兼顾,则是"双关语",又是一种修辞法。

诚在一切修饰都在意义上洒下了味,然而多半是只有不村俗才能负起这〔味〕的重担。①（62）

"Kanye Kāmayamānaṃ mām na tvaṃ kāmayase katham"（姑娘啊！你为什么不恋恋着〔你〕的我呢）？

这样的村俗的意义内容就会产生厌恶。②（63）

"Kāmaṃ kandarpacāṇḍālo mayi vāmākṣi nirdayaḥ tvayi nirmatsaro di styā"（有美丽的眼睛的女郎啊！爱神这个贱民,〔他〕对我真是无情,幸而对你却不妒）。这样的不村俗的意义才有味。③（64）

在词（声、音）里也还有村俗,因为那是不文明的人口头用的。例如在描写欢爱时〔用〕ya 音开头的词。④（65）

还有,由于词的连续构成方式,或则由于句子的意义〔暧昧〕,难于确切了解,〔这也会产生〕村俗。例如："yā bhavataḥ priyā"（您所爱的那位女性）。⑤（66）

"kharaṃ prahṛtya viśrāntaḥ puruṣo vīryavān"（有勇力的英雄打击了强敌以后休息了）。这些及其他的〔语病〕,〔东方和南方〕两派都不赞同。⑥（67）

〔但是〕bhaginī（妹）、bhagavatī（夫人）等〔词〕是到处都被承认的。甜蜜已分别〔论述过〕了,〔现在〕说柔和。⑦（68）

〔诗句中〕多数是柔音,这就是柔和,〔但是若〕所有的〔音〕都是柔音,〔这

---

① "村俗"或"俗"指农村劳动人民即一般下层人民的口语。这里的"味"主要指"甜蜜"。"味"一词又有"水"义,故可说"洒"。因为前面说过,"甜蜜"不只在声音方面,还在意义方面,所以从这节起,论到用词。所谓意义,指的主要是词或句。德本改了一个音,义同。

② 例中的"姑娘"一词虽一般可作女郎解,但作为对情人的称呼,却是粗俗的。像"恋"这样的普通词（即"爱""欲"）据原注者说也是应当隐晦而不应当明白说出的,因为明说会使雅人生羞。"厌恶"照字面是"无味",实指美味的反面。藏本微异,义同。

③ 这例的内容与上一例完全一样,但用了曲折表达的词句,所以"不俗"而"雅"。这才算是有"味",即具备意义方面的"甜蜜"。

④ "词"与"声"是一个字。原注者说,"用 ya 音开头的词"如由"yabh"词根构成的词,会使听者生羞。但 nidhuvana 这样的词却见于名诗。按：这都是指性的关系的词,不过有雅有俗而已。作者显欲避免直接引用此词,故用谜语式的说法,当时人自然一望而知。

⑤ 这是说,由于词的前后联系而产生了歧义,或则因词本来有歧义,以致句子也可有不同解释。这本是"双关"的修辞手法,但是所生歧义如果猥亵、可厌、不吉,则算一病。这里所说的"村俗"即是此病,但举例只见猥亵一方面。yā（她）与下一词（您）可连成yābhavataḥ,就产生了上文说的 ya 音起头的意义,所以应当避免。这是由词的连续构成而生的毛病。藏本"或则"作"和"。

⑥ 此例说由词有歧义致句子出了毛病。"强敌"和"勇力"有别解,"英雄"的词本是"男子",因此产生猥亵的意义。藏本"强敌"一词有一音不同,意为"敌人"。

⑦ "到处"指口头说与诗文中都不忌讳。例中两词都因 bhaga（女阴）而有别解,但通常不以为意。

就是犯了〕连缀松懈的病。①（69）

"maṇḍalīkṛtya barhāṇi kaṇṭhair madhuragītibhiḥ kalāpinaḥ pran ṛtyanti kāle jīmutamālini"（在雨季，有甜蜜歌喉的孔雀都把尾张成圆形舞起来了）。②（70）

这样的〔诗句中〕，意义没有特色，修饰也不那么样〔具有特色〕，只由于〔有了〕柔和，它就打动了知〔诗〕者的心。③（71）

另一派（东方派）的人把依火热的〔情调而用的〕多数难发的音排斥出去，〔例如：〕"nyakṣeṇa kṣayitaḥ pakṣaḥ kṣatriyāṇām kṣaṇāt"（霎时间那雄牛把刹帝利一方完全消灭了）。④（72）

易解是意义不需要推索。〔例如：〕"从被脚踏碎的龙蛇的血染红的海中，大神诃利把大地拯拔了出来。"⑤（73）

"大猪把大地从血红的海中拯拔出来。"若只说这一点，〔那么〕"龙蛇的血"就需要推索了。（74）

两派都不推重这样的〔诗句〕，因为破坏了词的正当用法〔诗句〕就不容易理解了。⑥（75）

说了这〔诗句〕，〔就会使人〕了解某种高贵的品德，那就叫作高尚。〔两派〕作诗法都以此为支柱。（76）

"求告者的悲苦的眼光只要在你的脸上落下一次，王爷啊！〔再有了〕那种〔悲苦的〕处境，也不再去望别人的脸了。"（77）

这样，在这诗句里，很好地表现了施舍的高贵〔品德〕。照这方式，在其他处也可以推出有同样的规律的〔"高尚"〕。⑦（78）

---

① "柔音"指带声及不送气的音。"松懈"参看上文第43节诗。藏本微异，义同。
② 例中的ṁ不是柔音。据说孔雀到雨季即闻雷声而起舞。
③ 这是对怀疑"柔和"是一"德"的人的答复。作者认为既能以音的"柔和"打动听众，这就具备了"品德"的条件。"打动了"直译是"登上了"。藏本"心"作"口"，即"上了知诗者的口"，为人传诵。
④ 原注者以为，这是说东方派认为表现英勇等内容的诗句，即"火热的"，便不能"柔和"，并以例句说明。例中述英雄事迹，用了许多kṣ这样不"柔和"的难发的音。南方派认为在这种情况下仍可有"柔和"。"雄牛"指史诗中英雄持斧罗摩。"刹帝利"即王族、武士。传说持斧罗摩曾消灭武士族二十一次。藏本一音异，义同。
⑤ 诃利即毗湿奴。神话说，这大神曾化为野猪把大地从洪水中拱了出来。参看第233页注③。
⑥ "词的正当用法"指正确而明白的词序，其中没有脱漏。
⑦ 所谓"高尚""高贵"首指慷慨布施，足见当时文人以依附贵族富豪为其生活之主要来源，无怪其诗脱离平民，缺乏社会意义。但是文人能入宫廷者究是少数，于是又有分别，仍可出现抱不平之作品或诗句。藏本"其他处"作"其他也"，指"高尚"。

193

有些人要求高尚要配上一些可赞美的形容词,如"供观赏的莲花""供游戏的池沼""金钏"等等。(79)

壮丽是复合词的丰富。这是散文体的生命。可是非南方派(东方派)在韵文体中也以此为一个首要目标。(80)

这种〔复合词的丰富〕由于用长音、短音的或多或少或〔多少〕混杂而各种各样。这〔种情况〕见于小说等〔作品〕中。① (81)

"astamastakaparyastasamastārkāṃśusa mstarā pīnastanasthitātāmrakamravastreva vāruṇī"(西山顶上包围着全部的太阳光,〔以此作为〕卧床的西方〔天空〕,好像在丰腴的乳峰上蒙着浅红色的美丽的衣裳的〔女郎〕)。② (82)

这样,在韵文体中,东方派也编织壮丽的语言。其他人则要求〔复合词〕不纷乱的,打动人心的,语言的壮丽。例如:(83)

"payodharatatotsaṅgalagnasandhyātapāṃśukā kasya kāmātura m ceto vāruṇī na kariṣyati"(〔披着〕云边附着晚霞胸衣的西方〔天空〕,〔看见它〕谁的心不会引起相思之苦呢)?③ (84)

美好指一切世间所爱好的,因为它不超出世间事物〔的范围〕。这见于〔友情的或爱情的恭维〕谈话以及〔世间事物的〕描绘。④ (85)

〔例如:〕"有您这样的道行高的〔人〕以圣洁的脚底灰尘赏光的家宅,那才算是〔真正的〕家宅。"⑤(86)

"有无瑕的身体的女郎啊!在你的一双嫩臂之间,膨胀的两乳已经没有足够的空隙了。"⑥(87)

这样,这种由特殊的说法修饰的〔世间〕可能的〔事物的描绘〕就是所有遵循世间交际的人所爱好的美好。(88)

---

① "长音""短音"直译"重""轻",诗律术语。"长"包括复辅音前面的短音及鼻化元音及诗行尾音。"多""少""杂",指此多彼少或彼多此少或互有多少不等。"小说"见上文。"等"指"占布"之类。这种小说主要不是讲故事而是显示文章辞藻。
② "西方"是阴性词,故比女郎。诗只四词,两个长复合词,两个单词。
③ 例诗前半是一个长复合词,后半只有一个由两词复合的复合词,但诗意暗示相思者见晚霞而思情妇,所以算是"打动人心的""壮丽"。"打动人心"即"令人心喜"。诗中"云边"是双关词:"云"又有"乳房"义,"边"又有"山坡"义,并指"襟、怀"。
④ 这一诗"德"是"美",又是"所好"。就例子看,这是交际中的恭维话和颂赞性质的描写。原注说,"谈话"一词除作"问候话"外,还有人解为"历史传说的叙述"。不过这与例不符。藏本"见于"作另一词,义同。
⑤ 这是一般恭维话的例子。"道行"原作"苦行"。
⑥ 这是描绘事物的例子,也是对情人的恭维话。藏本一音微异,义同。

〔世间的〕事物,加上了夸大,甚至作为超乎世间的〔事物〕说出来,这使有学问的〔东方派〕非常欢喜,却不是其他的人(南方派)〔所欢喜的〕。①(89)

〔例如:〕"从今天起,我们的家宅就好像神仙住处一样受人崇拜了,〔因为〕你的脚下灰尘的降落洗净了〔我家的〕所有的罪过。"②(90)

"创造之神〔一定是〕没有想到将来你的乳房的膨胀会像这样,〔所以他〕才〔在你胸部〕创造了〔这样〕狭小的地方。"③(91)

这称为夸张。这是乔罗派(东方派)所宠爱的;而前面所作的说明则是另一派(南方派)的精华。④(92)

一种不同的性质,依照世上〔可能的〕限度,正确地加在与它不同的另一处〔事物之上〕,相传这就是暗喻。例如:⑤(93)

"夜莲闭〔目〕而日莲开〔眼〕。"由于加上了眼的动作,就得到了表示它(眼)的词〔用在莲花上〕。⑥(94)

"niṣṭhyuta、udgīrṇa、vānta"(吐、喷)等词,若用其转义,就很美,否则,〔若用其本义,〕就堕入村俗。⑦(95)

〔例如:〕"红莲饮了阳光喷出的火星,好像又用嘴吐出红粉。"⑧(96)

这〔诗句〕是可喜的。不可喜的〔例如:〕"妇人吐了。"〔此外,〕还有同时把许多性质加在〔一事物〕上也是〔暗喻〕。例如:⑨(97)

"这些浓云因腹内〔含水〕沉重而疲乏,吼鸣着躺在山顶坡上了。"⑩(98)

"女友的怀中""呻吟""〔感觉〕沉重""疲乏"等这些属于孕妇的很多特征

---

① 藏本"人"作"例如"。
② 这是东方派的恭维话的例子,其实就是前面第86节所引例子的另一说法,因为把自己住宅比作神的住处,所以算是"超乎世间的",不是"世间可能的"。
③ 这是东方派的描绘的例子。其实就是前面第87节所引例子的另一说法。
④ "夸张"是修辞法的一种。原注说:"精华"即应当采取的。德译作"另一派的说明是正确的"。
⑤ "暗喻"照字面译是"正确加上去"。"性质",原注者解为性质、行动。
⑥ "词"字面作"听"。
⑦ 这三词的本义都是"呕吐出",转义是"说出""喷出""吐露"等。"等词"指尚有其他同类词。"转义"指引申的意义。
⑧ 例中用了上述的词中的两个,但都是转义,并非真"吐"。德本、藏本,"吐"一词拼法微异。
⑨ "可喜的"即令人心喜,打动人心。"同时"指语意双关。藏本"相传"作"认为"。
⑩ 例中许多词都是双关雨云和孕妇的。"腹"指云的内部和孕妇的胎,"重"指雨水又指胎儿,"乏"双方可解而意义不同,在云是雷的"吼",在孕妇是"呻吟",二者一个词,"坡"与"怀中"又是一个词,"山顶"可作为"坚定的女友","躺"可两用。这样大多数词义双关而不明显说出的暗喻,在诗中常见,这两节藏本微异,义同。

也都在这儿〔同时〕表达出来了。①（99）

因此这就是诗的全部财富。所有诗人之群都遵守这个名为暗喻的〔诗〕德。②（100）

这样,〔依据诗德〕描述了它们〔两派〕的特性,〔可见南方与东方〕两派的不同。至于每一个诗人所有的相异之点就不能细说了。③（101）

甘蔗、牛奶、糖浆等等的甜味有很大的差别;然而即使是辩才天女也不能把它说出来。（102）

天生的才能、丰富的和纯洁的学问、不倦的应用,〔这些就是〕诗的财富的来源。（103）

尽管没有前世修来的与德行有关的惊人才能,〔只要〕由学习和努力侍奉语言〔之神,她〕就一定能赐予若干恩惠。④（104）

因此,想得〔诗〕名者应当经常不倦地勤劳地侍奉辩才天女。人们即使缺乏诗人的才能,〔只要〕经过辛勤努力,就能够在学者集会中欣然自娱。（105）

檀丁(杖者)大师著《诗镜》第一章,章名《辨风格》。⑤

第 三 章

意义混乱、内容矛盾、词义重复、含有歧义、次序颠倒、用词不当、失去停顿、韵律失调、缺乏连声,(125)⑥

以及违反地、时、艺、世间〔公认的事实〕、正理、经典,这些是智者应当避免的诗中十病。（126）

---

① 例中许多词都是双关雨云和孕妇的。"腹"指云的内部和孕妇的胎,"重"指雨水又指胎儿,"乏"双方可解而意义不同,在云是雷的"吼",在孕妇是"呻吟",二者一个词,"坡"与"怀中"又是一个词,"山顶"可作为"坚定的女友","躺"可两用。这样大多数词义双关而不明显说出的暗喻,在诗中常见,这两节藏本微异,义同。
② 原注云:以上说的"十德",后来的理论家认为其中有些都是修辞,不是"品德",因此只承认"甜蜜""壮丽""显豁"三"德"。诗中有两"这个",原注说其中之一有异文作"一个",即"唯一""首要",德本照改。
③ 藏本"特性"微异。此词原为"自己的形式""自性",依藏本则"自己的"改为"具有"。德本注云:"自己"原刊作"具有"。
④ "语言",指语言之神,即辩才天女,见第1节注。章末两节变了格律,这是长诗的规则,见上文第19节。
⑤ 本书章末标题各本详略不同,今综合取详者。
⑥ 以上从第二章第1节到第三章第124节都是论各种修辞手法的,今略去。

宗、因、喻坏是不是病("过")？这个一般说是困难的思想〔问题〕。把它浅尝一下有什么益处呢？①（127）

　　〔所有的词句合起来〕缺乏一个综合的〔完整〕意义,这是意义混乱。醉人、疯人和儿童的话在别处就是弊病。②（128）

　　〔例如:〕"海被天神（或'云'）饮了。我为衰老所苦。这些云吼叫。诃利（或'因陀罗'）爱仙象。"③（129）

　　这〔样的〕心不健全的人的话〔在他们〕是不受指责的。〔可是〕有哪位诗人会在别处使用这样的〔语言〕呢？④（130）

　　在一句或一篇中,上下文不合,意义互相矛盾;这就属于〔诗〕病中的内容矛盾。（131）

　　〔例如:〕"愿你消灭全部敌军。愿你征服这大地。你对一切生物都仁慈,没有任何一个敌人。"⑤（132）

　　〔可是〕有一种遭受突然打击的心情;在这种情况下,即使是意义矛盾的话也可以〔为人所〕欣赏。（133）

　　〔例如:〕"我对他人妻子的欲望如何能与〔我的〕高贵身份相当？可是我什么时候才能饮一饮她的颤抖的嘴唇呢？"⑥（134）

　　如果把已经说过的词或意义毫无分别地又说一遍,那就被认为是词义重复。例如:⑦（135）

　　"这些像她的头发颜色的,怀着雷电的,深沉的,有轰轰雷声的云,使想念〔情人〕的女郎焦灼（想念情人）了。"（136）

　　如果为了表现某种极大的同情等等,〔那么〕即使是重复也不是病,这反

---

① 这是说,逻辑错误（术语古译是"过",与此处的"病"是一个词）算不算"病"。这属于思想内容方面,文艺理论家一般不加讨论,所以作者在这里说明一下。"宗、因、喻"是印度逻辑的"三支"论法的成分。"宗"是断语,大致相当于西方逻辑的命题或推理中的结论。"因"是推理的依据,主语的特征,大致如三段论法的小前提。"喻"是推理的出发点和原则以及事实根据和证明,这包括了大前提。所谓"坏"即其中有了错误。印度逻辑对此有复杂细致的分析讨论。藏本"是不是"作"也是"。另有一词微异,义同。
② "在别处"指不是写醉人、疯人、儿童。若描写这些人,则模仿他们的语言不算是"病"。藏本微异,义同。
③ "仙象"属于天神之首长因陀罗。藏本前半作"这海被饮了。我今天……"德本注云:"为衰老"可能应作"为热病"（两字只差一字母）。
④ "在别处"指不是写疯人、醉人。
⑤ 藏本"军"作"群",另有微异,义同。原注云有异文,即同藏本。德本用此异文,别注本文于下。
⑥ 例是描写矛盾心情,故不算"病"。
⑦ 藏本微异,义同。

而是一种修饰。（137）

〔例如：〕"爱神，这突然来袭的敌人，毁坏了这美臀女郎，毁坏了这肢体艳丽的女郎，毁坏了这出言美妙的女郎。"（138）

用来表示确定意义的话，如果产生怀疑，这就是病，称为含有歧义。（139）

〔例如：〕"女友啊！你的含情脉脉的眼睛凝视着所恋的情人，〔你的〕在远（近）处的母亲看见这样情形绝不能容忍。"①（140）

可是，如果这样的〔词句〕是〔有意〕用来造成怀疑的，这就是一种修饰，而不是病。例如：②（141）

"我看见那位无可指责的女郎为相思之苦所折磨，已经被严酷的死神吞食了；你的希望对我们还有什么意义呢？"（或解作："……为严酷的〔暑热〕季节所苦，我们对你还存什么希望呢？"）③（142）

是为相思所苦还是为暑热所苦？〔这样的〕意义不确定的话，是女使有意开玩笑要引逗那青年着急而说的。④（143）

如果〔前面有了顺序的叙述，后面的〕符合〔前面〕叙述的事物意义的〔叙述〕不照〔前面的〕顺序，智者说，这就是名为次序颠倒的病。⑤（144）

〔例如：〕"愿主宰世界的持续、创造、毁灭的这〔三位大神〕，湿婆、那罗延、由莲花出生的〔大梵天〕保佑你们吧！"⑥（145）

如果〔诗人〕为了努力表示〔前后叙述的〕关系的知识〔于一点〕，尽管打乱了次序，智者也不认为有毛病。⑦（146）

〔例如：〕"舍弃亲友、舍弃身体、舍弃家乡，这三件事中，前后二者都有长期痛苦，〔只有〕中间〔一件〕是一刹那疼痛的〔事情〕。"（147）

用词不当是不顾前例和规定的方式〔用词〕，是学者所不同意的用词法；

---

① 例中用的一个词有"远""近"二义，所以意义不明。
② 藏本一词有异，意义无别。此异文见于原注中，德本采用了。
③ 例中用的"时间"一词，可指死神，也可指季节，因此意义不明，见下文。通常在男女情人之间有一传话的女子，称为"女使"。这是女方的"女使"来对男方说的话。
④ 藏本微异，义同。
⑤ 第二章第273节曾说前后顺序照顾是一种修辞要求。
⑥ 例中三大神的次序与前面描述其特性的次序不合。湿婆即大自在天，是管毁灭的。那罗延即毗湿奴，是管持续（保存）的。大梵天则掌创造。藏本"这"作"无生的"。
⑦ 此节意思是说，若诗想突出一点来说明所列举的几点之间的关系，而不是分别描写，就可不顾顺序。见下面例句。藏本末句有异，义同，但多"例如"一词。

至于学者所同意的,则不算毛病。① (148)

〔例如:〕"avate bhavate bāhur mahīm arṇavaśakkarīm mahārājann ajijñāsā"(大王啊！你的手臂保护海洋环绕的大地,〔这〕没有疑问)。这样的语言没有味。② (149)

"接近了南方的〔摩罗耶〕山的风使芒果树姗姗轻摇珊瑚般的嫩芽而显得娇艳。"③ (150)

这一类的〔诗句〕,对于懒得研究文典奥义的心,好像有文法错误,而〔其实它〕并不曾失去美丽。④ (151)

诗中固定的分开词的地方叫作停顿。缺少了它,便是失去停顿,听来不顺耳。例如:⑤ (152)

"strīṇām saṅgītavidhim ayam ādityavaṃśyo narendraḥ, paśyaty akliṣṭarasam iha śiṣṭair amā"(这位日族王爷在这儿和文人雅士一起观看一些女子的韵味无穷的歌舞)。这一类的诗是〔停顿〕错误的。"kāryākāryāṇy ayam avikalāny āgamenaiva paśyan, vaśyām urvīm vahati nṛpāḥ"(这国王依据经典观察一切应做和不应做的事,统御着顺从的大地)。这样的用法却是有的。⑥ (153)

〔因为,〕词尾失去后,余下的〔部分〕仍被确定为〔具有〕词的性质,同样,〔词〕尾因连声而有变化的也仍然被当作词。⑦ (154)

虽然如此,听来刺耳的如"dhvajinī tasya rājñaḥ ketūdastajaladā"(这国王的

---

① "前例"指有人如此用过,"规定"指文法家、字典家有过这样规定。一般用词应依据这二者。但主要标准是要看"学者"的意见。他们所不同意的,即使有人用过或有过规定,用了也是有毛病。藏本微异,义同。
② 例中有许多文法错误。avate 应作 avati,不应用中间语态。bhavate 用第四格误,应当用第六格 bhavataḥ, -śakkarī 复合后应加后缀 ka 变为-kām。德译者认为此字的正确形式应为 śakvarī。原注者并说,此字作为"腰带"解是没有人用过的。mahārājan 语尾误,复合词呼格尾应为-ja。
③ 这例似有文法错误,而实际是文法家肯定了的形式,因而并无毛病,见下节。诗意是描写南方吹来的香风使荒果开花。参看第190页注①。
④ 前例中"接近了南山","山"是宾词,应当用第二格,此处用了第六格,故似误;但是文法家又有规定,认为在这种情况下也可用第六格,因此是"学者所同意的"形式,不算错误。
⑤ 原注引证说,"停顿"是为了舌头得到休息。"诗"原作"颂",实指一般诗。
⑥ 前一例的格律是十七音一"句"的"缓进调"。诗律规定这十七音由四、六、七音组成,即应当在第四、十、十七音后分别"停顿",因此要求在这几处能把词分开;但诗中第四、十音都在词的中间,不能中途停下,所以是"失去停顿",后一例却可以容许,理由见下文。两例都不完全,不够诗节的一半。后一例中"顺从的",原注云有异文作"祖传的",只一符号异而意义有别。藏本"这样"作"这"。
⑦ 词尾变化是与另一词复合而失去,余下的词干仍有完整意义,可当作一个词,可以在其后停顿。前例中无此。词尾因"连声"变化,元音变为辅音与下一词合成一音节,如上节第二例中的两个-ny,前面还可以停顿。

军队用旗帜驱散了云层)一类的〔诗句〕,诗人们不肯用。① (155)

〔诗句中〕音节多了或少了,〔或则〕长音短音的地位不合规定,这算是韵律失调。这是很受谴责的〔诗〕病。② (156)

〔例如:〕"indupādāḥ śiśrāḥ spṛśanti"(清凉的月光触〔人身〕)缺了音:"sahakārasya kisalayāny ārdrāṇi"(芒果树的湿润的嫩枝)多了音;③(157)

"kāmena bāṇā niśitā vimuktā mṛgekṣaṇāsu"(爱神向鹿眼女人们射出了锐利的箭)长音不合规定;"smarasya bāṇā niśitāḥ patanti vāmekṣaṇāsu"(爱神的锐利的箭落在俊眼女人们的身上)短音不合规定。④ (158)

〔如果想:〕"我不愿依照连声规则说(作诗)",〔因而有意〕在词与词之间不连〔声〕,这称为缺乏连声;〔当然〕由于连声例外等而有的〔这类情况〕不算〔病〕。⑤ (159)

〔例如:〕"mandānilena calatā aṅganagandamandale luptam udbhedi gharmāmbho nabhasy asmadvapuṣy api"(天上吹拂的轻风使女人脸上和我们身上冒出的汗珠都消失了)。⑥ (160)

"mānerṣye iha śīryete strīṇāṃ himartau priye, āsu rātriṣu"(妇女对情人的娇嗔和妒意当此寒季并在这些夜里都消退了)。这样的分离的(无连声的)〔形式〕是智者们传授下来的。⑦ (161)

地指山、林、国等。时指夜、昼、季等。艺指有关欲、利的舞蹈、音乐等。⑧

---

① 例是八音一"句"的"颂"(不全),应在第八音 ke 后停顿,但 ketu 与下文 ud 一相连,两 u 合为 ū,一词只两音,去了一半,而且 u 音还在,若在词中间停顿就会"刺耳"。
② "长音""短音"本名"重""轻",参见第 194 页注①。梵文诗律规定了每"句"的音数和每一音节的长短以及"句"的停顿处,好像我们的词律。藏本微异,义同。
③ 两例都是"颂体",均是一"句"半。第一句应有八音,前例中两词后停顿,只有七音;后例中同样两词后停顿,又有了九音(末一元音因"连声"变为半元音,不算),故误。
④ 两例(都是一"句"半)都是十一音一"句"的格律,分属两种,"句"中第一音,一则要求长音,一则要求短音,现各就其一来说,故前例第一音长,后例第一音短,均误。但是有一种格律是把这两种合起来的,若那样算则不误,故原注者说,前例第一词应作 svabhuvā,后例第一词应作 madana(藏本正如此),如此则确定是错误(所改均是同义词)。藏本有三词异,义同。
⑤ 梵文要求词与词相连时相连的尾音和首音要照规则变化,这称为"连声"。其中有些是必需的,也有些是不应连的"连声例外",全句中的词则可在说或读时任凭意愿或拆或连。在诗中不讲"连声"则是一"病",除非是规定的例外。原注说,这样的例外只能有一,不能连续出现,否则听来刺耳,仍是一"病"。
⑥ 例中的 ā 与 a 应当连成一个 ā,但 ā 恰在"句"末,连起来就要缺一个音,因此作者引用"可以任意"的说法不连起来,这仍是"病"。原注云,有异文"身上"作"心中",不正确。藏本正作"心中"。
⑦ 例中 e 是双数词尾故不与 i 连。a 与 ṛ也有文法规定可不连。藏本末可作"智者不知这样一类"。
⑧ "欲、利"见第一章第 15 节注。"艺",传统说有六十四种,见下。

(162)

世间习俗指能动与不能动的生物的情况。正理指以因明（逻辑）为内容的〔学问〕。经典指《吠陀》及法典。① (163)

如果由于诗人的疏忽而在这些方面有了不合公认事实之处,这叫作违反地等。② (164)

〔例如:从〕"摩罗耶山〔吹来〕的风因接触了樟树而芬芳。羯陵伽国森林中出产的象跟鹿差不多〔大小〕。"③ (165)

"朱罗国的迦韦利河岸由于〔生长〕黑沉香树而一片黝黑。"这些都是违反地方〔事实〕的话的例证。④ (166)

〔例如:〕"昼莲夜间醒,夜莲白昼开,春来芦苇茂,夏季阴云多,⑤(167)

"雨季天鹅鸣,秋来孔雀喜,冬天朗日照,寒季檀香好。"⑥(168)

以上这样违反时的情况已经表明,〔以下〕略说违反艺的情形。例如: (169)

"英勇与艳情〔两种味〕的固定的情〔分别〕是愤怒与惊诧。""单用一调的〔乐曲〕用所有七调进行。"⑦(170)

违反六十四艺的〔情形〕可以这样很好地推究出来。那〔六十四艺的〕特点将在《论艺章》中说明。⑧ (171)

〔例如:〕"大象抖鬃毛,骏马角尖锐,蓖麻质坚实,大树软无力。"⑨(172)

以上是违反世间公认的〔事实〕的,是大家都会指责的。〔以下〕说明在称

---

① 《吠陀》原词为"所闻"。"法典"指《摩奴法典》等典籍,原词是"所念"（即传统规定）。"经典"一词原文作"阿笈摩",即传统经典。"世间习俗"前文（第126节）仅用"世间"。
② 藏本"不合"作"符合",疑误。
③ 摩罗耶山产旃檀（见第一章第48节注）,并无樟树（可制樟脑者）。原注云,樟树是中国等地所产。羯陵伽国在印度东部,不产象。藏本微异,义同。
④ 朱罗国在印度南部。迦韦利河岸不产黑沉香。原注引一异文,系缺后半说明而在中间加两句犯同样错误的话。
⑤ 印度历来将一年分为六季。芦苇应在雨季茂盛。夏季一般是燥热无阴雨。原注者以为:夏季偶然也可有雨,戏剧《小泥车》中即描写了非时的暴雨,因此应读为"夏季霜冻生"。
⑥ 天鹅如大雁,秋季始南下,雨季上北上,不能闻其鸣声。孔雀欢喜在雨季,不在秋天。"朗日"指无云雾蔽日,冬季（照字面译是"霜露时"）恰是雾多。檀香水使人清凉,是暑热用品,寒冬不用。
⑦ "味"是文艺理论中分析文艺作品基本情调的术语,每一"味"有其"固定的"即经常的、主要的"情"与"不定的"即暂时的、次要的"情"。英勇的固定的情是热烈而艳情的是欢乐。例中所说的愤怒及惊诧则是暴戾与奇异两种"味"的固定的情。参看《舞论》第六章。"七调"在音乐中不能乱用。"单用一调"直译是"〔与其他〕不同的方式",原注者谓指"不杂",德本译"单调"。
⑧ 《论艺章》注者以为是作者的一著作名。藏本微异,义同。
⑨ "大树"原作 khadira 树,西名是 Acacia catechu。

为正理的因明方面的违反。(173)

〔例如:〕"善逝(佛)说得对,行是不灭的,因为那个眼如月光鸟的女子至今还在我心里。"①(174)

"迦毗罗派描述非谛(不存在、不真实或不善)的出现是很正确的,因为我们都看到不善者(恶人)的出现。"②(175)

〔以上是〕违反正理的情形,这在各处都能见到。现在要指出违反经典的例子:③(176)

〔例如:〕"这些婆罗门虽然没有行过火祭,却在生下儿子以后进行了〔名为〕一切人的祭祀,而且〔他们〕是以毫无瑕疵的行为为其装饰的。"④(177)

"这人虽然没有行过系线礼,却已从师学了《吠陀》;天然纯洁的水晶原不需要加工(礼)啊。"⑤(178)

这一切违反有时由于诗人的技巧能够超越病而进入德。(179)

〔例如:〕"由于这位王爷的威力,他的园林成为〔披着〕新鲜嫩枝之衣的神树〔所充满〕的地方了。"⑥(180)

"预兆帝王覆灭的暴风扫荡了七叶树的花枝和迦丹波花的香粉。"⑦(181)

"因秋千摇曳而颤抖的妇女们的嘴里唱出来的,节奏失去和谐的歌声,更

---

① "善逝"是佛的称号之一。"行"为佛教术语,亦指前一言行所遗的影响。佛教主张刹那生灭,一切无常,所以例中所说佛语应是违反佛说。藏本有异:"即使佛说'有为法'不坏的话是对的,但是那眼如月光鸟的女子至今还在我心里。""有为法"指世间一切。这例子不但引佛说有误,而且本身还自相矛盾。"月光鸟"传说是以饮月光为生的鸟。
② 迦毗罗是数论(僧佉)派哲学的祖师。这派否认"无"(不存在)能出现,说"'无'不能生,如人之角"。例中利用"非谛"(即"无")一词的多义而作双关巧语,但所说与该派哲学理论相反,故误。
③ "各处"注者以为指其他几派哲学,并认为应改为"他处"。如此则"违反正理"实指违反各派哲学理论及引证错误。藏本一词异,义同。
④ 这是违反《吠陀》经典规定的例子。婆罗门的本业是祭司,必须每日祭火,才能有举行祭祀的资格。例中所说的婆罗门无权举行这样的重大祭祀而且也不是行为无瑕的人。
⑤ 这是违反法典规定的例子。"系线礼"是上等种姓的儿童到一定年龄必须举行的"礼"。行礼后儿童要在身上加一圣线才取得学习《吠陀》等经典的资格。"加工"一词双关,既是珠宝的加工和修饰,又是从生到死必须举行的一些规定的"礼"的总称。
⑥ 这是违反"地"而不是"病"反而是"德"之例。说御花园成了天神的花园,是用夸张来赞颂帝王。
⑦ 七叶树秋季开花,迦丹波树雨季开花,例中所说有时令错误,但诗人为表现敌方国王即将灭亡,指出花的非时开放,暗示不祥,故非"病"而是"德"。

增加了〔她们的〕爱慕者的热情。"①(182)

"这个为别离情妇的苦恼扰乱了心神的相思病者竟以为火焰比月光还要清凉。"②(183)

"你虽然可量,却又不可量,有果却又无(非)果,你虽是一个,却又是很多,你这以宇宙为形象的大神,我向你顶礼。"③(184)

"般遮罗国的公主〔做了〕般度五子的妻子,又成了贞节妇女的第一名,这正是神意(命运)安排。"④(185)

词(声)的和意义的修饰,各种各样的〔词(声)的修饰〕方法,有容易的,也有难的,还有诗德和诗病,这里(本书)都概括地说明了。⑤(186)

通过以上这指明〔作诗〕方法的途径而通晓〔诗的〕德和病的〔人〕能获得顺从〔自己〕的语言的亲近,好像幸福的青年获得顺从〔自己〕的有媚眼的〔女子〕的亲近一样,〔尽情〕欢乐,而且会得到〔诗人的〕名誉。⑥(187)

檀丁(杖者)大师著《诗镜》第三章,章名《辨词(声)的修饰及诗病》。此书终。⑦

---

① 节奏不谐的歌反而动人,这是违反"艺"的话,但更强调了情人的迷恋,故成为"德"。藏本略异,义同。
② 火焰比月光还凉,这是违反世间公认事实的,但由此强调了相思的苦恼,故佳。月光是引起并增加相思的热情的,所以使相思病者感觉到更热。
③ "量"有"知"义,"可量"指可以由亲证知神存在;"不可量",既是无限,又是神秘。"有果"指神创造一切,一切皆神所造的结果;"无果"一般指无效、无用,此处别解为"非果",指神不是任何其他所创造的结果。"一个"是唯一的意思,神独一无二;"很多",字面是"不止一个",即多,指神与宇宙为一,一切皆神之一体。这是表面违反"正理"(逻辑)而实际另有含义的话,故不是"病"。原注云:这些话未经任何哲学家说过,故违反正理。这仍是把"正理"当哲学,参看上文第176节注。藏本"有果""无果"作"有部分(全)""无部分(缺,不可分)",较好。
④ 诗中所说是大史诗《摩诃婆罗多》中人物。五人共娶一妻,此公主多夫仍算节妇,这违反了经典中不嫁二夫才是节妇的规定。但此乃神(或命运)意。原注云:因五人乃正法等化身,主宰大地(即公主),故有神性。按:原诗未必有此意。藏本一词异,义同。
⑤ 据原注,"各种各样的"(字面是"奇异的")指词(声)的修饰,即文学形式的修辞法(谐声、回文),不是意义的修辞法(显喻、隐喻)。藏本微异,义同,缺"这里"。
⑥ 这节变了格律,参看第一章第104节注。原注把诗的前半再一次与女子联系解释,德本认为不必。
⑦ 章末标题各本详略有异,今折中。藏本缺《诗镜》,章名作《辨难的〔修辞〕与病》(或将前一词作书名《诗庄严论》)。

韵　光

阿难陀伐弹那（欢增）　著

第　一　章

　　愿摩豆的敌人的,自愿〔化为〕狮子的,其皎洁胜过月光的,能除信神者的苦难的,爪甲保佑你们吧！①
　　诗的灵魂是韵,这是智者从前相传下来的。另外一些人说它不存在。又有一些人说它是次要的。还有一些人说它的真义不在语言范围内。因此,为了知诗者的衷心愉悦,我们说一说它的特性。②（1）
　　"智者"即了解诗的真义的人。"诗的灵魂是韵"这句话是从前辗转相传下来的。〔samāmnāta（相传）这个字的意义是〕samyak（正确地）ā samantāt mnāta（各方面背诵学习的）即"展现的"（公开宣布的）。另外一些人说,它尽管显现于知诗者的心中〔实际上〕却仍不存在。不存在论者产生这样一些怀疑:③
　　这儿（对韵的说法）,有些人会说:诗正是以词和义为形体。其中,属于词（声）的美的因素就是谐声等等,是众所周知的。属于义的〔美的因素〕是显喻等等。以音（字母）的连缀为性质的甜蜜等等〔诗德〕也只是〔由此而〕被了

---

① 这是照例的卷首颂诗。"摩豆"是一个妖魔,为大神毗湿奴所杀。"摩豆的敌人"即毗湿奴。诗中指的是毗湿奴化为半人半狮的怪物杀死魔王金床的故事。"爪甲"指所化狮子的爪甲。这节颂诗不算在诗体本文之内。
② 这是诗体的纲领,是本文。首先列举争论要点。"真义"指其实质。"知诗者"指作品的听众或读者,特指真能欣赏作品的人,是文艺理论书中的用语,字面是"有心人"意即"知音"。
③ 这是依照作注的体裁论述,对本文作讲解。注的作者与诗的作者是否一人,古代注释者未说明,今人有争论:可能阿难陀伐弹那（欢增）是作注者而诗是更早的产物。解释"相传"一词,用了文法家的析词方法,这是古代印度通行的方式。仿佛我国古人的"仁者人也,义者宜也",和以"六书"解字,但他们自有一套格式。参看第 174 页注①②、第 181 页第七章开头。

解。有些人称为 upanāgarikā（优波那伽利伽）等等的谐声法也不能超出其活动，也在听的范围之内。风格则是指毗陀婆派（南方派）等等。除此以外还有什么韵呢？①

另一些人会说：韵不存在。〔因为它〕脱离了公认的诗的范围，杀害了诗的类型的诗的本性。只有使知诗者愉悦的词和义构成的〔作品〕才是诗的特征。在脱离了上述范围的道路上，它（诗的特征）不会出现。而且，即使指定了承认那种信念的（承认韵的）〔才算是〕知诗者，说有韵的才是诗，并且成为流行的〔说法〕，也没有得到所有的学者衷心接受。②

又有些人用另一种说法否认韵的存在。〔他们说：〕以前并没有人说过韵。〔它〕既没有超出可喜的性质，它就包括在已经说过的美的因素之内了。这不过是把其中之一加上一个前所未有的名称的说法而已。③

此外，由于语言的说法无限，著名的规定诗的特征的人在某处有未加说明的细节分类，于是，"韵啊，韵啊，"就使冒充知诗的人眯缝着眼跳起舞来了。这里，我们不知道〔是什么〕原因。成千上万的其他的大人物宣说过，而且还在宣说，〔许多〕修饰方式。从未听说他们有这样的情形。因此，韵不过是一个空洞字眼而已。不可能发现它有任何经得起反驳的真理。④

同样，还有人作了下面这首诗：⑤

若一首诗中没有任何带有修饰的，使人愉悦的内容；又不是由完美的

---

① 这一反对意见的论点是：诗的美即在于其形式，由修辞手法等等而显现。"甜蜜"等即诗"德"，见《诗镜》第一章；后来的说法虽有不同，但都与形式（包括词和义）有关。upanāgarikā（优波那伽利伽）是谐声法诸格式之一的名称，是用所谓甜蜜的音来谐声的。"风格"是指修辞者重点不同的派别。"南方派"等亦见《诗镜》第一章。印度古诗是要吟诵的，不是看的，所以说不离词和义即"在听的范围之内"。

② 这段是一层进一层否认"韵"的又一论点，但只提出辩论中反对的一方的说法。据新护的解释：首先是主张有"韵"的人说，就算是诗的美在其形式之中，但"韵"不是以词和义为特征的，不是美的因素（按：大概指它是美的本身），也不是附属于诗"德"和"修饰"的。于是对方反驳说，这样，诗就与音乐舞蹈都一样，脱离了诗的语言特点了。诗虽是使知诗者愉悦的，却又必由词和义构成。但是，持"韵"说者又进一步说，承认有"韵"的才算知诗者。于是对方再反驳说，这并未得到所有的学者的公认。

③ 这是第三个否认"韵"的论点。如果持"韵"说者承认"韵"是美的因素，则不过是把前人分析的美的因素加以别名而已。"可喜的性质"即指美。

④ 这是根本否定有所谓"韵"的总结。指出主张"韵"的只是乱说一通空话，并无道理，也没有新义。新护在注中总结说：若"韵"作为美的因素，则不能出乎诗"德"及"修饰"之外；若出乎其外，则又不能是美的因素；而作为美的因素，也没有值得重视的意义；因此不过是空话。

⑤ 新护注说：下面引的诗是著者的同时代人摩诺罗他所作。

词句组成;还缺乏美妙的说法;愚人却高兴地称赞说,这诗里有韵;但当智者问他韵的特性时,他说什么?——"我们不知道。"①

"又有一些人说它是次要的,"〔即,〕另一些人说,名为韵的诗的灵魂是次要的析义。②

虽然规定诗的特征的人并没有提到韵这个词而宣布为次要析义或〔德与修饰的〕其他一类,但是指出了诗中有非主要的析义存在,〔这就〕稍微接触到了韵的说法,可是并没有加以说明。——由于这样的考虑就说:"又有一些人说它是次要的。"③

还有一些人怯于指明〔韵〕的特征,便说,韵的真义不在语言范围之内,只能由知诗者心中意会。④

"因此",既有了这样的一些不同意见,"为了知诗者的衷心愉悦,我们说一说它(韵)的特征。"

〔上面这句话说明著作的目的:〕韵的特性〔是〕所有真正诗人的诗的秘密,非常可喜,很久以来规定诗的特征的人的微薄的智慧从没有加以揭露,而且在《罗摩衍那》《摩诃婆罗多》等等被考察的〔诗〕中处处有鲜明的应用。但愿在认识了〔这一点〕的知诗者的心中,欢喜能得到长远稳定的地位。〔为了这个目的,下面〕说明〔韵的特性〕。⑤

这儿(既然如此),为规定将要开始解说的韵的基础,便说:

知诗者所称赞的意义被确定为诗的灵魂。相传它有两类,名为字面

---

① 诗中第一点说意义的"修饰",第二点说词的即字面的或声音的"修饰",第三点说诗"德"等等。总起来是说:若这三样都没有,即没有形式的美,又从何而能有"韵"?"韵"没有单独的存在,没有自身的特点,所以实际是不存在的。"美妙的说法"原词是"曲语",但此处并非作为专门修辞术语用,只指兼词与义的"修饰",故不译为"曲语"。

② 以上结束了否定"韵"的第一种反对意见,现在说第二种反对意见。"析义"是文法术语。"次要的析义"指字面以外的第二个意义,即引申的或转借的意义,即"内含义"。参看第218页注⑥。

③ 第二种反对意见是说:前人说过诗中除已经标明的一些条件之外还有非主要的"析义",所以"韵"可以包括在内;可是都没有加以说明。因此这种说法仍是否定"韵"的。

④ 这是第三种反对论调。照新护注说,这三派意见中,后者皆胜于前者。第三种说法是本书作者照他自己的解释就可以同意的,见本章末尾。

⑤ 这一段是解说前段所引诗句本文;原文只一句,现分开译为三句。新护注说,这里的有些词针对着前面的反对者的话,如,说"所有"即非"细节",说"非常"即非"次要"等。诗本文说的"愉悦"在说明中改为"欢喜"。后一词既是一些哲学家所说的最高境界,又是著者的名字("阿难陀"即"欢喜"),用语双关。这里把一般说的印度两大史诗都列为诗,这是《韵光》的一个值得注意之处(书中后文亦同)。一般只提《罗摩衍那》,因为另一史诗内容庞杂,不完全是文学作品,更近于"往世书"一类著作。

〔义〕和领会（暗示）〔义〕。① （2）

诗的灵魂,好像美丽可爱的身体的〔灵魂〕,作为〔其中的〕精华,即为知诗者所称赞的意义,有两类:字面义与领会义。

其中,名为字面义的〔意义〕已经由其他人以显喻等等类型各种各样地分析过了。②

〔所谓其他人即指〕规定诗的特征的人。③

因此此处不加详论。④ （3）

只在适当的（必要的）地方重复说说。⑤

可是领会义,在伟大诗人的语言（诗）中,却是〔另外一种〕不同的东西;这显然是在大家都知道的肢体（成分）以外的〔不同的东西〕,正像女人中的（身上的）美一样。（4）

可是领会义,在伟大诗人的语言中,是与字面义不同的东西。这是知诗者所熟知的,在大家都知道的修饰了的或则被了解的肢体（成分）以外的,正像女人中的美一样。正好像在女人,在美的方面〔有一个〕单独被看到的,在所有肢体以外的,某种不同的,成为知诗者（内行）眼中甘露的,另外的〔东西〕;这一意义就是这样。⑥

意义有字面义的力量所指出的,仅指内容的,以及修饰和〔诗〕德等等,由各种分别而不同,将在以后表明。在所有这些方面,它（领会义）都与字面义不同。例如,首先一种分别就是与字面义距离很远。这有时是在字面义〔表

---

① 这是本章中第2节诗体本文。被领会的意义,即暗示的意义。显然,所谓"韵"主要在于意义。"字面义"直译是"说出的","领会义"直译是"被了解的"。关于这一说法参看第222页注⑧。
② 这是第3节诗体本文的前四分之三。
③ 这句是插进诗中的解说。
④ 这是第3节诗体本文的后四分之一。此处点明本书不是一般论修辞为主的理论书,而是探讨诗的特性即所谓"韵"的专题论著。
⑤ 这是散文部分的补充说明:本书在必要时也附带谈到形式方面问题,但只随大家说说,并无创见。
⑥ 这是对第4节诗体本文的解说。显然著者以为诗中之美与女子之美一样,都是与其成分或肢体不同的另一种东西。新护注说,美是超乎这些的;尽管一个女人肢体没有缺陷而且妆饰得很好,她仍然不见得有美。可见著者首先要指出,过去诗论家所说的修辞手法以及所谓诗"德"等都只是形态方面的,即属于字面的,而美则在此以外。"义"即意义,又可指事物,但诗中又用"东西"一词,指出美是确有其物,即诗中"被领会的"亦即所暗示的意义。

207

示〕应当做的形式下〔反而表示〕禁止的形式。① 例如：

"虔诚的人啊！放心大胆，随意走吧！那只狗今天被戈达河岸树丛中住着的狮子杀死了。"②

有的是在字面义〔表示〕禁止的形式下〔反而表示〕应当做的形式。例如：

"婆婆在那边躺下。我在这边。你仔细观察白天。客人啊！夜盲者啊！可别躺到我床上来。"③

有的地方是在字面义〔表示〕应当做的形式下〔表示〕怨艾的形式。例如：

"去吧！只让我单独一人悲叹哭泣吧。可别〔因为〕没有她，你这个无礼貌的人也产生了〔悲叹哭泣〕。"④

有的地方是在字面义〔表示〕禁止的形式下〔表示〕怨艾的形式。例如：

"我求你消消气。回来吧！〔你这个〕脸上月光能消除黑暗的〔女人〕！你还给其他赴幽会的女子造成障碍。绝望的〔女人〕啊！"⑤

有的地方〔它〕以与字面义不同的内容（对象）表达。例如：

"看到了爱人的受伤的嘴唇，谁会不生气呢？专爱闻有蜜蜂的莲花的女人啊！阻挡不住的女人啊！现在你就忍耐吧。"⑥

其他像这样一类的与字面义不同的领会义还有种种。〔这儿〕只指出其

---

① 从这儿起列举各种"领会义"与"字面义"不同的例证。新护在注中开始大加发挥。
② 这诗原文是俗语，不是梵语。诗意表面说狗已死不必怕了，但狮子实比狗更可怕，所以是表面鼓励而实际禁止。照新护的注和解说他的注的《疏》的议论看来，这里面似还隐含着艳情意义。
③ 这诗原文是俗语，是俗语诗集《七百咏》中的一首，但据本书校刊者在脚注中所引，词句略有不同。原书第七卷第六十七首中，"你仔细观察白天"作"所有的个人都在那边"。新护注认为"我床上"中的"我的"俗语原词应是复数，故意义是"我俩的"（梵语双数），并说这样才更隐蔽，免得婆婆生疑心。《诗光》第五章及《文镜》第一章也引此诗为例。
④ 这诗原文是俗语。这是一个女子对另有所欢的情人说的话。"礼貌"专指心里不爱而表面敷衍，是《欲经》一类书用的术语。
⑤ "回来"即"不要去"，所以算是禁止。新护注说，这诗是一个刚回家来的女子发现丈夫爱了别人便要再走时，她的丈夫（或另解作她的女友）说的话。"还"指不仅对她自己，而且也对其他女人；若是丈夫说的，便连他也在内。
⑥ 新护注说，这是一个被情人咬伤嘴唇的女子的女友说的话，她故意装作没有看见她的丈夫，替她掩护；明对女说，实对男说。《诗光》第五章中亦引此诗。

中的一点以见一斑。与字面义不同的第二类以后再详细论述。① 至于第三类，即以味等为特征的，由字面义的力量指出，但不是只与表面见到的〔表达〕词的内容的字面义不同。因为所谓字面义〔可以分为，〕或则是由词的本身所表示的〔意义〕，或则是以表明别情等（产生味的条件等）为主的〔意义〕。就前者说，若缺了词的本身所表示的〔意义〕，味等的领会就没有着落了。但它们（味等）并不是处处都依词的本身所表示的〔意义〕。即使是那样（依词的本义），这些（味等）的领会也是由于以表明特定的别情等为主的〔意义〕。它（这一领会）仅仅是由词的本身复述，而不是由它创造。因为在另一情况下它（这一领会）就不见了。仅仅有艳情等词而没有表明别情等的诗中，就一点也不能领会其有味。因为味等的领会只是由于词的本身以外的特定的别情等；若只由词的本身，则没有〔味等的〕领会。因此，味等只由于与本文不同的〔词和义而得到〕所说内容的力量所加的性质；绝不是所说内容〔本身〕。这样，第三类也是与字面义不同的，〔由此可以〕确定了。至于似乎与字面义一起〔得到〕的领会，将在以后论述。②

　　　诗的灵魂就是这种意义，正如古时那位最初的诗人的由一对水鸟的分离而引起的悲伤〔化〕成了一首〔颂体〕诗。③（5）

由种种所说（义，字面义）和能说（词）的广泛组合而〔显出〕美的诗中，正是这种意义成为其精华。"正如""最初的诗人"，即蚁垤仙人，〔见到〕一只水鸟因同伴被杀的死别而悲啼〔时〕产生悲伤，〔这种悲伤〕化成了一首颂体诗。悲正是悲悯〔味〕的常情。④ 领会义在说明其他类时已包括在内，即以味或情

---

① 上面引例说明的是第一类，即只就内容而言的；第二类涉及"修饰"形式，较为繁多，在第二章中详论。此处下面说第三类，即与"味"有关的。
② 这一大段主要为论证诗的产生"味"（情调）也不是由于"字面义"，而是需要有暗示的"领会义"。这也要在第二章中分析。"味"等与"别情"等是由《舞论》建立而为诗论家所公认的（尽管分类及解说有所不同）。"艳情"是"味"之一种。
③ "最初的诗人"即第一位诗人，指史诗《罗摩衍那》的作者蚁垤仙人。他看到一个猎人打死相亲相爱的一对水鸟中的一个，便脱口而出吟了一首诗（"输卢迦"，"颂"体），以后他就用这首诗的格律创作了那部史诗。这史诗被认为有文学性质的诗的第一部——"最初的诗"，成为以后的诗的典范。
④ "悲悯"是"味"的一种。"常情"即这一"味"的固定的必需的感情状况。这是说明，蚁垤仙人的诗中有了"悲"，因而产生"悲悯"的"味"，而这些都是由诗中词的"领会义"而来。

为主〔的领会义〕,因为〔它是〕主要的。①

伟大的诗人们的语言(女神)滴洒着(流出)美味的,〔上述〕那种意义和内容,显现出与世间不同的,闪闪耀目的,特殊才能(光辉)。②(6)

伟大的诗人们的语言,滴洒着那种内容即真义,显现出与世间不同的闪闪耀目的特殊才能。③ 由于这个(特殊才能),在有着形形色色诗人的世世代代的这世间,〔只有〕迦梨陀娑等两三个或五六个〔诗人〕被认为伟大的诗人。

这也就是另一种领会义的真实存在的证明。④

它(领会义,韵)不能为仅仅具有词和义的学问〔一方面〕知识的〔人〕所知晓,而只能为懂得诗的意义的真义的〔人〕所知晓。⑤(7)

因为这种意义仅仅能为懂得诗的意义的真义的人所了解。如果这一意义只有字面义的形式,那么,只由于对所说(义)和能说(词)的形式的认识就可以理解它了。所以,这种意义不在仅仅用功于所说(义)和能说(词)的特征而对诗的真实意义掉头不顾的〔人的理解〕范围之内,正好像音调和变调等〔音乐〕特征〔不在〕知道音乐特征而不〔深通〕歌唱的〔人的理解范围之内〕一样。⑥

〔以上〕这样说明了与字面义不同的暗示义的真实存在,〔下面〕说明它〔在诗中的〕主要地位:

这一意义以及适合并有力量显示它的某一词,这两者,词和义,是努力〔认识〕伟大诗人的标志。(8)

暗示的意义以及适合并有力量显示它的某一词,〔这就是说,〕并非仅仅

---

① 这是说,说到"味"等即表示了以"味"等为主的"领会义"。"其他类"指与"内容"及"修饰"有关的。凡有主从关系的,说到其一即知其二。"领会义"既是诗的灵魂,提到其他,它就包括在内。
② "与世间不同"指精神方面。"语言"一词兼有文艺女神义。"才能"的词源意义是"光辉",故以"闪耀"形容。
③ 这是注中把诗句照散文词序重说一遍,用同义词改换几个词,作为解释;因此译文中不见区别。这也是注释文体,下仿此。
④ 上面第4节诗中说:"领会义是另外一种",这里注中照应一下作为结束。
⑤ "学问"原为"教导",指一门学问的传统规定,即课本中的知识。
⑥ "音调"指音乐中的七调,"变调"有二十二种。参看第201页注⑦。

是词。只有这两者,〔即这样的〕词和义,才是伟大诗人的标志。伟大的诗人之成为伟大诗人只是由于善于运用所暗示(义,暗示义)及能暗示(词),而不是由于仅仅编造所说(义)和能说(词)。①

现在,虽然所暗示(义)与能暗示(词)居于主要地位,但所说(义)和能说(词)仍然是诗人首先要采取的;这一说法也是正确的,所以〔著者〕说:

> 正如求光明的人在灯光上面努力〔想办法〕,因为它(灯光)是〔光明的〕工具;同样,重视它(暗示)的〔人〕也努力于所说的(字面的)意义。(9)

正如一个人要求光明,就在灯光上面努力〔设法〕,因为它是工具。因为灯光以外〔夜间室内〕不会出现光明。同样,重视所暗示的意义的人也在所说的(字面的)意义上面努力。由此表明了诗人〔作为〕解说者在所暗示的意义方面的活动。②

为表明所解说的(所说的,字面的)那种〔在暗示义方面的活动〕,便说:③

> 正如句子的意义要通过句义(词义)才被了解,同样,这个内容(暗示义)的了解〔也是要〕先〔通过〕字面义〔的了解〕。(10)

正如句子的意义的理解要通过句义(词义),同样,所暗示的意义的了解也是要先有字面义的了解。④

现在,虽然它(暗示义)的了解以字面义的了解为先〔决条件〕,〔但是〕暗示义的主要地位并不〔因此〕丧失;所以说:

> 正如句义(词义)凭自己的力量说明句子的意义,在〔它的〕活动完成时并不分别显现;⑤(11)

正如句义(词义)虽凭自己的力量表明了句子的意义,但在〔它的〕活动完

---

① 这节说伟大诗人能胜过一般诗人在于他们善于运用暗示,而不是只靠词的表面意义及形式。
② 这一节说明"暗示义"仍得通过"字面义",而不是在语言范围之外。《疏》云:"解说者"即说话者。
③ 此句中译者加的说明是依据《疏》的解释。
④ 所谓"句义"即一个词的意义,但"句义"也常指一事物,在哲学上又称为概念或范畴。这里所说"句义"实指词义,而"句子和意义"才是指联结若干词的句子的整个意义。"句义"是玄奘直译的术语,今袭用。
⑤ 这节诗应连下一节诗读。中间插入的散文是解说。

成时并不因分开而显现〔为二〕。①

  同样,那个意义(暗示义)在离开字面义而见到真实义的聪明人的智慧中,立刻就会显现。②(12)

这样说明了与字面义不同的所暗示的意义,再回到本题说③:

  若其中的意义或词两者将自己作为次要而显示出那个意义(暗示义),这一种特殊的诗就被智者称为韵。④(13)

若其中(诗中)某一所说(字面的)意义或某一能说的词〔两者〕显示出那种意义(暗示义),这一类的诗〔就称为〕韵。由此说明了,韵的范围是从〔作为〕所说(义)与能说(词)的美的因素的显喻等以及谐声等分别显现出来的。至于说:"脱离了公认的范围,伤害了诗的本性,〔这种〕方式的韵不存在。"那是不对的。⑤ 因为它(韵)对于仅仅规定〔诗的表面〕特征的人不是公认的(众所周知的),可是仔细考察一下〔特征〕所显示的〔内容;就知道〕只有它才是使知诗者内心愉悦的诗的真义。⑥ 与此不同的就是彩诗,以后再加说明。⑦ 至于说:"既没有超出'可喜'的性质,它就包括在已经说过的修饰等方式的范围之内。"那也是不正确的。⑧ 只依靠所说(义)与能说(词)的范围中怎么能包括那依靠所暗示(义)与能暗示(词)而定的韵呢? 所说(义)与能说(词)的美的

---

① 这段意思是,一个词义并不因为它要表明整个句子的意义而分为两个。"活动"即指它的表明整个句子意义的作用。"句义"自己的独立存在并不因为它传达别的意义而受影响。一些词连缀起来表达一个句子的意义;全句的意义由各词的意义集合而生,却又有区别,并不是简单的积累;所以各词在句中除表达自己的"句义"外,还表达了显现整个句子意义的部分作用,但词并不因此而变为两半。这是弥曼差派哲学家的一个论点。此处引以证词义的两重性。参看第 222 页注⑧。关于部分与全体的关系问题,佛教哲学中也有讨论,因为这与"有我""无我"有关。参看第 213 页注①、第 224 页注①。
② 这是说明一词两义互不相妨。"仁者见仁,智者见智"。
③ "本题"指开头提出的"韵"。
④ 到此,诗体本文已得结论;散文解说和新护的注就此大加发挥。
⑤ 所引反对者的话见第 1 节诗下面散文解说的第三段,用词微异。
⑥ "特征"即显露在外的,而"所显"即其所显示的内容;此处利用这两个同源以及"字面义"与"内含义"的关系做说明。
⑦ 照这一派的说法,诗有三种:一是以"韵"为主的,一是以"韵"为次要的,一是无"韵"的,《韵光》称之为"彩诗",指其只有文辞之美。《诗光》把这三种列为上中下三品。本书第三章论这种"彩诗",故说"以后"。
⑧ 所引反对者的话见第 1 节诗下面散文解说的第四段,用词微异。

因素只是它的部分,而它则正是整体的形式,因为〔它具有〕正要被表明的性质。①

这儿有一首附加的诗:

"由于与所暗示(义)及能暗示(词)相联系的结合,韵如何能包括在所说(义)及能说(词)的美的因素之内呢?"

可是,若其中(诗中)被领会的意义没有明显地被领会(了解),它应就不属于韵的范围;若其中有了领会(了解),例如在暗说、反说、未说因殊说、转说、藏真,灯喻、错杂的修饰等等中,那儿就该包括韵在内了。② 为了驳倒〔上面〕这一类的〔论调〕,所以说:"将自己作为次要",或则是意义把本身当作次要,或则是词把所说的当作次要,而在其中显现出另一种意义,那才是韵。它怎么能够包括在〔上述〕那些〔修饰〕之内呢? 韵〔必须〕是以暗示义为主的。它不能存在于暗说等等之中。暗说例如:

"当月亮以浓厚的颜色刚一捉住星光闪烁的夜的初临,她(夜)就由于颜色让东方的黑暗衣衫完全脱落,再也看不见了。(黄昏时,皎月乍升,星光闪烁,暮色苍茫,夜的黑衫完全降下,一切都隐入暗中。)"③

在这类〔诗〕中,字面义是主要的,一望而知,〔但是后面还〕紧随着〔非主要的〕暗示义,因"黑夜"和"月亮"上面加了男女的行为,〔显出了〕句子的意思。在反说中,虽然加上了某一暗示义,仍然只有字面义的美;句子的意义主要是由于反说的力量而被了解。因为,在那儿,为想说出某一特殊〔内容〕而

---

① 此处又利用"部分"(支)与"有部分的"(体)二词说明。各种美的因素都是整个美的附属部分,而内容所暗示的美则是整体,因为各具体因素都是表明它的,而它则是被表明的,所以它不能包括在表明它的那些"部分"手段之内。整体由部分集成,却又与各部分有别。参看第209页注①、第224页注①。

② 所列举的都是带暗示性的修辞格式。下文即逐一辨明其非"韵"。"暗说"是以一语双关两层意思。"反说"是把不便说出的意思用否定(禁止)的形式表示出来。"殊说"是有一般原因而无其结果(另有真实原因),"未说因"是其中一类。"转说"是把意思用另一种方式表达出来。"藏真"是故意否定所比喻的事物反而肯定比喻。"灯喻"是把比喻和所比喻的以一个共同点连在一起。"错杂"是同时用了两种以上的修辞手法。下文还有"以宾说主",这是描述非主要的现象以显出主要的意图。

③ 这是利用双关语作的暗语。为表现原诗情况,照字面直译,故晦涩难解;诗后括弧中是诗的表面意义的意译;诗的暗含的另一意义是描写赴幽会的女子。就另一意义说,则"颜色"是爱情,"星光"是眼睛,"捉住"是抱、吻,"初临"是嘴,"黑暗"是黑色,"东方"是前面或面前,"看不见"又是不知不觉。"夜"是阴性,即女子;"月"是阳性,即男子。词义换了以后,诗的意义显明,不需再译。

在字面上〔加上〕禁止的形式使成为反说（加上去），这正是以加上某一特殊暗示义为主的诗的形体。字面义和暗示义中，〔作者〕所愿说的主要〔东西是什么，要看〕美的〔更〕高的地位安排〔在哪一方面〕。① 例如：

"〔尽管〕黄昏有红色，白天在前面，然而〔两者仍〕不相会，唉！命运的安排啊！"②

这儿，虽有暗示义的了解，但字面义的美有〔更〕高〔的地位〕，所以它是〔作者〕所愿说的主要的〔东西〕。

正如在灯喻、藏真等等〔修辞手法〕中，虽凭暗示义可以了解比喻（显喻），但不是〔作者〕所愿说的主要的〔东西〕，故不以它（显喻）为名；这儿（反说）也是如此。至于未说原因的殊说，则例如：

"尽管被同伴们呼唤，答应了'是'，解除了睡意，想到要走，但是〔这〕旅客仍未放松瑟缩（迟疑）。"③

这类〔诗〕中，由于情况的力量仅可了解〔它的〕暗示义。但不因此了解而具有任何美的表现，〔因此它〕不占主要地位。〔至于〕转说，如果〔其中〕暗示为主，那么应当说它是包括在韵之内，而不能说韵是包括在它里面。因为它（韵）的范围较大而且是包括部分的〔整体〕，是要被表明的〔内容〕。可是在类似婆摩诃所引的转说〔的诗例〕中，暗示义都不是主要的。那里面字面义没有成为附属的，因为〔暗示义〕不是〔作者〕所想说的〔美的主要方面〕。④ 至于藏真、灯喻、之中，字面义是主，暗示义是从，〔这〕是大家都知道的。〔至于〕在错杂中，当〔一种〕修饰对另一种修饰的影子（含义）有利时，由于没有想说出（用意不是）暗示义为主，便不属于韵的范围；而两种修饰都出现时，则字面义

---

① "反说"一词的词义是"加上去"，故做这样的解释。用意与前例相同，仍说明这类修辞手法中"暗示义"不占主要地位，所以不是"韵"。这类解说中利用了词源和构词的特点。"所愿说"即诗人的用意。这词的另一形式被用于区别"韵"的两类的术语中，译为"旨在"，见下文。这里未当作术语，只译为"愿说""想说"。下同。
② 这诗仍是利用双关语说男女难以见面。"黄昏"是阴性，指女；"白天"是阳性，指男。"红色"又是爱情，"在前面"又是在面前，"相会"又是幽会。《诗光》第九章中亦引此诗。
③ 这诗是只说结果未说原因之例。新护的注中引前人之说，认为原因是怕冷；但又说，也可解为梦中见情人比去见面更快，所以不愿起来。
④ 婆摩诃是大约七世纪的文学理论家。注云：此处所指的他引的例子见《诗庄严论》第三章，是黑天说的话："在家中，在路上，我们都不吃饭，因为有学问的婆罗门都不吃。"这里以转义暗含不吃敌人下毒的食物之类。

和暗示义都是主要的。再者,由于字面义成为次要的,暗示义寓于其中,这时它(错杂)才属于韵的范围,而绝不能说它就是韵。照〔上面说的关于〕转说的道理〔即可推知〕。还有,在错杂中,有时错杂的说法就把韵的出现取消了。① 至于在以宾说主〔的修辞手法〕中,若是由于共相与殊相的性质(关系)或因与果(有因)的性质(关系),所说出的宾(非主题)与所了解(意会)的主(主题)相联系,那么,所说出的与所了解(意会)的(未说的)同样都是主要的。若是所说出的共相的宾与所了解(意会)的有关主题的殊相相联系,那么,尽管有了所了解(意会)的殊相,由于它与共相的不可分割的关系,共相仍是主要的。若是殊相寓于共相之中,那么,在共相为主中,由于一切殊相皆在共相之中,殊相乃是主要的。在因与果一方面可以照此道理〔推知〕。若是在仅由于同相的力量的以宾说主中,非本题与本题相联系,那么,所说出的宾(非主题)的同相,由于〔是〕主要的,便属于不是想说出的(非旨在所说义)韵的〔范围〕以内了。其他修饰也依此类推。② 此处有这〔样一首〕提要〔的诗〕:

"若其中暗示义不过追随着字面义,而不居主要地位,那儿就是暗说等等明显的字面义的修饰。

"若其中暗示义只是表面显露,又追随着字面的意义,或则不见它占主要地位,那就没有韵。

"若其中词和义只以它为主,暗示义居于可喜的地位,那才是应当承认的韵的范围,而不算错杂。"

因此,韵不包括在其他之内。从另一方面说,〔它也〕不包括〔在其他之内〕。因为韵〔作为一种〕特殊的诗是〔一个〕整体(包括各部分的整体)。各部分单独都不能成为整体,〔这是〕大家都知道的。不单独存在正是它(部分)的〔作为〕它(整体)的〔一个〕部分的性质。〔它〕并没有真实意义(整体的性质)。即使那儿有真实意义(整体的性质),由于韵的范围广大,也不〔能具有〕包括〔韵〕在内的性质。"智者称为"③说明这一说法是学者的创见,不是无来由的流行〔说法〕。最先的学者就是文法家,因为文法是一切学问的根源。他

---

① "错杂"是两种以上修辞法交错,又分几类,故反复分析如此。
② 以上这一大段议论主要是说明所谓"韵"不能包括在有暗示性的修辞手法之内。在当时,这些修辞手法是文人所熟悉的,分析方法是哲学中常用的,论证方式是依照逻辑格式的,但现在看来,这种专门的讨论不免隐晦而且烦琐。故不多加解说,只求能见其主要用意。下仿此。
③ 以上论证已完,又引第13节诗中的话,继续解说,并驳斥反对者。

们把韵（音）〔这一词〕用在听到的〔字母〕音中。同样,遵从他们意见的其他学者,指出诗的真实意义〔时〕说,所说（义）、能说（词）混合的词的灵魂,〔就是〕"诗"一词的含义,由于与能暗示（词）的性质相同,称之为韵。〔若认为,〕这样的韵的〔下两章中〕将说的一些分类及其各类的集合对〔这一〕大题目所做的解说,与仅仅说明冷僻的特殊修饰相等,〔而说这就是〕受他们影响的人的匆忙的结论;〔这是〕不正确的。更不必说去揭露他们的为嫉妒所污的心灵了。① 这样,韵不存在论者〔的论点〕都答复过了。

〔确实〕有韵。它一般说来分为两类:〔一是〕非旨在所说义,〔一是〕旨在重它所说义。②

第一类的例子:

"三种人能获得遍产金花的大地:英雄,学者,和会侍候的人。"③

第二类的例子:

"他在哪座山上,用多长时间,修炼了什么名目的苦行,女郎啊！使〔这〕小鹦鹉能啄到你的〔像〕嘴唇〔那样〕红的频婆果啊！"④

至于说韵就是次要意义〔这一点,现在〕加以说明:

这韵和次要意义不具有同一性,因为体性有别。⑤

"这韵"即上述情况的〔韵〕,与次要意义不具有同一性,因为体性有区别。其中以所说（义）与能说（词）着重表明与字面义不同的意义,以暗示义为主,〔这才是〕韵;而次要意义只是附属的。

〔为了使人〕不要把这〔韵〕当作次要意义,〔下面接着比较〕说韵的特征:

---

① 这些话是回答前面引的对方骂的话（见第 1 节诗下说明中）。
② 这两个术语名称本身就指出其特点,所以照字直译。"旨"原词是"想说的"。"非旨在所说义",是说诗中用了词的"内含义",由此得出暗示,所以这也就是"以内含义为主的暗示（或韵）"。"旨在重它所说义"中所谓"重它"的"它"即暗示。这是说诗中用了词的表示"字面义"的方面,但所着重的却是以此暗示,所以这也就是"以字面义为主的暗示（或韵）"。这一分析为后来的论者所继承,《诗光》第四章与《文镜》第四章中的分类都依此。这两类下面还有许多细致分类。
③ 此诗见大史诗《摩诃婆罗多》第五篇第三十五章,又见《五卷书》第一篇。诗中的"金花"不照本义解,所以是用的"内含义"而由此暗示可得富贵,因而属于第一类的"韵"。
④ 这首诗并未注重"内含义"而就是用字面的本义,但着重的是"几世修来的福气",因而属于第二类。诗明指鹦鹉暗指人。
⑤ 这是第 14 节诗的前半。前面第 1 节所说"韵是次要的"一点,论据是:词的意义有三种,字面义、内含义、暗示义。内含义说为次要意义,这就是韵,因此韵是次要的。参看第 218 页注⑥。

由于〔次要意义的范围〕超出和不及,这韵不由它(次要意义)显出〔与它相同的特征〕。① (14)

韵也不由次要意义显出〔特征〕。怎么样?由于"超出"和"不及"。这儿,"超出"〔指的是〕在没有韵的地方仍会有次要意义。因为没有由暗示义造成的很大的美好之处,那儿也可以见到一些附属的词义而获得明显成功的诗人。例如:

"〔床的〕两边因为接触到丰满的乳房和臀部而枯萎,〔床的〕中间因为碰不到纤细的腰肢而依然青绿,这荷叶床铺由于懒洋洋的嫩臂的挥动挣扎而散乱,〔它〕说出了那苗条身材的〔女郎的〕焦灼。"②

又如:

"情郎被抱一百次,被吻一千次,略事休息又被寻欢作乐;〔一点〕不〔觉到〕重复。"③

又如:

"〔或〕嗔怒,〔或〕平静,〔或〕泪流满面,〔或〕喜笑颜开,荡妇们不论怎样〔被情郎〕捉弄,都迷惑〔他的〕心。"④

又如:

"情郎用嫩枝在〔最小的〕妻子的乳边轻轻敲打,〔这〕在〔其他〕妻子的心上却成为难以忍受的(沉重的)〔打击〕。"⑤

又如:

"为他人忍受痛苦而破碎,它的变化却被公认为甜蜜,如果它(甘蔗)被种错了土地而不能生长茂盛,那难道是甘蔗的过失而不是品质坏的沙

---

① 这是第14节诗的后半。"内含义"原词是lakṣaṇā和lakṣaṇa(特征)、lakṣyate(显出,被看出)出于同一词根,所以这几句话这样利用词源解说。"超出"和"不及"是哲学上逻辑推理用语,指范围的不一致,不周延。
② 这诗是七世纪戒日王喜增的戏剧《璎珞传》中第二幕第十二诗。《诗光》第八章也引此诗作为"显豁"的诗"德"的例子。这是国王见到女主角睡过的荷叶床铺推测她患相思病的情景时说出的话。参看第222页注③。
③④ 这诗原文是俗语。
⑤ 这诗原文是俗语。古印度的多妻制中往往不分妻妾。

漠的〔过失〕吗?"①

这儿(诗中),在甘蔗方面〔用的〕"忍受"一词〔是用其内含义,即由人的方面引申借用的非字面的直接意义〕。像这样的〔情况〕绝不能属于韵的范围。

因为,

> 词表示出除了用说(韵)便不能〔表达〕的美,有着暗示,便属于韵说的范围。②(15)

这儿,在上述的例中,没有词是除了用说(韵)便不能〔表达〕的美的表现因素。③ 而且,

> "美"等流行的词应用在与本身〔意义〕范围不同的地方,并不能成为〔表达〕韵的字。④(16)

〔因为〕在这些〔词〕中〔只要做〕附属的词〔义的〕分析〔就可以明白〕。在这类情况中,有时出现韵,那是由于另外的方式,不是由于这样的词("美"等)〔的方式〕。⑤

而且,

> 放弃主要的析义,以次要的析义显出意义,以此为目标而得的结果,那词并不跛行。⑥(17)

---

① 这诗是以甘蔗比喻善人。
② 这里用"说""韵说"表示以暗示所谓"韵"为主的词,以与词的其他几种意义和作用相区别。
③ 上述例中所用的带有暗示性的词都是引申来用的,即借用的,即用所谓"内含义"。如前引几首诗中,第一例的"说出"用在荷叶床上;第二例的不"重复"(本义是"重复说")实际指的事确是重复;第三例的"捉弄"(词义是"捉住""接受")与"迷惑"(词义是"夺走"),第四例的"轻"与"难以忍受"(沉重),意义似乎矛盾;第五例的"忍受"用在甘蔗方面而不说是人。
④ 这就是指上面所举的例中用词的引申、借用等"内含义"。有些词在上下文中,照字面上的本来意义说不通,但稍一引申就可以了解。作者认为这不是"韵"。"字"是文法上用以指词的术语,此处用来以防与"词"(其中包括几种意义)混淆,正如上一节诗中用的"说"其实也只是指表达"韵"的词。"美"等是举例。此处的"美"是 Lāvaṇya,本出于 Lavaṇa(盐),意义是"咸味",而经常应用的意义又指"美"。例如用这词不指海而指人,即用在与本义范围不同的对象上,照"咸味"说就不通,就要解为"美"。为解说"等",新护注中还举了 anuloma("随毛发",顺)和 Pratikūla("对岸",逆)为例。"流行"也是文法术语,指通行意义,与根据词源的意义相区别。"美""顺""逆"是这三词的"流行义","咸味""随毛发""对岸"是三词照构词分析时原义。
⑤ 这说明了作者的用意是要把"韵"和"内含义"区别开来,"韵"只算在"暗示义"一方面。"另外的方式"指"暗示"。
⑥ "析义"指词的分解为三种意义:照字面的(主要的)意义,照内含的(借用、引申等,非主要的、次要的)意义,所暗示的意义。文法家用的典型例子是"恒河上茅舍"。"字面义"是"河上","内含义"是"河岸上","暗示义"是"宁静、圣洁"(因为是神圣河流旁修道仙人的住处)。"不跛行"指并不因此难懂。参看第216页注⑤。

因为这儿,要显出很美的特殊意义的特征,如果〔用了〕词的非主要〔意义〕,那么就会有毛病了。然而并不如此。因此,

次要的析义被规定为由于依靠能说(词),那么,〔它〕怎么〔能成为〕以能暗示(词)为唯一根源的韵的特征呢?① (18)

因此,韵是另一回事,而次要的析义又是另一回事。这种〔把次要意义当作韵的〕特征〔又有〕"不及"〔的错误〕。因为韵的旨在重它所说义一类以及其他许多类都不包括在次要意义之内;所以次要意义不是〔韵的〕特征。②

而它又会是某一类韵的附属特征。③

如果〔对方〕说,这次要意义可以成为将要谈到的各类〔韵〕中某一类的附属特征,而且如果〔对方又〕说,韵只是由次要的析义显示出来(以此为特征);那么,由于〔关于〕词(字面)的分析研究,与它不同的全部修饰都可以显示出来(以此为特征)了,给每一种修饰指出特征都是毫无意义的了;〔这样说就〕陷入〔同样的〕错误。④ 而且,

其他人已经定下了它(韵)的特征,我们〔所做的〕不过是〔这一〕方

---

① 词义分为三(字面、内含、暗示);词也分为二(能说与能暗示);"内含义"仍不出作为"能说"的词的范围(若独立则是"能含",词就一分为三),因此与"韵"的依据不同,所以说它就是"韵"就犯了范围太大的"超出"的逻辑错误。以上说明了第14节诗的第一点,以下散文说明中并由此解说了那一节诗中的第二点,即那种说法所犯的"不及"的逻辑错误。

② 第14节诗前面散文说明中把"韵"分为两类,并举两诗为例。前一类如"遍产金花的大地"可以算是有"次要意义",但后一类如"小鹦鹉啄频婆果"就不能包括在内了。所以"次要意义"不能算作"韵",两者的范围不同。

③ 这是第19节诗的前半。所谓"附属特征",就是说,有些(并非一切)"韵"包括了"次要的析义","次要意义"。

④ 这个反驳是用类推方法。修辞手法都依据词的"字面义";在这方面,文法家以及弥曼差派哲学家还有逻辑学家对于词已经做了详尽的研究,但修辞学家(文学理论家)还要不惮烦地一一说明其特征,可见不能把附属的条件作为特征。"次要意义"或"内含义"对于"韵"也是如此。这里又是因为"内含义"及表示"内含义"的词与"特征"出于同一词根的变化,所以纠缠不清,从汉语译文看不出很多道理(参看第217页注①)。以上反驳了把"韵"算作"次要"因而实际否认了"韵"的说法。因为所谓"次要"联系到词的"次要意义"即"内含义",而这又与"特征"相混,同时这种分析又以文法哲学的理论为依据,依印度逻辑的格式论证,与梵语的特点有关,所以讨论的依据及方式都像是很玄妙;其实这在当时印度学者中却是一种"显学",是他们的共同语言和辩论习惯。由此可见,"韵"的文学理论与当时的语言学、逻辑学和哲学思潮有密切关系。后来新护大加发挥,更把自己的哲学思想装了进去。不过就其本源说,这一理论的论证依据乃是对于词义的分析,也是从把诗当作"词和义"的特种组合的理论而来的,并非深邃莫测,凭空出现。

219

面（派别、主张）的完满论证而已。① （19）

以前他人已经定下了韵的特征，我们就只做〔这一〕方面（派别、主张）的完满论证，因为"韵存在"就是我们的主张。这是在以前就论证过了的，〔因此我们〕成为不用费力就得到所愿望的东西（目的）〔的人〕。至于那些认为韵的灵魂只是知诗者心中能感到而不可说出的，他们也是一些未经考察就发议论的人。照上面所说的以及〔下文〕将要说的道理，韵的一般的与〔其中各类〕特殊的特征都已经说明了，〔它〕若〔还是〕不可说出的，则一切事物都会陷入那样〔不可说出的情况〕了。但是他们若是用这样夸张的说法来说明韵的超出〔分别开来的〕各类诗的特征，〔那么，〕他们也说得很对。②

《韵光》第一章终。

---

① 这节诗结束了第一章。最后的话照应第1节诗，表示作者想全面论证"韵"，使之成为定论。首先是把反对者驳倒，然后从第二章起进入正面分析。

② 本章一开始所说的反对派的意见共有三种：一认为"不存在"，二认为"次要"，即属于"次要意义"，三认为"不可说"。但反驳的话只驳了前两种，没有提到第三种，所以散文说明加以补充。既然已经说了"韵"的特征与大别为二类，下文还要一一分析，那么所谓"不可说"即"不能说出或说明"，当然不驳自倒。然而"韵"究竟是暗示的，带有神秘性质，所以最后又说，如果由于"韵"超乎各类诗（"韵"为主的，"韵"为次的，无"韵"的），其本质只能意会而难以言传，那么，这并不是否认"韵"而正是说到了这一主张的最后必然归宿，这种"不可说"的说法就同主张"韵"的意见没有矛盾了。这样，在理论上由诗通向神秘主义的大门也就打开了。

220

诗　光

曼摩吒　著

第　一　章

在开始从事著作时,著者为了消除障碍,默念有关的保护神:①

愿诗人的语言(文艺女神)胜利!她的创造不受主宰力量的规律限制,只由欢乐构成,不依靠其他,具有九种美味。②(1)

大梵天的创造是这样的:形态的主宰力量所制约,以乐、苦、痴为本性,依靠极微等主要(物质)原因及业等辅助原因,具有六种味,而且这些(味)并不都是称心的。诗人的语言的创造与此不同。因此,它胜利(超过大梵天的创造)。由"胜利"一词的意义可以推出"敬礼",即"我向她行礼"。③

此中(本书中)所说(内容,诗)是有目的(作用)的,所以说:

诗是为了成名,发财,得实际行动的知识;除灾祸,立即获得最高福

---

① 诗句是本文,散文是说明,一般认为两者都是著者所作,也有些注者以为诗句出于《舞论》作者婆罗多牟尼。这是一种著作体裁,与《韵光》《文镜》是一类。实际上散文部分是重要的内容,诗句不过是便于记忆的内容提要。"默念"含有赞颂之意。
② 此处用的"语言"一词又是文艺女神的称号。"主宰力量"或"限制",指控制世界的力量,一般指命运。"味"有八或九种,见《舞论》。
③ 大梵天是创造之神。这里的说法属于卫世师迦派(胜论)哲学,但也为其他一些派别所承认而加以发展。"痴"一般指不认识本派哲学或宗教所主张的"真理",即指对于世界的"错误认识"(大都指朴素的唯物主义)。"极微"是世界物质的最小元素,构成整个物质世界的基本点。"业"指动作、行为等。物质基础是主要因素,而形体活动是辅助因素,由此构成活动变化的世界,这是卫世师迦派哲学中带有唯物主义倾向的成分。"六味"指甜、酸、苦、辣、咸、涩,而"九味"却是艳情、悲悯等等,"味"字虽同,意义迥异。

乐,以及像情人那样发教训。① (2)

"成名"是像迦梨陀娑等人那样②;"发财"是像陀婆迦等人从喜增王等人〔得到财富〕那样③;〔知识是〕适合于帝王等人的行为的知识;祛除灾患是像摩由罗等人对于太阳神等等那样④;〔立刻得到的最高福乐是〕所有目的中首要的一项,是紧接着尝味而兴起的,是失去其他所知的,欢喜⑤;〔像情人一样发教训是说,〕吠陀等经典像君主一样以词句为主〔而发教训〕,往世书等历史传说像朋友一样以意义为主〔而发教训〕⑥;而诗则由于词和义两者都居于次要地位,由于味的成分的作用成为主要倾向,就与前二者不同,而是擅长于超乎世间的描绘的诗人的工作;它像情人一样,以有味的引导使〔对方〕面向〔自己〕而发"应当照罗摩那样行动而不应当照罗婆那那样"⑦的教训;诗人按照情况对知〔诗〕者(读者、听众、观众)做出〔以上六项作用〕;这正是诗中一定要达到的。⑧

这样说了它(诗)的目的之后⑨,便说它的原因:

> 能力,由观察研究世间、经典、诗(文学)等而得的技巧,在学习诗的专家(诗人、文艺理论家)中的操练,这就是产生它(诗)的原因。(3)

---

① 这儿列举诗(文学)的六项目的是常为人称引的。印度古人并不讳言作诗的实际目的。七世纪的婆摩诃说,作诗的目的是精通法、利、欲、解脱以及技艺,获得名誉与欢乐。但是九世纪的《韵光》提出以求得"欢乐"为目的,经十世纪的新护解说"欢乐"为欣赏者心中的美感以后,出现了所谓新派。《诗光》出于十一世纪,它陈述诗的目的时受其影响,但仍综合前人所说而不囿于新派。

② 迦梨陀娑是著名的诗人和戏剧家,《沙恭达罗》剧的作者。

③ 喜增王即七世纪的戒日王。传说陀婆迦是剧本《璎珞传》的作者,戒日王出很多钱收买了他的这个剧本,至今这剧署名为戒日王喜增所作。不过这个传说的说法不一,陀婆迦没有什么作品流传下来。

④ 传说摩由罗患病,作诗百首歌颂太阳神,因而病愈。这诗今尚传,名为《太阳神百咏》。

⑤ 这一条是继承《韵光》及新护之说。其中的"尝味"指得到作品中之"味",由此说明这是直接的感受;"所知"指一切可能的知识,由此说明这是不经理智分析的;"欢喜"是吠檀多派哲学所说的最高境界,与诗句中的"最高福乐"相应。这一说法已经对文学中的美感做了带有神秘主义的哲学解释。

⑥ "吠陀"见第172页注⑥。"往世书"见第227页注②。这里都不是当作书名,而是作为经典类名。

⑦ 罗摩和罗婆那(十首王,罗刹之王)是史诗《罗摩衍那》中的两主角,分别代表善与恶。参看第209页注③、第226页注⑤、第228页注②。

⑧ 这一大段说明的原文是一个长句子。其中前四项讲诗的作用。第五项说,诗的主体是给人一种直接的美的感受,使人能得到像修行、入定、得道那样的"欢喜",即"最高福乐"。第六项说,诗有教育意义,但与经典及历史传说等两类著作不同。吠陀经典是发命令的,说什么就得做什么,所以是以词为主,即以词的表面意义为主;往世书等写传说等等是劝告人的,所以是以意义为主,即以词的内在隐含的意义为主,较为婉转;而诗则借"味"的力量吸引人不自觉地接受教育,所以是以词的暗示意义为主。这样就把以"韵"为主的理论提了出来。词有三种意义:字面的意义,隐含在内需要引申的意义,暗示的言外之意,即"韵"的依据(参看第216页注⑤、第218页注⑥)。《诗光》把这些分别配在三类著作中,又分别以君主、朋友、情人为比方。"超乎世间的"指精神上的活动。

⑨ 前半句南印度本中没有。

"能力"是诗的种子,是特殊的"行"。① 没有这个,不可作诗;作了也会成为笑柄。"世间"指不动的(植物等)、能动的(动物等)世间活动;"经典"指论述诗律、语法、词汇、技艺、四大事、象、马、剑等的著作;"诗"指大诗人的〔作品〕;"等"包括了历史传说等等;由于研究这些而得的学问〔就是"技巧"〕。依照善于创作和辨识(评论)②诗的人的教导,在作〔诗〕和缀〔词〕上再三重复进行〔就是"操练"〕。这三者合在一起,而不是各自分开,就成为诗的"产生"即创作和提高的原因。这是一个原因而不是几个原因。

　　这样说了它(诗)的原因之后,便说〔诗的〕特性:

　　　　这(诗)就是词和义无〔诗〕病,有〔诗〕德,而有的地方缺些修饰。③

　　〔诗〕病、〔诗〕德、修饰将〔在以后〕说。④ 所谓"有的地方"是说:〔诗中词和义〕处处都有修饰,但是有的地方尽管没有明显的修饰,也不妨害〔它具备〕诗的性质。例如:

　　　　"那夺〔我〕童贞的人正是〔我的〕丈夫,那些春夜也还照旧,而且那挟着盛开的茉莉香气的、吹拂迦丹波花的、醉人的风〔也还如故〕,我也还是我,可是,〔我的〕心却向往于勒瓦河边,苇丛树底,欢爱的游戏。"⑤

　　这〔诗〕里没有任何明显的修饰。由于味居于主要地位,所以〔也〕没有〔具味〕的修饰。⑥

　　〔下面〕依次说它(诗)的分类:

　　　　它(诗)的暗示义超过字面义,就是上品的〔诗〕。智者称之为韵。⑦ (4)

---

① "能力"指天生才能。"种子"指主要原因。"行"用佛教术语旧译,指前世的影响,生来就有。参看《诗镜》第三章第174节诗。
② 此字两本不同,意义相仿。
③ 这是第4节诗的前半。诗的"病"和"德"都有具体分析。"修饰"指各种修辞手法。这条定义为十四世纪的《文镜》所驳。见该书第一章。
④ 下文第七章论诗"病",第八章论诗"德",第九章和第十章分别论词(字面)的和意义的"修饰"。
⑤ 这诗是一个女子在结婚后对女友说的话。她回忆婚前初恋的欢乐。印地语注说,这是克什米尔的一位女诗人所作。《文镜》第一章也引这诗,反驳《诗光》的说法。"迦丹波花"等照南印度本一注解释,与《文镜》中所引不同。不过此花在雨季开放,不在春季(原文是相当于二三月的一个印历月份)。
⑥ 如果"味"居于次要地位,则属于一种名为"具味"的修饰;现在诗中以"味"为主,所以连这一修辞手法也不能算。
⑦ 这是把词义分为两种,一是字面意义,一是暗示意义。以"韵"为主的诗就是上品。关于词义分析见第222页注⑧。

"它"指诗而言。"智者"即文法家,〔他们〕把成为〔词的〕主要〔成分〕即常声形态的,能暗示出所暗示〔义〕的声(词的音)规定为韵。因此,遵从他们主张的其他人也把那使字面义成为次要而能够暗示出暗示义的词义对偶〔规定为韵〕。① 例如:

"乳边失去檀香粉,一点不剩;唇上红脂都擦净;眼圈涂的乌烟完全不见;你的娇弱身躯上汗毛竖起;说谎的女使啊!不懂得亲人痛苦的人!你是刚到池塘洗澡去,可不是到那个下流人的身边去了!"

这儿,"你到他身边寻欢去了"作为主要的〔意思〕由"下流人"一词暗示出来了。②

暗示义不像这样,就是暗示义次要的〔诗〕,是中品的〔诗〕。③

"不像这样"即〔暗示义〕不超过字面义。例如:

"那女郎一再望那手持新开无忧花束的村中青年,她的脸色〔变得〕非常阴暗了。"④

---

① 主张"韵"的一派的文学理论从文法家的理论来。文法家的这种理论也为前弥曼差派哲学家所接受而发展。佛教及其他派哲学也对此争论不休,因为这牵涉到他们的根本教义以及吠陀经典的地位问题。这个争论集中为"声是常"与"声是无常"的对立观点。所谓"声"实即词,亦即语言的基本单位。因为古代印度传统着重口传,所以不重文字之形而重语言之声,"声"与"词"是一个字,即 śabda。文法家的理论是:声音不能停留,连续发出的音必然依次消灭,不可能集在一起保存下来;但是一个词有几个音,词的意义不是任何一个音的,而是这几个音加起来的;那么,听到连续出现又随即连续消灭的一串声音而能得出它们的集体才能产生的词的意义,这应当如何解释?为此,他们提出了所谓 sphoṭa(绽开,突然显露)的学说。sphoṭa 暂译为"常声",指由连续的音所启发显露的本来永远存在的那个词义的单位。显示或揭露这个"常声"的词音则称为 dhvani ("韵"),意思也是声音、音韵。例如:ghaṭa(瓶、罐)一词有 gh-a-ṭa 四个连续的音,分别都不能表示瓶的意义,但能够连续揭露本来存在的与这四个音都不同的表示"瓶"的"常声",因而听的人能由这些声音的"韵"得出瓶的概念,所以这四个音就构成一个"声"即一个词,而含有瓶的意义。这词与义合成一对("词义对偶")也就被称为"韵"。(参看第 212 页注①、第 213 页注①)一些文学理论家引申这一点,把由字面意义看不出来而合起来又可以暗示另外的意义的诗也称为"韵"。这一派进而主张,诗的灵魂就是"韵",即必须具备丰富的暗示意义。《诗光》继承《韵光》之说,把"韵"用于两个意义:一是能显示出"暗示义"的"词义对偶",一是以"暗示义"为主的诗。新护在这一方面还有发展,甚为烦琐。《诗光》在下几章中才详论这些问题。

② 这诗是一个女子责备女使(在情人之间通消息的人,仿佛红娘,是一个公式化的角色)的话。诗中明说女使去沐浴而未去寻欢,实际意思恰好相反。描写女使的情况可以双关。诗中"暗示义"是主要的,所以算是上品的诗。"下流人"一词,南印度本无。

③ 这是第 5 节诗的前半。"暗示义次要的诗"是《韵光》给这类诗的名称。

④ 据南印度本原注之一说,这诗中女子因受家中长辈约束,定了幽期密约而不能赴会,男子失望而去,持花为证,因此女子见了便面容惨淡。

这儿(诗中),"密约在无忧花亭相会的女子没有来"是暗示义,成为次要的,因为字面义比它更为动人。

有词彩的〔诗〕,有义彩的〔诗〕,即无暗示义的〔诗〕,是低等的〔诗〕。① (5)

"彩"指有〔诗〕德和修饰的。"无暗示义的"指缺乏能明白体会的〔暗示〕意义。"低等的"即下品的。例如:

"svacchandocchaladacchakacchakuharacchātetarāmbucchatāmūrchanmohamaharṣihars-
avihitasnānāhnikāhnāya vaḥ

bhidyād udyalud āradarduradarīdirghādaridradrumadrohodrekamahormimedura
madā mandākinī mandatām!"

(愿恒河迅速打破你们的愚痴!它的洁净的岸边洞窟中,自由激荡的滚滚水流,消除了高兴地在里面进行日常沐浴的大仙人的痴暗;它的岸边洞中跳跃着巨大的青蛙;岸边高大而茂盛的树木倒下激起巨浪奔腾澎湃。)②

"听说那打破〔敌人〕骄傲的〔妖魔马颈〕从自己宫中随意出来了,因陀罗大帝连忙闩上了城门,使〔他的〕仙都(京城)像〔一个女人〕害怕得闭上了眼睛一样。"③

以上《诗光》第一章,章名《论〔诗的〕目的、原因、特性、特点》。

---

① "彩诗""词彩""义彩",都是《韵光》中的术语,指没有"韵"的诗。"词彩"是只有谐音等等的美,"义彩"是只有依意义的比喻一类的美;前者着重声音(词)的修饰,后者着重意义的修饰。
② 这是讲求谐声堆砌辞藻的例证。诗中用了许多谐音,堆砌成很长的复合词,只求音调模仿水流,并无多少"韵"味。两本微有几个音的差异,意义无别。
③ 据印地语注说,这是克什米尔的一位诗人的戏剧《诛马颈记》中的诗。马颈是一个魔王,天神之王因陀罗的敌人。这诗是讲求意义的修饰(把天帝的京城比作女人)而无"韵"的例证。

文　　镜

毗首那他（宇主）　著

第　一　章

在著书的开始，〔作者〕想顺利地完成所要开始的〔著作〕，便面向主宰文学的语言女神①〔求告〕：

　　愿那位有着秋月的美丽光辉的，〔主宰〕语言的女神，在我心中消除黑暗，永远照明一切事物（意义）。②（1）

〔因为〕这部书是属于诗的一部分并且以诗的果实为其果实，〔所以作者先〕说诗的果实：③

　　因为，即使是智慧很少的人，只由于诗就能容易得到四大事的果实，所以〔现在要〕说明它（诗）的特性。④（2）

〔所谓〕得到四大事的果实可以从〔诗中〕鼓励当做的和禁阻不当做的教训中明白，〔例如说〕应当像罗摩等那样行动而不应当像罗婆那等那样。⑤

〔前人〕说过：⑥

----

① "文学"字面是"语言所构成的"。"语言女神"即"辩才天女"。参看第184页注①。
② "事物"与"意义"是一个词，又有"目的"之意。这诗作为本文，其实是歌诀，本章中连颂诗算在内只有三节，其余算是释文。参看第221页注①。
③ 这以下所说的"诗"都是广义，即文学。"果实"指结果、报酬、好处，亦即作用与目的。
④ "四大事"见第186页注①，参看第171页注③。"特性"亦可译"本质"，照字面直译是"自己的形式"。
⑤ 罗摩是史诗《罗摩衍那》中的英雄，罗婆那是他的敌人，劫掠了他的妻子，最后被消灭。参看第228页注②、第222页注⑦、第209页注③。
⑥ 原注云：此指《诗庄严论》作者（约七世纪）等人所说。

从事好诗能获得法、利、欲、解脱中以及〔各种〕技艺中的特殊技巧，以及声誉、欢乐。

此外，从诗可以获得法是由于歌颂大神那罗延的莲花足等。"一个词，应用得正确，理解得正确，就在天上和人间成为如意神牛。"这一类的《吠陀》文句〔已经使这一道理〕为大家所熟悉了。〔从诗可以〕获得利是〔大家〕亲眼看到的。〔从诗可以〕获得欲〔的满足〕就是通过利。〔从诗可以〕获得解脱是由于不去结合从这(诗)所产生的法的果实；也是由于〔诗能〕使人通晓有益于解脱的词句。①

从《吠陀》经典获得四大事的果实，由于〔它们〕枯燥乏味，只是智慧成熟的人〔才可以〕很困难地〔办到的事〕；而从诗〔获得〕，则由于〔诗能〕产生大量的最高欢乐，连智慧很弱的人〔也可以〕很容易地〔办到〕。

那么，智慧成熟的人，既然有了《吠陀》经典，又何必致力于诗呢？不应该这样说。〔吃〕苦药才能治好的病，〔如果〕白糖也能治好，哪一个病人不〔认为〕用白糖医治更好呢？

而且，《火神往世书》②里曾说到诗的优越性：

世间人身难得，此中(得人身后)学问更难得，此中(学问中)诗学难得，此中(诗中)才能更难得。

还说："戏剧是获得三大事③的手段。"

《毗湿奴往世书》中也说：

诗的谈论和一切乐歌都是大神毗湿奴的以语言为形体的一些部分。

因此要说明诗的特性。借此也表明了〔本书的〕内容。

关于诗的特性究竟是什么，有人说过："这(诗)就是词和义无〔诗〕病，有

---

① 本书作于十四世纪，此时所谓"法"已经是基本上只指宗教行为，与史诗时代的不大相同了。那罗延即主宰宇宙大神毗湿奴的别名。"如意神牛"参看第185页注①。所引句子出于讲文法的书《大疏》。《吠陀》是最古的经典。这句话并不见于《吠陀》。获利一点，注云，例如古诗人为戒日王作剧得财，参看第222页注③。诗可得解脱的解说中前半的意思是：以诗颂神本可得福报(法的果)，若放弃不受，即得解脱。

② 《往世书》是记载神话传说的印度教圣典。此处及下文引了其中的两部。

③ "三大事"即前面所说"四大事"而去掉"解脱"。

〔诗〕德,而有的地方缺些修饰。"①这话是值得考虑一下的。因为,如果无病才能被承认是诗,那么,

> 我有一些敌人,这就是〔对我的〕侮辱,而且其中又不过是这个修苦行的人,他又是在这个地方(我的京城之内)杀戮罗刹全族,啊呀!还当〔十首王〕罗婆那(我)活着的时候!
>
> 可耻啊!〔英雄〕胜天帝!醒了的〔英雄〕瓶耳又有什么用?因为劫掠了小小天堂而白白健壮起来的〔我的〕这些手臂又有什么用?②

这一节诗有了未考虑应描述的病,就不能算是诗了。可是它由于有韵(言外之意)仍被认为上品诗。所以〔上述诗的定义所说的〕特征有了〔逻辑上的〕病(错误),即不周延。③

如果说,这里有的部分是有病的,可不是全部。那么,有病的部分就应当不是诗,有韵的部分就应当是上等诗;这样,从两部分得出的〔结论〕就是,是诗或不是诗,〔于是成为〕什么也不是。而且,并不是说伤害听等等〔病〕伤害了诗的一部分就算是病,而是说〔伤害了〕诗的全部〔才算是病〕。所以,〔只要〕没有消去作为诗的灵魂的味,这些病并不被认为〔病〕。否则,也不必分别规定经常的病与不经常的病了。正如《韵〔光〕》的作者所说④:

> 〔前人〕所指出的伤害听等病是不经常的,〔那么〕就是说,这些在以韵为灵魂的艳情中就是应当忽视的了。

而且,这样的〔无病的〕诗或则是非常罕见,或则是简直不见,因为任何病

---

① 这是十一世纪曼摩吒作的《诗光》中的诗的定义,见该书第一章(第4节诗前半)。"病"和"德"都有具体内容。"修饰"指各种修辞手法。"缺",原注云是少之意,即并非处处都有明显的修辞手法。
② 这是写史诗《罗摩衍那》故事的一部戏中的一节诗,是罗摩消灭罗刹时,罗刹之王罗婆那的话。他称霸世界,结果被一个流放的王子,亦即森林中修苦行的平民所败,临死还像楚霸王一样狂妄自大。胜天帝是他的儿子,曾战胜天帝因陀罗。瓶耳是他的弟弟,有无比勇力,但常睡不醒。他俩都被罗摩兄弟所杀。罗婆那有十个头(故称十首王),二十只手臂。
③ "应描述"在这节诗中是"侮辱"和"白白"(无用),但在句子中成了次要成分,所以是"未考虑",这被认为一病。"韵"是较晚之说。就此诗论,几乎字字都有言外之意,作为反衬、反问,因而加强渲染了其受侮辱;因此,不正面说反而有了"韵"。诗分上中下三品,以"韵"为主的是上品诗。见《诗光》第一章。
④ 指九世纪的《韵光》作者欢增(阿难陀伐罗弹那)。引文是该书第二章第11节诗。但此书有诗有散文说明,两者是否一人所作,尚未能定。诗的作者若是另一人,而欢增只是《韵光》即释文的作者,则本书所说《韵》的作者即非欢增。

也没有的诗是绝对不存在的。①

如果说,可是〔这儿〕用的"无"的意义是"少"②。那么,既说了"诗是词和义有少病",〔词和义〕都无病的就不算是诗了。如果说,〔病〕确实存在,〔所以说〕"少病"。这也不应该说是诗的特征。因为在说珠宝等的特征时,虫伤等是除去的。虫伤等不能够取消珠宝的珠宝之性,只不过〔增减珠宝的〕价值的高低罢了③。此处〔所说的〕伤害听等〔病〕对于诗也是一样。〔前人〕说过:

> 与虫伤的珠宝等相同,〔诗中〕尽管有了一些病态,只要明显包括了味等,仍然被认为〔具有〕诗性。

再者,"词和义有〔诗〕德"〔这个〕形容语也不恰当④。因为德是和味具有同一性质的。他自己(《诗光》的作者)就说明了"〔诗德是〕味中具有的性质,好像精神中〔具有的〕英勇等等一样"。

如果说,由于〔德〕表明了味,以转义说⑤〔有德〕还是恰当的。这仍然不对。因为:作为诗的特性的词和义之中有没有味?如果说没有,〔那么〕德也没有了,因为德的有无是依附于它(味)的有无的。如果说有,〔那么为何不说〕"有味"〔作为〕形容语呢?

如果说,由于德不能从其他而得,〔所以说了德,〕这个(味)就有了。那么,只有说"有味"才对,而不是说"有德"。因为当应该说"有人的地方"时,任何人也不会说"有英勇的地方"。

如果说,〔说这话的〕用意是,〔说了〕"词和义有德"〔指的是〕应当在诗中应用能表明德的词和义。〔这也〕不〔对〕。〔因为〕表明德的词和义只是规定诗中的优秀之点,而不是规定〔诗的〕特性。因为〔前人〕说过:"诗〔好像人一样〕以词和义为形体,以味等为灵魂,德好像是〔人的〕英勇等等,病好像是瞎

---

① 此段继续反驳《诗光》给诗下的定义中"无病"一条,指出其片面性,把病分为经常的与不经常的,即有的病在某些情况下不算是病。"味"指文学作品中的基本情调,各家的具体说法不同。参看第 230 页注①。
② 原文"无"是表示否定的前缀,可以有相反、没有、很少等含义。
③ 直译是"做出可接受性的相对(比较)性"。
④ 此为反驳《诗光》所下诗的定义中的第二点。
⑤ 指两者互有密切关系,说此即了解到彼,仿佛暗示。"转义"本是文法家的一个用语,又为哲学家所用。此处假设对方说,德从属于味,所以说有德就暗示了有味。

一只眼等等,风格好像是各部分的不同肢体,修饰好像是臂钏耳环等等。"①

由此,〔《诗光》〕所说"而有的地方缺些修饰"〔的话〕也被排除了。它(这话)的意思是:诗是处处有修饰的词和义,但是有的地方〔词和义〕没有明显的修饰。这儿,有修饰的词和义也只是规定诗中的优秀之点,〔而不是规定诗的特性,因此不能算是诗的定义〕。

由此,《曲语生命论》的作者所说"曲语是诗的生命"〔的话〕也被排除了,因为曲语〔不过是〕修饰的〔一种〕形式。②

至于"有的地方修饰不明显"一点,〔《诗光》〕引的例子是:

> 那夺〔我〕童贞的人正是〔我的〕丈夫,那些春夜也还照旧,而且那挟着盛开的茉莉香气的芬芳的醉人的风〔也还如故〕,我也还是我,可是,〔我的〕心却向往于勒瓦河边,苇丛树底,欢爱的游戏。③

这值得考虑。因为这〔节诗〕中,以无因有果和有因无果为基础的,犹疑错杂的修饰手法是明显的。④

由此,〔《辩才天女的颈饰》⑤中说的〕

> 诗人作了无病的,有德的,以〔各种〕修饰〔手法〕修饰了的,带有味的诗,获得声誉和欢乐。

等等〔的话〕也不能算是〔说出〕诗的特征了。

至于《韵〔光〕》的作者所说,"诗的灵魂是韵",究竟是指内容(事实)、修饰、味等特征的三种形式的韵是诗的灵魂呢,还是仅仅味等形式的〔韵〕⑥? 不是前者,因为〔那样就包括了〕谜语诗等,范围太宽了。如果说是后者,我们就

---

① "词和义"即语言,"味"有艳情、滑稽、悲悯、暴戾、英勇、恐怖、厌恶、奇异等八种,或加平静为九,或再加慈爱为十。参看《舞论》第六章。"德"有甜蜜、壮丽、显豁等十种,或只承认此三种(《诗光》),见《诗镜》。"病"包括很多,各家有不同的分析。"风格"有南方派、东方派等二至四种。"修饰"有意义的修饰如显豁、隐喻等,词(声)的修饰如谐声、回文等。
② "曲语"是模棱的话,用双关语或反问的语调使意义隐晦,实际即指"巧妙的措辞"。《曲语生命论》的作者是十世纪的恭多罗。这一派是反对"韵"为诗的主体的。
③ 《诗光》也引此诗,略有不同。参看第223页注⑤。
④ 这是驳《诗光》所下定义的第三点。"无因有果"直译是"显现"。此指诗中说的不应想当年而竟怀想。"有因无果"直译是"殊说"。此指诗中说的有各种不必恋旧的原因而竟恋旧。"犹疑"指迷离惝恍的说法。"错杂"指把两种修辞手法合在一起。这些都照较晚的解释,与较早的《诗镜》所说有所不同。
⑤ 传为十一世纪一个国王的著作,综合论述文学理论。
⑥ "味"等指味、情、似味、似情,见下文。所引《韵光》的话是该书第一章第1节诗的开头一句话。

说"正是"。可是,如果仅仅味等形式的韵是诗的灵魂,那么,

> 婆婆在那边躺下。我在这边。〔你〕仔细观察白天。客人啊! 夜盲者啊! 可别躺到我床上来。①

像这样的一些〔诗〕不过暗示了内容(事实),怎么会〔算在〕诗的传统范围〔之内〕呢?——如果这样〔反驳〕,〔我们答复说,〕不然。我们说,这〔诗〕里也还有似味②。否则,连"提婆达多去村中"〔这样的〕句子里,由于了解到〔它〕暗示了他的仆人也随他去,〔这〕也算是诗了。如果说,就算〔它〕是〔诗〕吧。〔我们答:〕不然,因为有味的〔句子〕才被〔大家公〕认为诗。因为诗的目的(作用)是通过给予尝味之乐而使不肯〔学习〕《吠陀》经典学问的,智慧微弱的,要受教育的王子等人〔获得〕鼓励当做的和禁阻不当做的教训,〔例如说〕应当像罗摩等那样行动而不应当像罗婆那等那样。这是古人也都说过的。如《火神往世书》也说过:

> 尽管〔诗中〕以语言技巧为生,但只有味才是其中的生命。

《辨明论》的作者也说:③

> 味等形式〔作为〕诗的有肢体的(或:紧密相连的)灵魂是无人不同意的。④

《韵〔光〕》的作者也说:

> 诗人并不是仅仅叙述已发生的事情就能得到〔诗的〕灵魂(或加:名义),因为那只要依历史传说等就可以成功(或:因为〔照那样〕历史传说等就成为诗了)。⑤

如果说,那么,作品中包含的一些无味的诗就不能算是诗了。〔这话〕不

---

① 这诗原文是俗语,是俗语诗集《七百首歌》中的一首。此书年代尚未定。这诗是丈夫不在家的年轻的媳妇对来求宿的路过的客人说的,表面要他不来,实际暗示要他来。《韵光》第一章中亦引此为例,说是"明禁止而暗鼓励"。
② "似味"指此诗中还含有艳情之味。下文"否则"的意思是:"若连内容事实的暗示也算诗。"
③ 《辨明论》是十一世纪的一部文学理论著作。
④ 原文两种版本中有一音不同,故意义有异。
⑤ 一本中多一词。后半原文过简,故两本解释也不同。"那"一词,一认为指诗,一认为指历史传说。查此语见于《韵光》第三章,用词有异,而意义较明:"诗人仅仅叙述已发生的事情是毫无意义(目的、作用)的,因为历史〔著作〕就可以完成它(目的、作用)。"

然。因为正像有味的诗中包含有一些无味的词由于诗的味〔而被认为具有味〕一样,它们(无味的诗)正由于作品的味而被认为具有味。至于无味的〔诗〕由于存在着表明〔诗〕德的词和义,由于不存在〔诗〕病,又由于存在着修饰,〔被列入〕诗的传统范围,这是因为它和具有味等的诗的著作〔形式〕相同之故,因而只是〔在〕次要的〔意义上算作诗〕。

还有,伐摩那说:"风格是诗的灵魂。"①这不对。因为风格〔只是指〕连缀〔词句〕的特殊〔形式〕,因为连缀〔词句只是〕肢体的安排形式,而灵魂则与它有别。

还有,《韵〔光〕》的作者说:

〔智者〕规定下了知〔诗〕者所赞赏的意义是诗的灵魂,相传它分为两种,即被说出的和被了解的。

这里,被说出的〔意义算作诗的〕灵魂〔这一点〕,由于同〔他〕自己的"诗的灵魂是韵"的话相矛盾而被排除了。②

那么,什么才是诗呢?(或:诗有怎样的特性呢?)③

〔作者〕说:

诗是以味为灵魂的句子。④

我们将〔在第三章中〕说明味的特性。〔"以味为灵魂的"就是说,〕它仅仅是以味为灵魂,〔而味〕由于〔是诗中〕精华的形式〔所以是〕赋予〔诗以〕生命的。缺少了它(味),这(句子)就不被认为具有诗性了。(或:被了解为不存在诗性了。)⑤

"被尝味的即是味",依据这个词源分析,情及其似等也包括在内了。

其中,味〔的例子〕如:

这女郎仔细地观察了空无他人的卧房,轻轻地起床,久久地注视,然

---

① 伐摩那是八世纪人,《诗庄严经》的作者。"风格"一词是借用现代术语译,含义不尽相同。
② 《韵光》注者认为并无矛盾。这里的"意义"即指"韵",而所有意义都是先听到说出的字面意义,然后了解到言外之意的。所引的诗是《韵光》第一章的第 2 节诗。"诗的灵魂是韵"是它前面第 1 节诗的第一句话。
③⑤ 这句两本不同,故有两译。
④ 这是本章中第 3 节诗的第一"句"(四分之一)。

后放心地亲吻,那假装熟睡的丈夫的脸庞,〔忽然〕看到了〔他的〕颊上汗毛竖起,便羞怯地低下头来,被情郎笑着吻得久久不放。①

这里的味名为欢乐艳情。

情〔的例子〕如外务大臣大学士罗伽婆阿难陀〔所作〕的:②

他的鳞上曾收下大海,背上〔曾收下〕大地,牙上〔曾收下〕土地,爪上〔曾收下〕魔王,足下〔曾收下〕地,愤怒中〔曾收下〕王族,箭上〔曾收下〕十首王,手中〔曾收下〕妖魔,入定中〔曾收下〕世界,剑下〔曾收下〕邪恶之族,对这样的〔大神我恭敬〕顶礼。③

这里的情是对于大神的倾心(崇拜)。④

似味〔的例子〕如:

大黑蜂追随着自己的爱人,在同一朵花杯中饮蜜,而黑斑鹿则用角搔那感到舒适而闭上眼睛的母鹿。⑤

这里,因为把欢乐艳情加在低级生物身上,〔所以是〕似味。另一个(似情)也是这样。

〔诗〕病是它(诗)的减低。⑥

所谓诗的减低就是说,伤害听和不益义等〔病〕通过词和义,减低作为诗的灵魂的味,好像瞎一眼和跛一足通过身体减低〔灵魂〕一样,不定的情等的经自己语言表现的〔病〕,直接〔减低作为诗的灵魂的味〕,好像愚蠢等〔直接减

---

① 这是描绘女人的艳情诗《阿摩卢百咏》中的一首(孟买版第八十二首)。《韵光》第四章中也引了这诗为例。
② 原注云:这是作者的哥哥。"外务大臣"直译是"掌战与和的大臣","大学士"直译是"大人物",通常指丞相,原注云,是国王赐的称号。
③ 这是歌颂大神毗湿奴的十次化身的诗。一化为鱼,从洪水中救人类始祖摩奴;二化为龟,在水中背负大地;三化为野猪,将沉入水中之大地用牙举起;四化为人狮,除去任何人或兽不能敌的魔王;五化为侏儒,两步跨过天和地,第三步将魔王踏入地下;六化为持斧罗摩,三七二十一次消灭王族(刹帝利);七化为罗摩,除去十首王罗婆那;八化为大力罗摩,杀死一魔王;九化为佛,教化世人入寂灭;十化为迦勒吉,消灭一切不信正法(宗教等)之邪恶外族。此最后一化身尚在将来,诗中亦借用过去时动词,原注云,因过去世中已曾如此,历史循环,故可通云。
④ "倾心"原词为"欢爱",此指对神一心恋慕。
⑤ 这是迦梨陀娑的长诗《鸠摩罗出世》第三章第36节诗,写爱神到雪山后的情景。
⑥ 这是本章中第3节诗的第二"句"。

低灵魂〕一样。我们将〔在第七章中〕列举它们（病）的各种例子。①

〔诗〕德等有什么样的特性呢？

> 德、修饰、风格称为〔味的〕增高之因。②（3）

所谓诗的增高就是说，〔诗〕德好像英勇等〔品质〕，修饰好像臂钏耳环等，风格好像各部分的不同肢体，〔诗德、修饰、风格〕通过词和义增高作为诗的灵魂的味，〔好像英勇等等〕通过身体〔增高灵魂〕一样。这里，虽说〔诗〕德是味的性质，但是这里的"德"一词是由于转义而加在表明德的词和义上面了。所以说"表明〔诗〕德的词〔和义〕是增高味的"，这〔我们〕在以前已经说过了。我们将〔在第八章中〕列举它们（德）的各种例子。

以上诗人之王毗首那他作《文镜》第一章，章名《论诗的特性》。③

---

① "伤害听"是词（声）的病。"不益义"是意义的病，指一个词并不对诗句中的"味"起有益作用。"不定的情"是一种"味"中可有可无的、暂时的、次要的"情"。至于经常，主要的则称为"固定的情"。参看《诗镜》第三章第一百七十节及译者注。
② 这是本章中第 3 节诗的后半。
③ 作者名前还有一大串称号，未译。

我的童年

泰戈尔 著

一

　　我出生在从前的加尔各答。那时候这城市里还只有马车发着嘈声,扬起尘土,来往奔驰,绳做的鞭子在瘦骨嶙峋的马背上不息地落下。没有电车,也没有汽车。那时的事务也没有像如今这样紧迫忙乱得使人喘不过气来。闲坐着一天就过去了。那些公务员们用力吸了一口烟,然后嚼着槟榔叶子包去上公事房——有的坐轿,有的合股搭车。有钱的人们的车上便会有徽记画着,有皮制的半掩着的幕一般的车篷。前面车夫的座位上坐着车夫,他的头上歪戴着包头。车后面还站着两名仆人,腰间往往悬着蝇塵,嗨哟嗨哟地吆喝着路上步行的人。女的出门都是坐轿,四面遮掩起来,在不透气的黑暗中闷着。乘车在她们看来是很可羞的事。不论天晴下雨,她们的头上都不能打伞。如果有女人身上穿了件衬衣,脚下穿了双鞋子,给人看见了,便有人说这是"新式洋太太";那意思便是说一切羞耻统统丧尽了。如果有女的碰巧遇见了生人,她便要连忙把面幕拉过鼻尖,舌头一伸,赶紧转过身去。她们在家里也把四面门窗紧闭,正如同出外时在轿子里一样。大人物的太太小姐坐的轿子上面,都有一重很厚的幕罩起来,看起来简直就是一所走来走去活动的坟墓。随着轿子总跟着一位手执铜头棒的看门人。他的工作就是坐在门前看门,无事时摸摸两颊的胡须,送钱入银行和送太太小姐们到亲戚家里去,还有在过节的时候,把紧紧关在轿子里的太太连人带轿一齐沉到恒河里浸一浸。在我家大门口做小生意的常收拾好箱子来做买卖,西瓦难丹也在其中捞些油水。还有出租马车的马车夫也在内。西瓦难丹和他们常因分钱闹意气,便挤在大门口吵闹起来。那儿还有我们看家的摔跤拳师梭伯拉姆,他也在揎拳捋袖,或者舞动他又重又大的哑铃,或者坐在那儿磨细做冷饮材料的叶子。也有时候很得意地把生萝卜连叶子一起嚼着吃下去,我们常故意在他耳边大叫"拉塔克利希那①"。他越是挥着双手"好了,好了"叫个不住,我们就越是要喊。为了要听他的家神的名字,他好像故意这么做作。

那时城里还没有瓦斯,也没有电灯。以后煤油灯一出现,我们看见它那样明亮都大吃一惊。晚间管点灯的仆人来了,便在每间房里把植物油灯点起来。我们的书房里点着一盏两根灯芯的玻璃灯盏。

我们的老师在闪动的灯光下教我们读课本第一册。我照例先打哈欠,然后打瞌睡;以后就动手揉眼睛。我们常常要听他说:老师还有一个名叫沙丁的学生是怎样一个孩子,那简直是一块金子。他读书是那样出奇地用功。他要瞌睡的时候,便在眼上擦鼻烟。可是我怎样呢?不说还好些。就是想到所有孩子中只有我一个是傻瓜,这可怕的念头也不能使我惊醒。晚上九点钟,睡得眼睛迷迷糊糊睁不开的时候,先生就放了我的学。由外面大厅到家里面去是一条窄的甬道,两边百叶窗遮得严严的,顶上悬挂着微弱的闪烁放光的灯。我经过那儿的时候,心里总是想着,不知道后面有什么东西跟着。背上立刻就一阵痉挛。那时候鬼怪还是闲谈的中心,还在人们的心中占一个角落。有时一个女仆忽然听到了一种女鬼的鼻音,便立刻扑通一声倒了下去。这种女鬼的脾气最坏。她又喜吃鱼类。我家的西角有一棵枝叶茂盛的杏树。有一个鬼常常一只脚踏在树枝上,另一只脚放在三层楼的屋角上站在那儿。说"我看见过"的人当时很多,而相信他们的人却也不少。我大哥的一位朋友有一次谈起这种闲话来,大加鄙笑。那些男女仆人听了都说:这人一点都不信鬼神;等到有一天他的脖子被扭断的时候,这一切的卖弄学问就全没有了。那时候恐怖从四面张开它的网,甚至连脚伸到桌子底下去都要怕得发抖。

那时又没有自来水。在一二月里,管挑水的仆人便一满桶一满桶地从恒河挑水来。在楼下黑暗的房子里,一排一排地放满了许多大水缸。全年用的水都储在那儿。在那又潮湿又黑暗的小房子里,那些鬼怪便住着家。谁不知道他们张着大嘴,眼睛生在胸前,两只耳朵像簸箕一样,两只脚是反过来向后面生着呢?我每从这鬼影幢幢的房前走过,向家里的小花园去的时候,心便跳个不停,脚下也连连加快。

那时大路两边有两道砖砌的水沟。涨水的时候,恒河的水便流到它里面

---

① 印度教神名。

来。我祖父时代这两条小河的水常归我们的那个池塘受用。当水闸门一开,水便像瀑布一样哗啦哗啦往下冲起许多泡沫。鱼也便在这时想到表演一番逆流游水。我这时就在南边凉台上扶着栏杆,一声不响地看。后来池塘的末日到了,一车一车的垃圾开始往这塘里倒。池塘填满了,那映照农村绿影的大镜子也随着没有了。那棵大杏树现在还站在那儿;可是,如今叉开腿站在树上虽然还同从前一样舒服,而那位鬼先生的踪迹却再也找不到了。

里里外外到处都已经增加光明了。

二

有一顶轿子是我祖母时代的东西,又长又宽,正是伊斯兰教的王公所通用的式样。两根杆子各要八个挑夫才抬得起。那些轿夫手戴金镯,耳佩大金镮,身穿半截袖的红色制服,他们如同日落时的彩霞一般,跟随着旧时的财富一同消逝了。轿身上有着一些彩色条纹与雕饰。其中有一些已经被磨擦损坏了。许多地方都现出了斑点,而轿里面的衬垫上也有许多本来填在中间的椰子须跑出来。这轿子这时已经类似无主的行李,只有丢在库房的廊子的一角了。当时我的年纪大约是七八岁,对于这世间所有必需的工作都还没有份,而这顶旧轿子也从一切必需工作中被撤了职。因此它对我的心发生了很大的吸引力。它简直就是大海中间一个小小的孤岛,而我也正是放假的日子中的鲁滨孙,常常不让人知道漂流到这四面关闭着的地方来坐着。

那时我的家里满是人。有多少是家里人,多少是外来人,我也说不上来。家中各部分的男女用人一天到晚不停地发着嘈杂的声音。

前面的院子里女仆比亚利腋下夹着篮子买了蔬菜回来了。又一个男仆杜肯肩上挑着水桶把恒河的水取来了。织布女工带着有新式花边的女服,也到我家做买卖来了。包月的金匠狄奴常坐在甬道旁边的房子里呼噜呼噜拉风箱,按着家里的订单打造金器,他现在来到库房里,向耳朵上夹着羽毛笔的穆克基算账来了。院子里还坐着弹棉花工人,正在嘡嘡地弹着旧棉被里的棉絮。外面看门人穆工德拉尔正在和独眼的摔跤家一起用尽方法练他的摔跤技术。一阵砰啪之声传来,便是他在不住地敲打两腿。他又常做俯卧撑,一连做二十几次。乞丐之群也坐在那儿等的份儿。

时光渐渐过去,阳光越来越强了,大门口的钟敲了起来。但是轿子里的日子是不听外面钟声的计算的。那儿的"十二点"还是古代的时辰,正是朝廷午门前敲锣报告早朝方散、王爷起身去用檀香水沐浴的时候。当假日的中午,照看我的人吃了喝了以后都去睡觉了,我便一个人坐在那儿。我那不能行动的轿子便在我心中行走了,那一群轿夫是空气做成的,他们都是我的幻想喂大成人的。经过的路程也由我的想象。顺着这路,轿子便载着我到许多很远很远的地方去。那些地方的名字都由我依照书上得来的知识来给它们取。有时候我的路一直引我进了密密的森林,那里有老虎的眼睛一闪一闪的放光。我不由得身上发抖。同我一起有个猎人名叫维刷那特。他便放了一枪。好了,一切又平静了。以后,有一回轿子的样子忽然改变了。它变成了一只孔雀舟,在大海里航行。一眼望不到陆地。只听到桨落在水中的声音——嚓嚓嚓。浪起来了——汹涌澎湃响个不停。水手喊了起来——当心啊!当心啊,风暴来了。船舵旁坐着舵手阿布杜拉,下颔留着尖尖的胡须,脸上剃得很光,剃了光头。我认识他。他常从帕德马河里捕鱼给我大哥送来,有时又会送鳖的卵来。

他给我说过一个故事。在三四月间,他乘着小划子去打鱼,忽然遇上了可怕的风暴。

极可怕的大风暴来了。船眼看着要往水里沉下去了。阿布杜拉便用牙咬着绳子跳下水去,游泳到了岸边沙上,拉了绳子把小划子拖上岸来。

故事这样快结束,很不合我的口味。船没有沉下水,这样容易救上岸,这简直就不是故事。我总是要问,以后怎样呢?他说:"以后可了不得啦。啊!我看见了一只饿虎。一部很大的胡须。当风暴来时它爬上了对岸的一棵大树。一阵狂风吹过,所有的树都倒到河里去。这位虎老弟也在急流里面漂着。它喘着喘着爬上了岸。我一看见了它,便把绳子打了一个活结。那畜生瞪着那么大的眼睛站在我的面前。它游了水以后自然很饿。它一见了我,通红的舌头上便流出了馋涎。这儿里里外外许多人它都尝过味道了,可是它却不认识我阿布杜拉。我便向它挑战:来呀!来呀!小畜生。它一用两只脚站起来,我便立刻把绳结套住它的脖颈。它越想挣脱绳子,绳结却越来越紧。到末了,它的舌头伸出来了。"我听到这儿便着急地问道:"阿布杜拉,它死了吗?"阿布杜拉说:"怎么死得了?它爸爸都死不了的!现在河水涨起来了。还不回巴哈杜尔根基去吗?便把这老虎系在船头,使它拉了至少有二十印里。它不住地发着吼声,我也老用桨戳它的肚皮。十个到十五个钟头的路程一个半钟头就走到了。以后的事你就不用问了,少爷,问了我也不会回答的。"我说:"很好。现在老虎讲完了，你再讲一个鳄鱼吧。"阿布杜拉说："我有好些回看见鳄鱼在水面上露出鼻尖来。它有时在倾斜的岸边拉长身子躺着晒太阳睡觉。那时我总觉得它好像是在做丑恶的狞笑。它笑得真是难看。如果我有枪，我就要跟它比试一下。不过我的枪的执照已经过期了。"

"可是还有一个有趣味的故事呢。有一天加齐这流浪的女孩子正坐在岸边用刀削竹子。她的小羊在她旁边。不知什么时候一条鳄鱼从河里出来，捉住小羊的腿就把它拖到水里去了。她立刻跳了起来，跳到鳄鱼背上去。用刀在这壁虎似的大怪物的颈上拼命地砍。这家伙连忙把小羊丢下沉到水里去了。"我便着急地问："以后怎样呢？"阿布杜拉说："以后的新闻也沉到水里去了。捞出来要很费些时间。下一回见你时再告诉你。我就要派一个人去查访的。"可是他以后就没有回来。大概他还在那儿查访呢。

以上便是我在轿子里面的周游记。至于在轿子外面，有的日子我在教书。所有的栏杆都是我的学生。他们怕我打，所以都不敢作声。有一两个学生很顽皮。他们简直完全不用功读书。我常常恐吓他们说，你们长大了只能做苦力去啊。他们因为常挨我打，所以身上从上到下都是伤痕，可是他们决不肯停止淘气，因为他们一旦停止淘气，我的工作还怎么进行呢？这一场游戏不也就完了吗？拿了一个木狮子来，我也有另一番游戏。在过供神节的时候，我听说过献牺牲敬神的故事，我想若把狮子杀了敬神，一定会轰动一时的。我便用木棒在狮子背上戳打，又编造了一通敬神的咒语，因为否则那就不算供神了：

  Singi Mama Katum

  Andiboser Batum.

  Ulkut Dulkut Dhaimakurkur

  Akharot Bakharot Khat-Khat Khatas Pat-Pat Patas.

这里面的字差不多全是套来的。只有 Akharot（核桃）一个字是我自己的。因为我很喜欢核桃。Khatas 这个字好像可以表示我的宝刀是木头做的，而 Patas 这个字又可以告诉人说它并不厉害。

三

从昨夜起天上的云就大卖力气；雨一直下到现在还不停。树木都像傻瓜一样站在那儿不动。鸟雀的声音也没有了。今天我回忆起儿时的晚间来。

那时候我们的黄昏还消磨在仆人的房里。那时为记英文字拼音和意义而心跳的黄昏还没有压在我的肩上。我的三哥说,先得把孟加拉文学一学,才好给以后学英文预打一个基础。因此当那些和我一样年纪的小学生们都已经在哇啦哇啦不断地背诵"I am up,我在上,He is down,他在下"的时候,我连"B-A-D Bad,M-A-D Mad"的程度都还未读到。

在伊斯兰教王公的语言中,仆人的屋子叫作"下房"。虽然我家已经从旧日的繁华降得很低了,可是那些下房、账房、客厅之类的名称还应用着。

在那"仆人下房"南部的一间大房子里,玻璃灯盏中植物油的光闪烁着。墙上挂着欢喜天①和时母②的像。像的周围便是壁虎在忙着捕捉小飞虫。房子里面什么家具都没有。地上只铺着一张很肮脏的席子。

这儿我得说明一下:我们家的情形那时已经很像穷人了。什么马呀,车呀,只是名义上存在罢了。院子外面的一角,皂角树下的铅顶马房里只有一辆马车和一匹老马。那时候我们穿的衣裳也极其简单。脚上穿袜子是以后很久才有的事。当我们可以超过布拉节西瓦尔的菜单规定,早餐吃面包和香蕉叶子包着的黄油的时候,那在我看起来简直就是登了天。在旧时豪华已趋败落的情况下,我们被训练得很容易安于一切了。

我们那铺着席子的游戏场的主人,名字便叫作布拉节西瓦尔。他的头发和胡须都已经苍白了,脸上布满了干枯的皱纹,性情严肃,声音嘶哑,跟我们说话时嘴里老像在嚼着东西。他的旧主人是人人皆知的很有钱的阔人。他从那儿降下来——降到看管我们这些无教养的孩子的工作上来了。听说他曾在村中学校里教过书。那种教书先生的举止言语要一直随他一世。"先生们已经在等候了。"他并不这样说,要说"各位先生正在恭候"。主人们听了他这样说话都不由得彼此笑起来。他的洁癖也和他的傲气一样。当他在池塘里洗澡的时候,一定先把浮着油的水面上的水拨开五六次之多,然后突然砰的一声跳进水去。洗过以后,他在花园的路上缩手缩脚小心行走的样子,就好像要从天神的这个污浊世界一直逃出去救出他的种姓来一样。哪一种行为好,哪一种态度不对。这些话他常用一种特别的态度加重语气说出来。那时他的脖子一

---

① 欢喜天是印度教之神,象首人身。
② 时母是印度教之女神,蓝面伸舌,颈挂骷髅头颅之串链,手执大镰刀。

扭,更增加他的语言的分量。但是不论如何,他的教师言行中总有一个缺点。在他的心的最深处压抑着一种对于食物的贪婪。他的习惯向来不肯把我们的饭菜预先一份一份分配好。当我们坐下吃饭的时候,他才用手捏着一张张饼子的一点边儿在我们每个人面前摇晃着问:"还要我给吗?"什么回答最能如他的意,我们从他的声音中就听得出来。我差不多总是说"不要了"。这以后他也绝不再坚持一定要给。对于那碗牛奶他也有着那种不能克制的欲望——我却完全对它不发生兴趣。他的房子里有一个几层的碗柜。柜里铜碗里盛的是牛奶,木碗里是青菜和糕饼。馋猫常常在柜子的铁丝网外面来来去去嗅着气味打转。

这样我从幼年起就很容易忍受少吃东西。可是我该怎么说?我因为少吃东西结果就变得很弱吗?我比起那些尽量吃饭的孩子们来却身体还好些,一点也不比他们差。我的身体好得如此之糟:使我想逃学竟很为难。于是我用种种方法来折磨身体,可是仍然无法生病。我把水浸湿了的鞋子穿在脚上,整天在外面跑,也不会着凉。在十月至十一月里我在外面屋顶凉台上睡觉,把衬衫和头发全打湿,可是嗓子里一点喀喀喀喀的咳嗽声音都听不到。我又听说消化不良就是肚子痛,这种经验我从来都不曾有过,只是在没有法子的时候才口头上向妈妈这样讲。妈妈听见以后,心里总在笑。她心里一点也不着急,便把仆人叫来说:"去告诉先生,今天不必上课了。"我们那时的母亲是这样想的:孩子有时稍为懒惰一点,不想念书,这又有什么坏处呢?假如我要落在现在的母亲手里,那我不但要到先生那儿去,而且耳朵还得被揪几下。也许她会微笑一下,给我一点蓖麻油吃。那样一来可就永远也不能再害病了。如果我碰巧真的发了烧,也没有人说我是发烧。他们只说:"身上是有些热。"医生尼尔马突博就来了。那时我从来没见过什么温度计。医生用手在我身上略摸一摸以后,第一天的安排是给蓖麻油吃,饿着。水也给得很少,给喝的一点也是热的。喝水时可以吃几颗槟榔豆蔻。三天以后,鱼酱和煮得很烂的稀粥就成为绝食后的甘露了。

怎么样叫作躺在床上发烧,我简直想不起来。疟疾连听都没有听说过。那吃下去便呕吐的油便算是药中之王了,吃奎宁的事也记不得。我身上从来没有受过给疮开口的刀的伤害。什么叫作害天花,至今我也不懂。我的身体就是这样特别地好。如果母亲们想让孩子们身体好得连逃避先生打手心的机会都没有,她们顶好去找像布拉节西瓦尔这样的仆人。他不但给你省下了伙食费,还节省了请医生的钱——尤其是在如今机器面粉和代用牛油充斥市面的时候。有一件事我是记得的。那时候市场上还看不见巧克力糖。有一种值一个铜板的粉白色的糖。这种有着玫瑰的香味、粘着芝麻的糖块,如今是不是也还会粘住小孩子们的口袋,我可不知道了。那种糖在今日豪贵的家里是一定自惭形秽而不敢出现的。那用纸包着的炒熟了的小茴香如今也到哪儿去了?还有那价钱便宜的芝麻饼呢?它们现在还有吗?如果没有了,也就不必再把它们找回来了。

我每天黄昏的时候坐在布拉节西瓦尔那儿听他念克里狄瓦斯的七章《罗摩衍那》,在他念的中间查杜济就来了。他能背诵全部《班甲里》①的《罗摩衍那》,连唱法都会。他立刻在座位上一坐,把克里狄瓦斯的书台上,便咕咕噜噜地唱出了他的《班甲里》:"哎呀!罗刹蛮!我心惊胆战,这儿真危险!"他面带微笑,全秃了的头顶也在放光。从他喉咙里一行行诗句如同瀑布一样哗啦哗啦流出来,每句韵脚的唱法也正像水下碎石头的声音。一面唱着,他还一面手舞足蹈来表示诗中的意思。查杜济的最大遗憾便是:小兄弟——那便是我——有这样的好嗓子可是不学做唱《班甲里》的歌人。如果做了的话,那一定会出大名的。

夜来了,我们的席子房间的聚会也散了。我们背负着对鬼怪的恐怖走到家里妈妈的房里去。妈妈那时大概在和她的婶母玩纸牌。石灰涂得很润泽的墙壁如同象牙一样闪光。一张很大的短床上铺着白线毯。我们一到了房里立刻就吵闹起来,于是她就把手里的牌放下,说:"又来闹了。婶婶去讲个故事给他们听吧。"我们便用外面走廊上放着的罐子里的水洗了脚,把这位外祖母拖到床上去。这故事便从"在妖魔的城里那位公主从酣睡中觉醒了"讲起,但是在这时候谁又能使我觉醒呢?夜里第一个时辰狐狸的叫声便起来了。那时,狐狸悲啼之夜也便从加尔各答的什么老房子的墙下升起来了。

四

当我年幼的时候,加尔各答的晚间还不像现在这样喧哗。如今是太阳光的日子刚一完结,电灯光的日子就接着开始了。城市里夜晚工作并不多,可是

---

① 孟加拉通行之一种民歌。

也毫不安静。好像火炉里面的木柴火灭了,却接着就有炭火燃烧一样。这时炼油的机器停了,汽船上的汽管也响完了,工人们从工厂里走出来,拖着载满了麻捆的车的牛儿也回到有着铅棚的矮小的都市风味的牛栏里去了。可是在整天各种忙迫像熊熊大火似的燃烧着这城市的脑袋以后,到现在好像它的脉搏仍在不息地跳动呢。大街两面铺子里的买卖还照常进行着,只不过很冷落,像烈火的余烬一般,汽车发出各种声音四面乱窜。虽然现在这奔窜的后面已经不是自私营利在催迫了。然而在我们那古时候,白昼一结束,一天里从事务中余剩下来的时间,就在熄了灯的城市的底层,盖上一层薄薄的黑被,静静地躺下了。在家里和在外面,都并无动静。只听见摩登人物从伊甸公园或恒河沿岸呼吸空气回来乘坐的车子上的车夫们"呵呵"之声。在三四月间,街上还可听见小贩叫卖的声音:"冰——啊!"一个大瓦罐里装了些放了冰的盐水,水里放着密封了的锡管子,管子里的冰便叫作"古勒非"。现在大家都叫作"艾思(ice)"或"冰淇淋"了。当我面对着大街,在走廊上站着听着这些声音的时候,心里想些什么,只有自己心里知道罢了。还有一种声音是"茉莉花啊!"春天里园丁们的花篮的消息如今是没有了,为什么?我不知道。从前的太太们发髻上茉莉花环的香气是在空气中到处散布的。在去洗浴之前,女人们总是坐在房门外,面前摆着小镜子在梳头。辫子编好了,加上丝线的发辫,很灵巧地绾成种种形式的发髻。她们穿的是普拉夏当加出产的镶黑边的女服,把多出的一角折得皱成波纹。梳头娘姨来了,用粗石头给她们擦脚,然后再把她们的脚底涂成红色。这些梳头娘姨便在女人们的闺房里做散布新闻的工作。在那时候,从学校或公事房回来的人群还不会挤在电车门口的台阶上到大广场上去看足球赛,而他们回去的时候也还不会拥到电影院门前去。只是大家对于演戏表示很有兴趣。可是我能说什么呢,我们那时还是小孩子呀。

　　那时候大人们的娱乐小孩子连远远望望的份也没有。如果有时鼓起勇气走近他们去,就立刻要听见说:走开!去玩去!甚至于孩子们在一起玩耍时若照例发出了嚷嚷的声音,便听说,不要吵!不许作声!不过这并不是说大人们娱乐时便总是一声不响。因此有时常有声音从他们那儿像瀑布泡沫一样远远溅到我们这边来。当我在这面的房子的走廊上靠着远望那边的时候,就看到那边院子的舞厅里灯光雪亮。大门口许多马车聚在一起。正门前我的一位大哥在招呼客人,请他们上楼来,并且用花露水瓶在他们身上洒香水,还把手里的花一束一束地分递给每个客人。有时从戏中传来贵妇人啼哭嘤嘤之声,这中间的神秘我丝毫不能明白。想明白的心却是非常强烈。以后我知道了，那位啼哭的人的确是"贵"，却并非"妇人"。那时家庭里大人和小孩子分在两极边，正如同男人和女人分在两极边一样。在大厅中悬挂的玻璃大灯盏的光辉之下，歌舞进行着。大人们都吸着水烟袋，女的手里拿着盛槟榔叶包的盒子躲在窗子后面，那儿也有外面来的女的参加，她们低声咕咕叽叽地说着话，各家庭间的新闻便在那儿传布。孩子们这时已经都在床上了。一个女用人在给我们讲故事，耳朵里听见说：

"如同月光下鲜花开放……"

五

在我们这时候以前不久，阔人家里组织票友剧团是很流行的事。选一些嗓音很好的孩子出来，立刻便是一个热闹的戏班子。我的一位二叔便是一个业余剧团的领袖。他有编戏词的才能，又有教小孩子的热心。阔人家里既然这样提倡演戏，外面的职业戏班子因此也就在那时的孟加拉活跃起来。这里那里到处都有由一个著名的班主所组成的戏班子出现。其中班主和首领并不必都是高等门户出身或受过教育。他们只仗自己的能力争名声。我们家里也常常唱戏。可是我无法看到，因为我还是一个小孩子。我只能见到上演以前的准备。整个走廊都被唱戏的占满了，四面都飘起烟草的气味。唱戏的小孩子的头发都很长，他们的眼圈都是黑的，虽然年纪还小，可是脸上都有大人气。他们嘴里嚼着槟榔叶包，使两唇都染黑了。他们的化装道具都满满盛在洋铁匣子里。外面大门开了，许多人往天井里面蜂拥而进。四面都是一片扰攘之声。连到吉特坡去的大街上都挤满了人，更不必说小巷子了。到了晚上快九点钟的时候，正像老鹰扑上鸽子背一样，夏玛就忽然来了。他的粗糙的手一下子抓住我的手臂，说："去吧，妈妈在叫你，快去睡觉吧。"在这么多人的面前拖拽我，使我的头不由得低下来，只好自甘失败走回卧室。外面仍旧是呼唤之声不绝，大玻璃灯盏上也闪耀着烛光；可是我的房里却没有声音，只有灯座上一盏铜油灯在闪动着微光。戏中换过门打节拍的声音传来，我也就在这中间入梦了。

不许孩子们参加这一类的事是当时大人们的一种当然之理，可是有一回不知怎么他们的心忽然软了下来。命令下来说是连孩子们也可以去听戏了。

那一天演的正是《那罗与达摩衍蒂》①,我在开演之前睡在床上直到夜里十一点钟。时时有人来安慰我说,戏开台时自然会有人来叫醒我们。大人们的习惯我是知道的。对他们的话我向来毫不信任。因为他们是大人,而我们是小孩子呀。

虽然身子很不愿意上床,可是仍然在那天晚上把它勉强拖上了床去。其原因之一是妈妈说过她自己会来叫醒我。还有一个原因是九点钟以后我自己要想不睡也得费很大气力。到了时候,我果然被人从睡梦中喊醒带到外边来。眼睛迷迷糊糊地睁不开。楼上楼下彩色的玻璃灯盏耀眼的光辉向四面射出来。铺着白布的天井今天看来变得很大。一边坐着家里的主人和邀请来的客人,其余的地方便是从各处来的人随意挤在那儿。到戏院去的看客是那些肚子上悬垂着金链子的有名人物,至于这种游行剧团的戏场上却是大的小的穷的富的混在一起。其中大部分都是大人物所谓游手好闲的人。至于游行剧团的台词和歌句也都是那些所谓用苇管的手写出来的,那些作家是不会在英文练习簿上写字的。他们的调门,他们的舞蹈,以及他们所有的故事,都是孟加拉的市场和街巷中生长出来的,他们的文字也从未经过学究们的修饰。

当我在哥哥们的身边坐下的时候,立刻就有人用手巾紧包了钱放到我手里。在喝彩的时候,照当时的规矩要向戏台上撒钱。这便是戏子们的额外赏钱,主人们的名声也便依靠这个。

夜已经完了,可是戏还没有完的样子。有一个人把我摇晃着的身体抱到什么地方去了,我一点都不知道。知道了以后,这是一场多么大的可羞的事呀!这一个跟大人们坐在一起还向戏子撒赏钱的人,当着大庭广众出了这样的丑!当我张开眼睛时,才看见我是睡在妈妈的床上。天已经不早了。太阳光已经很强了。在这以前从来没有过太阳出来了而我还没有起身的事。

如今城市里的娱乐就像一条河水一样流动不停。其中简直没有间断的时候。每天不论在什么时候,什么地方,都可以到电影院去,而且不论什么人只要出一点钱便可以随意进去。从前唱一次戏却好像跑了几里路才能从干涸的河里挖掘到一点水一样。那戏也不过唱几小时。如同走路的人忽然逢上泉水便用手掌满舀起来喝下去解渴似的。

旧的时代好像一位王子,有时候逢年过节高兴的时候便给手下一点赏钱。

---

① 这是印度大史诗《摩诃婆罗多》中的著名插话,叙述那罗王与其夫人达摩衍蒂之悲欢离合。

如今的时代却是一个商人子弟,把各种各样的货物在十字街心陈列起来坐在那儿等主顾,主顾也便从大街小巷赶来买。

六

仆人们中第一位大领袖是布拉节西瓦尔。还有一个小领袖名叫夏玛。他是杰索尔地方的人,完全是个乡巴佬。他讲的也不是加尔各答的话。他的肤色很黑,眼睛很大,头发很长,又用油涂抹得很黏,身体健壮,身材适中。他的性格中毫无暴戾之气,心肠正直。他对小孩子也衷心爱护。我们从他那儿听到了许多强盗故事。那时候家家屋里充满了强盗故事,正如同人们心里充满了对于鬼怪的恐惧一样。今日的抢劫案也不比从前少,杀人越货仍然日有所闻。警察当局也无法捉到真正凶手。可是这些事已只不过是新闻材料,因此也就没有故事的趣味了。从前抢劫案子是以故事的姿态出现的,能在大家嘴里传好多天。当我们出生的时候,还可以遇见许多这样的人。他们年轻时曾在强盗群中混过。他们都是出色的耍棍棒的拳师,身后都跟着一些练棍的徒弟。他们使人非常惧怕,提起名字来大家就要低头敬礼。那时的抢劫案往往并不伴着杀人案。其中勇气的成分和义气的成分简直是一样多。大人物家里还常常建起场子来给人比武。有了大名气的拳师,连强盗都自认为徒弟,避免去打搅。有的地主的职业就是抢劫。听说过一个故事:在这种强盗地主中间有一位曾经派了党徒在一处河口把守。那天没有月亮,那是供养时母神的夜。当这些党徒用时母的名义把一个人的脑袋砍下来送到庙里去献祭的时候,那位匪首地主一见便敲着自己的脑袋说:"这是我的女婿呀!"

还有叫作罗怙和维书两个强盗的故事也听说过。他们都是先通风报信然后才去打劫的,从不肯做偷偷摸摸的事情。老远听见了他们的名声,城里人的血都立刻吓凉了。在妇女身上动手是他们的法律所禁止的。有一回,有一位妇人拿起了镰刀装得像时母一样,居然还向这些强盗们分了赃物呢。

我们家里有一天表演过强盗武艺。他们都是又高又黑的年轻小伙子,头发都很多很长。有一个人用布巾把石碓裹起来,巾头用牙咬着,一摆头便搭在背上。又有一个人让另一个人揪住头发,用手拖着他转了好久。他们用很长很长的竿子搭脚便可以上楼。有一个人用两只手臂做成环子,别人便像鸟一样从环中穿过飞跳下来。这些人还表演那些强盗在几十里路以外抢了人家,又在当夜回到自己家里像好人一样睡觉,若无其事。两根长竿,上面缚了一块一块的小木片为放脚之用,这竿子叫作"高跷"。用手握住竿子上端,脚放在小木块的阶梯上,一步就等于平常十步,跑起来比马还快。我虽然从来无意去抢劫,却也曾有一回教寂乡①的孩子们练习过这种"高跷"。看了这样的强盗戏,又加上听了夏玛嘴里的强盗故事,不知道有多少次晚间使我吓得两手紧抱着腰过日子呢。

假期中的星期日。刚刚黄昏时分,南边小园子的树丛中蟋蟀正在叫个不停,这一面,大盗罗怙的故事也讲得津津有味。在那暗影幢幢的房子摇曳不定的灯光之下,我们的心也随着怦怦地跳。第二天在假日的悠闲中,我便到轿子里去坐着。轿子开始走了——其实并没有动——向不知道的地方走去,为了使这为恐怖故事之网所缚住的心更感到恐怖。在无边的黑暗中只听见轿夫的吆喝声和着走路的节拍。我全身都战栗了。外面草地好像晒焦了。日光中的空气也在颤抖。远处的黑色水潭里的水也闪闪放光。耀眼的沙土也不停地一亮一亮。两边干裂了的岸上,枝叶茂盛的树也向河里弯倒下去。

故事所唤起的恐怖,在生疏的草地的树下,在密密的芦苇丛中,又聚集起来。我越往前走,心便越发跳得厉害。芦苇丛的上面已经现出长竹竿的头子来了。就在那边,轿夫们要换肩,要喝水,要把布巾用水打湿裹在头上。

啊啊啊啊啊啊!

七

从早到晚读书的磨盘就那么不停地旋转着。这个轰隆轰隆的推磨工作是在我的三哥海门德拉那特的掌握中。他是一位很严厉的统治者。琴弦太用力扭紧就会当的一声断了的。他在我们的心上打算装运那么多的货物,竟使装载过多货物的小艇翻了,不知道沉到什么水底去了。这件事现在也不必再隐瞒。我的学问实在已经成了丢掉的货物了。三哥一心要把他的大女儿造成一个学者,就在适当的时候把她送进了加尔各答最著名的贵族化女校。其实在入校以前她在孟加拉文方面已经有很好的基础了。她是由她父亲指定学西洋音乐的,可是她并不会因此堵上学本国乐的大路,这个我们都知道。那时候上

---

① 泰戈尔所办国际大学的所在地。

等人家里很少有人像她这样精于印度歌曲的。

　　西洋音乐的优点便在它的调子的运用异常准确,使耳朵容易练准,而且有钢琴伴奏的限制,也不会使节拍随意拖长。

　　她从小就在毗湿纽教师那儿学国乐。我也曾被送到那学校去学习唱歌。毗湿纽开始教我们的歌是现在无论有名无名的教师连碰都不愿意碰的。那些歌都是村俗民歌中的最下乘。我且举一二例如下:

> 有个游荡的姑娘
> 到这儿来呀!
> 会给人文身。
> 这样平常的一个文身的,
> 哎呀,我的姐姐呀!
> 她可来这儿勾引人啦。
> 为了这文身的我哭了多少次呀!
> 哎呀,我的姐姐呀!

　　我还记得一些零碎句子如下:

> 太阳月亮吃了败仗,
> 萤火虫儿大放光亮。
> 饱学的回回不识字,
> (不识字的)织布匠却把波斯文来唱。
> 哥乃尸的妈,别发你芭蕉儿媳妇的火吧,
> 要是一个苞儿结了果,
> 大大小小的儿子会有几多个?

　　有些句子还带来了古老时代久已被人忘却的历史的影子:

> 那里什么也不长,
> 只有狗尾草和仙人掌,
> 砍了砍它就做国王。

　　今日的习惯是先在手风琴上学会"Sa Re Ka Ma",然后再学一点简易的印地语的歌。但是从前那些负责教育我们的人却都以为儿童时代有儿童自己的事,而且孟加拉儿童学孟加拉文当然比学印地语容易得多。此外,这种歌的本

地调使左手打鼓的节奏都用不着。它可以直跳进我们心里。从母亲嘴里听来的儿歌倒是孩子们最初学到的文学,在他们的心上最有吸引盘踞的力量,因此足以引起儿童兴趣的歌曲就应该随着儿歌在开始时教给他们。这种情形在我的身上已经试验过了。

那时手风琴也还没有到这一块国土来摧毁它的音乐,我们还是肩上倚着四弦琴学唱歌,还没有做那从机器上挤出来的调子的奴隶。

我的毛病是,在学习的正路上任何东西也不能使我继续学习许多天以上。我只是依自己的意思,随便收集收集,把碰上手的东西放在自己口袋里就算了。如果用心勤学是我的本性的话,今日的音乐教师就不会藐视我了,因为我实在有充分的机会来学习。三哥负责教育我们的那些日子,我总是在毗湿纽那儿心不在焉地哼着那些颂诗。有时候自己心里高兴了,我便站在房门旁边"收集"歌曲。三哥在反复地练习着"啊!你摆着象王缓步"的晚调,我便把那印象暗暗地记在心中。晚上到妈妈身边把这歌一唱,很容易使她大吃一惊。我们家里的朋友希里干特先生日夜沉溺在歌唱之中。他常坐在凉台上用花露香油擦身洗浴。他拿着烟袋,芬芳的烟气往天空中四散,他一面哼出歌曲,小孩子们便从四面把他围绕起来。他的歌不是教的,是给的,什么时候我们学会的,自己也简直不晓得。当他不能再忍住自己的兴致的时候,他就站起来,一面跳舞,一面弹起琴来,笑得两只大眼闪闪发光,开始唱:

  我吹起我的仙笛……

如果我不同他一齐合唱起来,他是再也不肯停止的。

从前招待客人的大门是永远开放的。客人完全用不着寻找相识的人。客人来了以后,自然要供给他卧房,还得按时送上饭菜。这样,一天便有一位陌生人腋下挟着用布包裹的琴来到我们家里。他把行李打开后,便在客厅的一角躺下。管拿烟的仆人便立刻照例把烟袋送上。那时待客,烟和槟榔叶包一样是必需品。那时家中的妇女们清晨的工作便是料理许多许多的槟榔叶包,这是为那些外面客厅里来的客人预备的。她们灵巧地在槟榔叶上放石灰,用一个小木棒涂上红色,加上适量的香料,包起来用一根丁香针扣紧,装满一铜盘,然后用一块满是红香料污点的湿布盖好。外面楼梯下的房子里正在忙着预备烟。在一个小瓦钵中放上炭火,再盖上灰,烟袋的皮管像蛇一样摇摆,烟袋里再装上香水。家里只要来了客,一上楼,便得享受主人拿烟的招待。这在当时是一个一定不移的规矩,只要你把一个人当作人看待。可是好久以来,装满了槟榔叶包的盘子就已经不见了。那些管拿烟的仆人也脱了号衣,到糕饼店里去把三天前的旧糕翻成新糕去了。

那位不速之客在我家里随意住了好些天。谁也没有问过他。一早上我便去把他从蚊帐中拉出来,拖到外面去听他唱歌。不喜欢规规矩矩求学的人却总是喜欢上自由课的。清晨的调子开始了:"啊,我的笛子……"

在这以后,当我年纪稍大的时候,家里便请了一位著名乐师雅都帕来特教我。他的大错便是他一定要教我唱歌,非学过不放手。因此我简直就不学唱歌了。我只暗地里偶尔自己搜集歌曲——我很喜欢一首《雨调》:"从云里滴滴答答落下雨来。"它至今还在我的《雨季歌集》里。不幸以后又有一位客人一声不响来到我家。听说他是打虎的好汉。孟加拉人也能打虎,这在当时真是惊人的新闻,因此我的大部分时间便消磨在他的房里了。他说的他落在虎口的故事直使我们心跳不止。实际上他并没有在虎口中受伤,这被虎咬的故事只不过是从博物院里那大张着嘴的死老虎身上捏造出来的罢了。当时我不会这样想,不过现在却已经很明白了。在那时对这位英雄,我总是不断忙着拿烟拿槟榔叶包招待他的。因此音乐练习只是从远处传入我的耳朵而已。

以上音乐说了不少。我在三哥那里还学了其他的东西,也是很神气地打下了基础。没有学出结果来,完全是怪我天生愚钝。拉姆普拉沙有一句话就是为我这样的人说的:"心啊!你是不能学耕种的。"我也的确从来没有学过种田。

至于我还在什么田里多少做了一点耕种工作,我现在就来叙述。

那时我天不亮就起身去学摔跤,天冷的时候冻得发抖,汗毛直竖。城里有一位著名的独眼摔跤拳师,他教我们摔跤。在大厅北面有一块空地,叫作"谷仓"。我们从它的名字可以知道,从前有一个时候这城市还没有完全将乡村生活破坏,所以城里还有一些空地耕种。当城市生活初起的时候,我们的谷仓里常储满一年的粮食。"私田"里的佃户也各自将他们应缴的地租送来。紧靠着那大厅的墙壁就是我们摔跤的棚子。把这空地掘下一肘①许深,把泥土挖松,再浇上几十斤菜油,我们的摔跤场便造好了。我在那儿和拳师练习摔跤,简直是一场儿戏。不消多少时候,我全身都涂上了泥土,才穿上衬衫走回

---

① 一肘是从肘节到中指尖的长度。

家来。每天一清早就这样弄得一身泥土回来,母亲很不以为然。她怕孩子的皮肤以后会变黑。这种恐惧的结果便是,每逢放假她就要给我全身擦洗一次。如今时髦太太的手提包里装的各种化妆香粉都是从外国铺子里买来的,可是当时的太太们却只有自己动手来做。其中有杏仁、乳酪、橘皮,还有一些什么。倘若我知道而且记得那配制的单方的话,我一定要给它取名"皇后香粉"开店出售,收入总不会比糖果店来得少。

每星期日早晨坐在走廊上受种种香膏的擦洗,使我厌烦得一心想逃走。可是听说学校的孩子们中还流行一种谣言,说我们家里的孩子一生下来就浸入酒里,因此皮肤才和洋大人一样白呢。

我从摔跤场一回来,就看见一位医学院的学生坐在那儿等着教我认识人的骨头。墙上挂着一整副人的骷髅。晚上它又挂在我卧室里的墙上,骨骼在风中摇摆着咯咯作响。把这骷髅翻来倒去才完全记住难记的骨骼名目。因此我对于它的恐惧也渐渐消失了。

大门口的钟敲了七下。老师尼尔卡玛尔的表是异常准确的。一分钟的差池都没有过。他身体又干又瘦,可是他的健康却同他的学生(我)一样的好。连头痛一天的机会都碰不到。我于是拿起书和石板到桌前坐下。黑板上满是粉笔算式,样样都用孟加拉文教,算术、代数、几何。文学方面我也从《悉多在森林》一直读到《云音夜叉被戮》①,和这些一起还得念自然科学。有时达特先生来了。从熟知的事物的实验中,我也学得了一点肤浅的科学常识。有时一位"因明论师"赫兰勃来了。一点也不能懂的一本梵文《文法启蒙》我也得完全背熟。就这样一早晨的时间全被占据了,越是各种不同的学问向我压来,我心里就越想从这中间暗暗地把一些负担丢出去。在这读书的大纲中钻出洞来,那些背诵了的学问就从这洞中滑走了。我的老师对于学生智力的评语也实在不能在大庭广众之间说出来。

走廊的另一头有一个老裁缝,眼睛上罩着一副老光眼镜,弯腰在那儿缝衣裳。他有时候也在照他的时间做伊斯兰教祷告。我常对他那边看而且心里想,这裁缝多么幸福啊。算术加法题使我做得头昏时,我便把石板遮着眼睛往下面看,看见陿陀罗潘正在过道里用木梳梳他的长胡须,梳完了向两边一分,都缠在两边耳朵上。在他旁边,戴着手镯的瘦高的看门青年坐在那儿切烟叶。

---

① 二书的题材皆为史诗《罗摩衍那》故事,为孟加拉文学作品。

那一边马已经嚼完了桶中早晨应得的豆子,乌鸦跳来跳去啄食那些洒落在地上的余粒。小狗佳尼的责任心也被引起,汪汪地叫着赶老鸦。

走廊的一个角落有扫过去堆在那儿的一堆泥土,我在里面种上了番荔枝的果子种。为着要看看它几时才会从那堆土中钻出芽来,我的心一刻也不安宁,只要老师一起身,我一定赶快跑去看它,一定给它浇水。可是我的希望到底没有实现。原先把这一堆土扫到那儿去的扫帚后来又把它扫到别处去了。

太阳升起来了,院子里的阴影减去了一半。钟敲了九下,矮小的黑黝黝的哥文特肩上搭着他的污秽的黄手巾来捉我去洗澡了。九点半钟照例又要吃每天一样的豆汤、米饭和鱼酱。我心里真不想吃它们。

十点钟了。外面大街上传来卖青芒果的无精打采的声音。卖瓶罐的人也当当地敲着从远处走来又渐渐走远,巷子另一面的房顶上的老太太在太阳光中晒她湿的长头发,她的两个小女孩便一直不慌不忙地在那儿玩贝壳。那时候上学的重担还没有加在女孩子头上。所以我想,女孩子真是生下来便为了享福的。我却是一被捉进老马拖的马车里就要送到安达曼①去,从十点钟一直关到下午四点钟。四点半我从学校回来,体育教师又已经来等我了。又得在那木头杠子上把身体上上下下地乱翻一个小时。这位教师刚走,教我画画的老师又来了。

白昼的光辉渐渐暗下去。城市的种种喧嚣又在这木石筑成的怪物身上奏睡眠之曲了。

书房里的油灯点亮了。阿哥尔先生来了。英文功课又开始了。封面都已经变黑的英文读本在桌上好像等着要抓我。书面都已经要脱开,书页有的已经撕破,有的涂满了污点,到处都写着自己的英文名字,全是大写字母。我念着念着,瞌睡来了;睡着睡着,又忽而惊醒。我不念的时候比念的时候多。这以后我上了床才算有了空闲的机会。在床上我是听不完王子走向广漠无边的大平原去的故事的。

八

从前跟现在确实很不相同,当我一看到如今屋顶上既少人走,又没有鬼怪

---

① 印度流放无期徒刑罪犯的地方。

时,立刻就很清楚地感觉到了这一点。前面我已经说过,在现在紧张的读书空气中,连鬼怪都觉得不可停留而慌忙逃走了。自从不再听说他叉开腿自由自在站在屋顶的一角以后,丢在那里的芒果核子就只有老鸦来啄了。人们现在只是关闭在屋顶下四面都是砖墙的方匣子里而已。

  我现在记起了后院的四面短墙围绕着的屋顶平台。晚上母亲把席子一铺便坐在那儿,她的朋友们便也围坐在四面闲谈起来。在这种谈天里原不必有真正的新闻的。她们不过是借此消磨时间而已。那时要消磨一天时间并不一定要花多少代价或要用多少东西。日子还不是整整一片,而是像网一样有着许多漏洞。不论是男子们的聚会或是女人们的聚会,只不过谈谈闲天说说笑话而已。母亲的那些朋友中最重要的人物是阿阇黎先生的姊妹,大家叫她阿阇黎尼。她是为这聚会提供每日新闻的。她常传播她听到的或编造的世上的奇闻怪事。有时为了她的话而举行那种把厄运与灾星化为吉祥的祈祷,这种祈祷的费用是一笔很不小的款子。在聚会中,我也常挟了新得来的书本知识去显显自己。我告诉她们,太阳离地球有九千万英里。我又用上鼻化音和送气音的梵文音朗读我的梵文课本第二部分里蚁垤的《罗摩衍那》的一些梵文诗句给她们听。母亲虽然不知道她的孩子的梵文发音有多么好,可是他的知识在太阳距地球的九千万英里上都足以使她大吃一惊。谁知道除了那罗陀仙①以外没有人能像我这样朗诵呢?

  后院的屋顶平台完全是女人的世界。这屋顶和储藏室与她们有不可分的关系。那儿太阳光完全照得到,腌渍的柠檬就晒在那儿好让它腌透。女人们带了满满一大铜盘的绿豆面坐在那儿,一面迅速地一粒一粒地做着绿豆丸子,一面晒着头发。女仆们便把洗好了的衣裳扭干摊开在阳光里晒。那时候洗衣房工作是很少的。青的芒果切成一片一片也放在太阳里晒,芒果汁在大大小小不同尺寸不同花样的黑石头的模型里结成硬块,还有"依夹儿"果酱也加上太阳晒过的芥子油放在那儿使味道变浓。炒香料是要别费一番心思才能制成的。我之所以记得这件事有一个原因。当学校的先生告诉我,他听说我家里做的香料很有名的时候,我不难知道其中的意义。他当然很想尝尝他听说的这种香料。因此为了保持我家做的东西的名誉,有时我便暗地里上屋顶去从那香料里面——我该怎么说才好:说偷还是不如说"收"了一些。因为那些王

---

① 史诗中叙述罗摩故事之仙人。

爷们有时为了必要,甚至没有必要时,也还要"收"人家的东西,而那些偷了东西的人却要进监狱或者上桩①呢。在冬天温暖的阳光下,坐在屋顶上谈天赶乌鸦和消磨时间,这是女人们的一种享受。在家里我是唯一的小兄弟。看守嫂子的果酱还帮她做一些轻松零碎的事。我念《孟加拉王败阵》给她们听。用夹刀切槟榔的担子常常加在我的身上。我能切得很细。我的嫂子本认为我毫无优点,甚至常在我脸上找毛病使我埋怨起造物主来。可是她对于我切槟榔的本事却肯大加称赞。结果我便做这工作很起劲。可是现在没有人来鼓励我,于是这切细槟榔的手便只有去做别的细工了。

在屋顶上从事的家庭工作很有一种乡村风味。只有当家中还有碓磨的时候,当家里还有米粉炸糕的时候,当女仆在傍晚要坐在那儿在膝上搓灯芯的时候,当邻家生孩子过"八朝"②还请客人去参加的时候,只有在那种时候才会有那种家庭工作。如今的儿童已经不能从妇女的嘴里听到故事了,他们只是自己去看印刷出来的书上的故事而已。现在家中用的香料果酱也都是从市场买来的,满满地装在瓶子里,瓶塞上还用火漆严密封了口呢。

还有一处乡村风味的遗迹是在月光村中的公共聚会场所。先生在那儿办了一所小学。不单是家里的孩子,便是邻舍的儿童也在这儿受最初的"棕叶教育"③。我也一定曾在那儿学过开始的字母 A,可是那时的我现在在记忆中已好像天空中最远的星辰,就是用任何望远镜也望不见它了。

在这以后,对于当年读书的情况我最先记起的是我曾读过一本叙述山打马尔克的学校里的惊人事件,和最后天神下界杀魔王的故事书,那本书里好像还有铅板雕刻的一张插图。还记得我念过几首修身诗歌。

在我的一生中,前院那敞亮的屋顶曾是我主要的假日园地。从幼年直到老年,我在这屋顶上消磨了多少不同的日子,有过多少不同的心情与思虑啊!我的父亲在家的时候总是住在三楼的一间房子里。我有许多日子躲在楼梯顶上那间小房子里,站着远远地望他。当太阳还未出来的时候,他一声不响地坐在屋顶上好像一座白色的大理石雕像,两只手交叉放在盘起的腿上。有时他到山上去住许多天,那时我跑到屋顶上去真像渡了七重海一样快乐。老是坐在楼下的走廊上便只能从栏杆缝里望外面街上的行人,可是一上了屋顶便好

---

① 一种刑具,如矛,将人置于其上,使刺入腹中,直贯其顶。
② 出生后第八日之典礼,如我国之"三朝""满月"。
③ 在叶上习字。

像逃出了城市的圈子很远。到了那儿,脚踏着加尔各答的头顶走来走去,我的心便走向天尽头的蓝与地脚边的绿相结合的地方去了。各种房子不同形式的高高低低的屋顶刺人眼目,这中间也露出一些树木蓬松的头来。我常常在正午偷跑到屋顶上去。正午对我总有吸引力,那就好像白昼的夜半一样,正是童子出家访道的时候。我常常从百叶门的隙缝中伸进手去把门闩拉开。正对着门有一张沙发,我便一个人坐在那儿。那些专门拘捕我的看守仆人装满了肚子以后,他们的瞌睡来了,伸着懒腰躺在席子上睡着了。太阳光更强了,老鹰叫着飞过天空。面前的小巷子里卖玻璃手镯的人唱着走去了。那些日子中午的静寂如今已经没有了,那静寂中的卖玻璃手镯的人也不再有了。

忽然间这卖手镯的声音传到了在枕头上散开头发躺着的太太的耳朵,女仆便把卖手镯的人叫进屋里,这老头子便按紧那又软又小的手把她中意的玻璃手镯套上去。那时的太太在如今是没有太太资格了,现在她还要在二年级背书呢。那位卖手镯的人大概也在这巷子里拉起人力车跑着呢。这所顶楼对我就是书中所读到的一处沙漠。四面的阳光晒得像火一样,使人难受的热风吹来,把尘土搅起来又飞过去,天空中的青色也变成了灰苍苍的。

在这屋顶沙漠中也有一处绿洲。如今的自来水管不能上楼了。可是那时顶楼上还有自来水①。楼上有一间浴室,我便偷偷走进去。孟加拉的少年利文斯顿便来发现这个绿洲了。把龙头扭开以后,连头带全身都用水冲了一遍。再从床上拿一条被单把全身擦干,然后又坐在那儿像没事的好人一样。

眼看着这假日快要完了。下面大门口的钟敲了四下。星期日晚间的天空总是很难看的。星期一张开大口的阴影已经来吞这星期日了。不一会儿,楼下便要开始寻找这逃走的孩子了。

现在是吃下午点心的时候。这时候正是布拉节西瓦尔在一天当中画了红圈的那一段最重要的时间。去买点心是他的事。那时的商人在奶油的价钱上还赚不到百分之三四十的利钱,而且点心也还没有毒药味。如果碰上有戈求利和辛格拉②或者甚至于咖喱洋芋,我们都要立刻一起送进嘴里。可是在适当的时候,布拉节西瓦尔的斜脖子就要偏得更斜,那时他便要说:"先生,你瞧,今天我拿了什么来。"以后他从纸包里取出来的其实常常不过是炒花生。

---

① 加尔各答楼上自来水皆是房东另以唧筒吸上屋顶再分送各室。
② 两种糖果。

这并不是说我们不喜欢炒花生,只是它们的价钱太便宜了。我从未发过一句怨言,即使他从芭蕉叶里取出来的只是芝麻饼,我也从不说一句话。

白昼的光辉暗淡了,我还可以怀着悲伤的心再上屋顶去散一次步,我向下面望去的时候,看见池塘里的鸭子都上岸了。河边洗澡的人已经开始来来去去。榕树的阴影已经遮去了半个池塘,大街上也正传来了马车夫"嗨嗨,咦嗨嗨咦……"的声音。

九

日子就这样天天一样地过去。一天中间的时光都被学校攫了去。只有早晨和晚上还剩下一些零碎的闲空。一进屋子,教室里的那些桌子凳子就好像用干硬的肘子捣着我的胸口一样。它们每天都是那一副冷冰冰的样子。

晚上回到家里。书房里的油灯点起了,那是叫我去预备第二天的功课的标志。

有一天耍狗熊的到我们院子里来,又一天玩蛇的也来了,有些日子变戏法的也来了。这给我的生活增添一些新的色彩。现在我们这吉特坡路上没有那些耍熊耍蛇的音乐声音了。他们都远远地对电影院行礼告别连忙离开城市逃走了。有的昆虫会随着枯树叶改变颜色,我的生活也同样随着那些枯燥的日子变得枯燥无味了。

那时的游戏只不过很少的几种。弹石弹的游戏是有的,还有一种叫作巴特球,实际上只是板球戏的远亲。还有抽陀螺和放风筝。那时城市里的孩子们的游戏都这样简单。在大空场上又跳又跑的足球还在海外没有来。照这样,我的一举一动都好像被木桩困住了一般给那些单调的日子围住了。

就在这时期,一天,唢呐吹起了欢乐的调子。家里来了一位新娘子,柔嫩的淡褐色的手臂上戴着精致的金镯。忽然之间围困我的网破了一个洞,从我样样熟悉的环境之外的幻境里突然来了一位新人物。我只是远远地在她周围走着看,没有勇气走近她。她这时正是在全家重视的宝座上,而我却只是一个无足轻重的小孩子。

那时的家庭分作两部分。男人在外,女人在后面的房子里。还是伊斯兰教王公的制度。记得有一天姐姐把新娘子带在身边,在屋顶上一边散步,一边谈心。我大胆稍微走近了一点,立刻遭了呵斥。那儿是在男孩子活动范围之外的。我只有忍气回到我旧日的圈子里去了。

　　从远处山上奔流下来的雨水会把旧的堤防冲倒,现在发生的就是这么一回事。新的女主人给家里带来了新的规矩。嫂嫂把连接顶楼的一间房占了。整个顶楼变成了她的区域。玩偶结婚的喜宴就常常设在那里。请客的日子,我这小孩便成了贵宾。嫂子很会做菜,而且喜欢招待客人。我常常去满足她这种待宾的欲望。我从学校一回来便看到她已经亲手给我做好了吃的东西。有一天是咖喱小虾和前一天的发酸了的饭,她给拌上一点辣椒,更增加了滋味,那一天我就无话可说了。有时当她到亲戚家里去,房门前看不见她的鞋子时,我便一怒而藏起她屋子里的贵重东西,于是打下了吵架的根基。我说:"你到外面去了,谁给你看房子呀!我是你的看门的吗?"她也生气了,说:"你不用给我看门,你只要看住自己的手就是了。"

　　今日的女孩子们一定会笑的,她们会说:"除了家里的小叔以外,世界上就没有别的小兄弟了吗?"这话不错,我承认。如今的人的年纪跟当年的人相比忽然显得大得多了。当年老的少的全都是些小孩子啊。

　　这一回,我荒凉的屋顶沙漠里有了新花样。来了人与人间的情感。我的哥哥乔提是这新花样的主角。

<h2 style="text-align:center">一〇</h2>

　　屋顶世界里吹来了新的空气,新的季节来了。

　　那时我父亲终于离开了乔拉桑科的家。乔提哥哥到外面一座楼的三楼上住下。我也在那儿占了小小一角地盘。

　　嫂子的房里完全没有用帘幕。今日这完全不算什么新鲜事,可是在从前这件事却新颖得简直无法形容。在这以前许多日子,当我还很小很小的时候,二哥回国来做官了。他一开始到孟买做事,便使外面人大吃一惊,因为他公然当着他们的面把嫂子带去上任了。不让家里的媳妇儿留在家里,而把她带到老远的外方去,这已经很过分了,而太太在路上走的时候又居然不用面幕。这完全是丧风败俗的事。亲戚朋友们都觉得是天翻地覆了。

　　从前的妇女还没有外出时穿的衣服。如今的女子内穿短袖衬衣、外罩外衣的装束,还是我的嫂子当年开创的呢。

　　小女孩拖着辫子穿短裙,从前也是没有的。至少这在我家还很新鲜。当时女孩子流行穿短衫长裤。白土恩女校开办之初,我的大姐年纪还很小。她也是使女子容易入学校受教育的先驱者之一。她的颜色很白,这儿简直没有像她那样白的人。听说有一回她坐轿子去上学,竟被警察拦住了,因为他们看见她的服装,以为是英国女孩子被拐了呢。

我在前面说过,当时大人小孩之间并没有互通的桥梁。可是在那一套老式规矩之中,乔提哥哥带着崭新的精神出现了。我比他小十二岁,年龄相距这样远,而他竟把我看在他的眼里,这已经够惊人了。还有更惊人的是,当我们在一起谈话时,即使我的小孩嘴里讲了大人话,他也从不制止。因此没有一件事不足以增长我的勇气。如今我还是和孩子们生活在一起。我用种种方法谈话,可是总看见他们闭着嘴不作声,他们羞于发问。我因此知道,他们完全是古时的孩子,那时候只有大人讲话,小孩子不许作声的。提问题的勇气只有新时代的孩子才有,老时代的孩子不论听了什么话都低头服从的。

顶楼上抬来一架钢琴。还有从市场上买来的油漆光亮的新式家具。我的胸脯挺起来了。习惯于贫穷的眼睛看见了摩登时代廉价的富贵装饰。

现在我的歌唱的泉源放开了。乔提哥哥在钢琴上来来去去地弹奏他谱的最新式的曲子的时候,总把我留在他的旁边。为这速成的琴曲写歌词便是我的工作。

到晚上,屋顶凉台上便摊开了席子和枕头。一只银盘里放着湿手巾托着的茉莉花环,另外有一玻璃杯冰水,还有一小碗甜的槟榔叶包。

嫂子这时洗过了澡,把头发绾好,坐在一边,乔提哥哥肩上搭着一件飘飘然的薄围巾来了,他把弓在提琴上一拉,我便开始我的高音歌唱。上天给我的这一点歌喉那时还没有收回去。在傍晚的天空下,我的歌声由屋顶凉台向四面散去。远处海上吹来一阵阵南风,天上布满了星。

嫂子把这凉台完全造成了一座花园。她在屋顶上四面种了些高大的棕榈树,旁边便是一些佳美丽、栀子花、晚香玉、夹竹桃。她从来没有想到这样会损伤屋顶。我们大家都是不讲实用的。

阿克塞乔杜李先生几乎常常来。他也知道自己没有唱歌的嗓子,别人更知道。可是他的唱歌瘾还是怎么也抑制不住。他尤其喜欢唱《贝哈格》调。他把眼睛一闭,听众脸上的表情便看不见了。手边有什么可以发声的东西,他便咬着嘴唇,顺手拿过便啪啦啪啦敲起来。这便代替了平常左手打的小鼓。一本硬封面的书也正好合他的用。他完全是一个做白日梦的人。他的工作日和休息日是从来没有区别的。

晚会散了,我却永远是一个守夜的人。大家全都睡了,我却像鬼一样四处游逛。全市区都寂静无声。月夜屋顶上一排一排的树影好像梦的图案。屋顶外,树顶在风中摇动,树叶子沙沙地响着。不知怎么,对面巷子里那个沉睡的屋顶上的那间遮蔽楼梯的壁陡的房子特别触我的眼。它直立着,直立着,好像指着我所不知道的什么地方。

夜半后的一点钟响了,两点钟了,面前大路上有了葬歌的声音:"波罗,诃利;诃利,波罗!"

——

那时家家都流行养笼鸟。比什么都难听的是邻家传来的那只关在笼子里的杜鹃的啼声。嫂子从中国弄来了一只画眉。它在布笼帘下发出它泉水一样的歌声。还有许多种类的鸟都关在笼里挂在西边的走廊上。每天早晨有人送小虫来喂鸟。从他的布口袋里会倒出蚱蜢之类,和给吃豆粉的鸟预备的炒豆粉。

乔提哥哥对我的理论无不答复。可是你别希望太太们也会如此。有一天,嫂子忽然高兴起来,要在笼子里养松鼠。我说这完全不合道理。她说:"你不必来教训我。"这话简直不是正当回答。我因此不再和她吵,便偷偷地把两个小东西给放走了。以后她自然说了一些话,可是我全置之不理。

我们之间老为一件事吵架,这口角永远也没完。我现在就来叙述这件事。

有一个叫作乌麦希的很能干的人,从西式裁缝店里把那些剪剩下来的零碎的彩色绸料子,全都用廉价买下。把这些料子加上一点珠罗纱和一些劣等花边,便做成了太太们穿的上衣。他当着太太小姐的面从纸匣子里很小心地把这些衣裳拿出来,便渲染说:"这是现在顶新顶新的式样了。"这咒语般的新式样一来就使太太小姐们着迷了。这使我多么难受,简直非言语所能形容。多少次我忍不住了便提出抗议,而得到的回答只是"别多嘴!"我告诉嫂子,旧时的黑边白外衣或达卡出品的服装,不知比这好看多少倍,而且大方得多。我不知道现在的小叔子看见他们的嫂子身上堆满了乔其纱,脸上涂抹得如同泥娃娃似的,他们还说不说话。可是我的嫂子即使穿上乌麦希缝的那些碎布片也还不难看。因为那时的女人还没有开始在脸上作假去打扮呢。

我和嫂子辩论总遭失败,因为她对我的理论总不给答复,还有在下棋上我也失败,因为她的棋艺非常高明。

我已经提到了乔提哥哥,为了使大家对他多知道一点起见,我还得再讲一点他的事情。可是我得从更早的时候说起。

为了察看田地上的情形,他常常要到西来达去。有一回他要去时连我也带去了。这在当时又是违反旧习惯的事,于是大家又说这是太"过分"了。乔提哥哥一定是想让我到外面去走走,就好像上了活动学校一样。他深知我的心总是在海阔天空中到处飞的,在那儿它才能找到自己需要的养料。在这以后一些时候,我才进了更高一级的生活学校,在西来达我才算成年了。

旧时的青靛生意那时还有。远处是帕德马河,我们的办事处在楼下,我们住在楼上,前面是一个大凉台,凉台外面是一些松树。它们是和英国老爷们的青靛生意一同长大的。可是今天这些老爷们的万丈气焰却变得寂静无声了。那些青靛公司的催命鬼似的经理人哪儿去了?那些肩扛长棍腰缠号带的执行吏哪儿去了?那摆着长桌子的大饭厅又到哪儿去了?在那儿,骑马的英国老爷从省里来了以后,把夜间当作白日,大吃大喝,跳着双人舞旋风一样来回乱转,血都被香槟酒灌得沸腾了。不幸的农人哀哀呼救的声音是传不到达官贵人的耳朵里去的,他们的统治道路很长,离监牢的大门远得很。可是所有当时的一切如今都烟消云散了,只剩下两处当年英国人的坟墓。高大的松树在空中摇摆着枝叶。当年的农奴的子子孙孙,有时在半夜里还看见那两位老爷的精灵在从前的房屋和花园的废墟上徘徊呢。①

我带着一颗孤独的心住在那儿。在那房子的一角我有一间小小的屋子;我的假日就好像那屋顶一样宽大。这不熟悉的遥远的异乡的假日,如同年深月久的古潭的黑水一样深不可测。唤雨的鸠鸟叫起来便叫个不停,我的心飞起来也是飞个不停。同时我的抄本中也开始写满诗句。它们好像是苹果树最初开放的花,随着就要落去的。

在那时,年轻的孩子,尤其是女孩子,如果能够数着音节写出两句诗来,那么当地的那些批评家就会认为是空前而又绝后的。

那些女诗人的名字,我曾在报纸刊物上看见过,她们的作品有的也印了出

---

① 东印度农民被强迫种青靛以供输出,曾引起甘地在印度领导最初一次著名的不合作运动,今日此事已成陈迹。

来。在这以后,那些精心构思的十四音的词句,美丽的内容,不成熟的韵律,都随着它们的作者的名字一同磨灭,又有一些现代女诗人的名气随着它们而出现了。

男孩子的勇气是不如女孩子的,他们的羞怯之心也更大。我不记得当时有小小年纪的男诗人作诗,只除了我一个人以外。我的一个比我年纪稍大的外甥有一天告诉我说,把字塞进那十四个音的模子里,那些字就会凝结成诗的。我自己也亲眼见到了这一场魔术。一朵十四音诗句的莲花立刻开放了,而且就有蜜蜂飞了上来。诗人与我之间的距离开始消逝,从那时起就一直消逝下去。

记得当我还在读低年级功课的时候,校长哥文特先生听到传闻说我会作诗。他便命令我作诗。他以为他的学校这一下子就可以出名。我写了,也念给同学们听了,听到的反应是,这诗一定是偷来的。这些批评的人却不知道,后来我年纪大了,这种偷诗的手法更巧妙了,可是后来偷来的诗却反而成了贵重的东西。

还记得有一次我用"波亚耳"和"特利波底"诗体,写成了一首诗。在这首诗中我表现了一种悲伤,说游泳过去采莲花,莲花却被自己的手所激起的波浪赶跑,花终于采不到手。阿克塞先生把这首诗拿到许多亲戚家里去念,他的亲戚也都夸奖说,这孩子的确有作诗的才能。

我的嫂子的意见却不然。说我会成为一个作家,她怎么也不肯承认。她只是嘲笑我说:"你连比哈利·查克拉瓦蒂那样的诗都作不出来的。"我心里受了打击,我想,即使把我放在比这还要低的地位上,也不能使她的小叔不对女人的衣服发表不满的言论。

乔提哥哥很爱骑马。有时他竟让嫂子也骑上马背,从吉特坡路一直走到伊甸公园。在西来达,他也给了我一匹小马,这东西跑起来却并不慢。他把我扶上马背,在村中庆祝车节的广场上教我学骑马。我就在那不平坦的场子上骑着马跑,心里总想着,现在要摔下去了,要摔下去了。他的心中却有一种力量要我不摔下去,因此我也摔不下来。这以后不久他居然让我在加尔各答的大街上骑马。这一回可不是小马驹了,简直是一头劣马。有一天我骑在它背上,它把我驮进大门,穿过院子,一直到它吃草料的地方去。从第二天起我就和它断绝了关系。

乔提哥哥学过打枪,我在前面已经说过。他一心要去猎老虎。有一天,一位名叫维刷那特的猎人来报告说,西来达的森林里来了一头老虎。他立刻荷起枪来准备去打猎。顶奇怪的是他把我也带了去。他想都没想到也许会出什么意外。

维刷那特真是一名好猎人。他知道守在一所瞭望棚上去打猎不算本事。要当着老虎的面挑战才行。他打枪从来都用不着瞄准。

这是一片很浓密的森林。在这样的森林里的明明暗暗中老虎简直不肯出现。我们把一棵粗竹子劈开做成一架梯子。哥哥拿着枪就上了这梯子。我的脚上连鞋都没穿。如果老虎在面前出现,我连脱鞋子打它一下都办不到。维刷那特给我们指示。乔提哥哥好久都看不见老虎。找了好半天,最后在灌木丛中,老虎身上的一条条纹才映入他戴着眼镜的眼里。他便放了一枪。这一枪却碰巧正中老虎的脊骨,它再也爬不起来了。它把面前的木头树枝一齐咬起来,尾巴四面噼里啪啦乱打,发出可怕的吼声。以后我想了一想,心里有些疑惑。原来老虎的性子是从来不肯慢慢腾腾去等死的,这和我想的不一样。我以为,也许有谁在它昨天的晚饭里放了鸦片,不然它怎么睡得这样熟呢?

又有一回西来达的森林里来了老虎。我们兄弟俩骑上了一头象去寻找老虎。一路经过甘蔗田,象便拔出一棵棵的甘蔗来,一面嚼着一面背上山摇地动一般乱晃,这样往前慢慢走。前面又到了大森林。用膝盖一压,鼻子一卷,象便把那些树木拔了出来扔在地下。在这以前我听维刷那特的兄弟说过,老虎会跳上象背用爪子抓住象坐在上面,这真是多么可惊可怕啊。那时象就会哇哇直叫,在树林中乱跑,坐在它背上的人让树干给撞得连手、脚、头都分不清楚了。那一天我坐在象背上一直都在心里描绘着这血肉模糊的可怕图画。只是为了怕人笑我才勉强把恐怖压住,表面上装得若无其事地东张西望,好像老虎一出现,我就会指出来。象走进了浓密的树林地带。后来到了一个地方,象忽然一惊便站住了。驱象的人也不再赶它走。在这两位大猎人中,他的信仰自然还是在老虎一方面。他最主要的想法便是,乔提哥哥一定会把老虎打伤,惹得老虎把他杀死。忽然之间老虎从树后跳了出来,好像从云中发出的一种雷电交作的闪击一样。我们的眼光都是看惯了猫狗狐狸的,这可是一头威武的大动物,而它却又好像毫不觉得自身的重量似的,在正午的太阳光下在一片大空地上跑。它跑得多么美丽,多么轻巧啊!那时田中没有庄稼。那阳光下的黄金色的大广场,真是一个看老虎跑的好地方。

还有一件事,讲起来也很有趣味。西来达的园丁常采了花来插在花瓶里,我忽然动了一个念头,要用花汁来写诗。我从花朵里榨出来的墨水连蘸笔尖都不够。我想为什么不制一个机器呢。在一个木钵子上面装一个能转动的捣药杵就可以敷用了。那杵还得用绳缠起来绞着转动。我把我的要求告诉乔提哥哥。大概他心里总是觉得好笑的,可是表面上完全不现出来。他便下了命令,一个木匠拿来了木头。这种机器做好了。在木钵子里装满了花朵,用绳缠上捣药杵转动,转到花都变成了泥浆,花汁还是一点也没有。哥哥明明见到花汁和这捣花的杵钵毫无关系。可是他并没有当着我的面笑过。

这是我一生中第一次在工程上动手。据古代经书中说,当有人要做他所不能做的事的时候,便有一位天神来给他开玩笑。那位天神那一天便在我的工程事业上给了轻蔑的一瞥。从此以后我的手便再也不去尝试机器了,甚至连装装琴弦我都不动手。

我在《回忆录》中写过,乔提哥哥怎样要用本国的船只在孟加拉的河上与外国公司竞争,结果失败而破产。我的嫂子在这以前就去世了。哥哥也离开了他三层楼的那间房子。后来他在兰溪的山上盖了一所房子,便到那儿去度他的余年。

一二

这一回三楼上又开辟了新的节目:我的世界就在那里。

有一个时期,那谷仓、大轿子、三楼屋顶的露天房子,曾是我游牧的帐篷。有时在这里,有时在那里。嫂子来了,顶楼变成了花园。楼上的房子里装了钢琴,新鲜的乐音便不断地流出来。

东边楼梯上面一间房子的阴影中,便是乔提哥哥每天早晨用咖啡的地方。就在那时候,他第一次宣读他新作的一些戏剧的原稿。有时他也让我用不成熟的手添几行进去。太阳光渐渐上来了,乌鸦眈眈注视着面包碎片,在上面屋顶上哇哇乱叫。十点钟了,阴影愈来愈淡,顶楼上热起来了。

正午时分,乔提哥哥便到楼下办公室去。嫂子削了果子皮,切成一片一片,很小心地把果子摆在银盘里。其中还有她亲手做出的点心。以后又撒上一些玫瑰花瓣。玻璃杯里大概放的是新鲜椰子汁,或者是果子汁,或者是冰过了的"打儿"果汁。在这些都安排好了以后,再用绣花的绸巾盖上。嫂子把这些都放在一个盘子里,在下午两点钟进茶点的时候叫人送到哥哥的办公室去。

那时《孟加拉大观》正在畅销。日颜和花喜①成了家家的自家人。以前怎么样,以后怎么样,所有的人都在焦念着。

《孟加拉大观》总是在正午时分来到,这时全区便没有一个人睡午觉了。我很容易见到它,用不着动手去抢,因为我有一个长处,我很会念书给人听。嫂子觉得我念给她听比她自己去看还要好。那时还没有电扇。我一面念着杂志,一面还可以享受嫂子的扇子上来的风呢。

一三

有时乔提哥哥为了换换空气,便到恒河岸上的一所花园里去。那时外国商人还没有动手蹂躏恒河两岸的本色。河两岸的鸟巢还没有被骚扰,天空中也还没有钢铁机器的乌黑的大象鼻子喷散乌黑的气息。

我所记得的最早的恒河岸上的住处是一所两层的楼房。新的雨来了。云影在河水的波涛上流过去。对岸的树林顶上也被云影遮成一片一片的黑色。在这种时候我常常作我的歌曲,可是我现在要讲到的这一天却没有作。我的心里浮起了明主②的诗句:"八月雨水足,我心空无主。"我把它配上了我的曲子和我的调子,便成了我的歌。那一天恒河岸上的云中色彩至今还借这歌曲保存在我的《雨季歌集》里。我还记得风在树顶上不住地吹,直吹得枝叶都吵成了一片,小小的划子支起白色的帆顺风疾驶,波浪不息地翻腾,哗哗地拍打两岸。嫂子来了,我唱我的歌给她听。她并没有说这歌好,只是静静地听着。那时我大约是十六七岁。无谓的争吵,那时也还有,可是厉害的词句却已经不见了。

在这以后不久,我们便搬到了摩朗先生的花园里。这简直可以说是一所宫殿。上上下下房子的窗户上都镶着彩色玻璃,大理石的地板,从恒河岸一直到楼上的长廊是一串装饰了的台阶。在这儿,我的夜间不限的眼睛得到了好地方。同在沙巴尔马底河岸上的散步一样,我又在这河岸上走来走去。这所花园现在没有了,工厂的钢铁牙齿已经把它嚼掉吞下去了。

提到这所花园,我便记起了有一天我们在那儿的大树下野餐的事。这一

---

① 皆班吉姆·金德尔·查特吉小说中的女主角。
② 古孟加拉语著名诗人。

餐并不放许多香料,却是凭的手艺。我记得当我们举行系圣线仪式时,我们两个小兄弟都吃到了嫂子做的"礼餐",里面放了许多新鲜奶油。那三天,我们这些贪吃的人一直沉醉于它的滋味和香气中而忘记了一切。

我有一桩最大的困难,便是病魔不容易缠上我。家里别的会生病的孩子都得到了嫂子的亲自看护。不仅是得到她的看护,还占去了她的全部时间。可是我却很少有机会得到。

旧时三楼的日子都跟她一起消逝了。以后到我住在三楼上的时候,就和以前完全不同了。

我现在已经徘徊到了青年时代的大门口。可是还得再回到童年的圈子里去一次。

现在我得叙一叙我十六岁时的事。那一年一开始便得叙到《婆罗蒂》月刊。如今四面八方天天都有新杂志出现。回顾当年自己的狂热,对于如今如醉如痴的情况我十分了解。像我一样的孩子,既没有学问又没有才能,居然也能在那厅堂中占一席位置,还能不受别人批评,从此可以看出当年到处都充满了稚气。那时全境只有一种刊物是成熟的手腕编出来的,那便是《孟加拉大观》。我们这个刊物——《婆罗蒂》——里面却是半生半熟的汤饭。大哥所写的那一点作品,写出固不容易,而想看懂也是同样地吃力。那里还有我作的一篇小说。那小说不知是一堆什么样的废话。我自己还没有达到能够了解它的年龄,其他的人的能够了解它的眼睛似乎也还不曾睁开。

这就到了说一说大哥的事情的时候了。乔提哥哥的会客室在三楼上,大哥的却在我的房子南面的走廊上。有一个时期他抓住了玄学就把全副心思用上去。这完全在我们的理解范围以外。能听他所写所想的人实在很少。如果有人和他意见相同而落到了他的掌握中,他就不会放那人走,或者那人也就不想离开他。而那人所要求于他的却似乎并不仅是听听他的玄学言论。大哥有一个这样的朋友,他的名字我们不知道,可是大家都叫他哲学家。我的别的哥哥都拿这位哲学家开玩笑。并不仅是因为他好吃番薯羊肉饼,而且是因为他所要求的各样东西的单子一天比一天长。除了玄学以外,大哥还有一癖,他喜欢解决数学难题。他的写满了数目字的纸张常被南风吹得满走廊都是。大哥并不会音乐,他却常吹一支外国笛子;他并不是为的音乐,却是为了测量计算每一支曲调。在这以后有一个时期他在写《梦游记》。一开始作诗便开始创制诗的韵律。他用孟加拉语音韵来衡量梵文音韵而创作出他的诗的新调子。

他这种试验的结果有的留了下来,有的却被抛弃,于是他撕碎了的稿纸便到处乱飞。以后他才作诗。他留下的诗远没有他丢弃的诗多。他不容易满意自己写的诗。我们也不知道拾起他丢掉的那些零章断句。他一面作诗,一面朗诵,听诗的人便围坐在他的四周。我们全家便都迷醉于这诗的情趣中了。在他朗诵的中间他常常会高声大笑起来。空中就充满了他的笑声。他笑得高兴时,如果有人在他旁边,他便会用手来拍你几下。那南面的走廊是我们家里生命的源泉。可是当大哥去了寂乡以后,它的水流便干涸了。我只偶尔记得,在那走廊前面的花园里,秋天的阳光照耀使我心茫然,于是我作了新的歌,我唱着:"今天在秋日阳光里,在清晨的梦中,谁知道我的心要求什么?"我又记得有一个热天,在正午的强烈阳光中,又唱出这个歌:"懒散地消磨着日子,这是和自己开着什么样的玩笑啊!"

大哥还有一件事吸引我们,那便是他的游泳。一跳进池塘,他就会从这岸游到那岸,来来去去五十次以上。当他在别墅里的时候,他便在恒河里游得很远很远。看到他游泳,我们也从小就学会了游泳。开始完全是自己学。把湿裤子在空中装满了空气扎起来投到水里去,它便像气球一样漂起来,于是我们便不怕沉下水去了。以后年纪大了一些,当我住在西来达的沙滩上的时候,我曾游泳横过帕德马河到对岸。这话听起来很可惊奇,事实上却并不如此。那时河里还往往有一些沙滩,水势也并不湍急,游过河去并不怎么了不得。可是这对居住于陆地上的人们说来,却实在是一个引起他们恐惧的故事,因此我自己就常常讲这故事。当我幼年在达尔胡西和父亲在一起时,他老人家从不禁止我一个人去游逛。在那弯弯曲曲的山径上,我拿着铁尖手杖,常常从这一个山爬上另一个山。在这游逛之中最有趣的事便是在自己心中制造恐怖。有一天我正向下山路走,脚在树下的干枯叶子上面踏过。脚下忽然一滑,我用手杖把它止住了。可是,如果我不能止住它呢?从陡峻的山坡上滚呀,滚呀,一路滚到老远山脚下的瀑布中,那会需要多少时候?我把这可能发生的事如此这般夸大了对母亲说。除了这个,当我在浓密的榕树林中游荡的时候,也许我会忽然遇见一头熊,这也是值得夸说的事。不过这些可能出现的事却并没有出现,因此这些心里出现的事也便永远藏在心里。我游过河对岸的故事,其实也同这些故事没有什么分别。

当我十七岁的时候,我便不得不离开《婆罗蒂》的编辑部了。

这时我到外国去的事已经决定了。同时商量好了在我坐上轮船之前,我还得到二哥那儿去学学外国的风俗习惯。他那时正任艾哈迈达巴德地方的法官。二嫂和她的孩子们那时都在英国；二哥正等着休假的时候去和她们相会。

我是被连根拔起从这块田地移种到另一块田地里去了。我又得重新领受新的水土。一开头总是觉得害羞，总是担心在新相识的人面前如何才能保持自己的尊严。在生疏的世界中处得惯是很不容易的事，又没有方法可以逃避，像我这样性格的孩子自然要觉得处处都会碰钉子了。

在艾哈迈达巴德的历史的图书中，我的心不住地兜圈子。法官的官邸是在沙黑巴克伊斯兰教帝国时代的皇宫里。白天二哥去办公以后，一大所空房子便张开了大嘴，而我整天在里面游来游去，简直就像被鬼迷了一般。面前是一处大平台，在那儿可以望见沙巴尔马底的浅仅及膝的水在沙滩之间曲曲折折流过去。平台上的水池里的石头上好像也还留下了当年后妃沐浴的奢华的痕迹。

我们是在加尔各答长大的人，在这儿没有一件古迹向我们显示历史的光辉。我们的眼界都很狭小，只见到近处的时间而不知往古。到艾哈迈达巴德才第一次见到久已过去的历史还停留在那儿，还向我们显出它以前的光荣的伟业。它的过去好像守财的夜叉的财宝一样藏在地下。《饿石》①的故事便是在那儿开始想到的。

那已经是几百年以前的事了。宫门的画楼上唢呐乐队昼夜八时演奏着不同的乐曲，大街上升起了马蹄有节奏的响声，土耳其式的骑兵大队正在整队前进，在他们的矛尖上阳光闪烁着，在朝廷的早朝中四处布满了阴谋的低语。后宫里有持剑的黑人②卫兵在看守，妃子们都在玫瑰香水中沐浴，只听见一片手镯臂钏的声音。如今沙黑巴克依旧静静地矗立着，可是这所宫殿却已成了一篇被遗忘了的故事，它里面早已没有了颜色和声音，剩下的只有干枯的白昼与憔悴的夜晚而已。

过去的历史如今成了一副髑髅，有一个头颅，却已没有了王冠。说我能在这髑髅上加上鬼脸，把古物陈列所的木乃伊化为活人，这实在是过分。我只不过是在现成的背景上把心里现出的轮廓用想象来构成一幅图画罢了。有的事还记得，而大部分却已经遗忘，这样自然容易编造出来。在八十年后的今日回

---

① 泰戈尔的一篇小说。
② 非洲人。

想我自己当年的状况都不能样样恰如原貌了,许多事其实都是想象出来的而已。

和我在一起过了一些时日以后,二哥便认为把我送到那些能使人身在异乡而有家乡之感的女子那儿,可以减少我想家的心情。而且这样也更容易学英语。因此我便到一位孟买人的家里去住了几天。在这家里有一位受了现代教育而且才从外国回来的极其摩登的女郎。我的学问是很有限的,倘若她瞧不起我,也丝毫不能怪她。可是她并不如此。表现书本上的知识我是不行的,因此我便找个机会告诉她我会作诗;要赚得别人的尊敬,这是我一切之中最大的资本了。我对她表示了我的诗才以后,她不但不加以考察,甚至立刻就予以承认。她想让诗人给她取个别名,于是我就给她取了一个。她听了很高兴。我想把那名字镶在我的诗韵里。于是我把它作成了一首诗。她听了我用清晨唱的"晨调"唱了这首诗以后说:"诗人啊!恐怕我在临死的那一天听到你的歌都会活转来的。"由此我们可以知道,当女孩子要赞美某一个人的时候,她们是不惜在所说的话里加上一点蜜糖而过分夸大的。这只不过为了表示欢喜而已。我记得在她的面前第一次听到别人赞美我的面貌。这种赞叹却又往往说得很灵巧。

例如有一次她特别告诉我,要我记住一句话:"你永远不要留胡须,不要让你的面孔被任何东西盖住。"我现在并没有听从她的话,这是大家都知道的。可是她在我的面部发生革命以前就已经离开这世界了。

在我们那棵大榕树上,有几年忽然有些不知名的远方鸟儿前来做巢。等到我们刚刚认清它们的翅膀的舞蹈时它们却又飞走了。它们从远方的森林里给我们携来了一些不知名的新鲜曲调。像这样,我们在生命的途程中,往往有从不知名的地上王宫中自愿前来的使者,使我们心胸扩大了以后,它又走到别处去。它来的时候并没有受我们邀请,到后来有一天我们要呼唤它时却又找不到它的踪影了。它走了,却在我们生命的被单上留下了银色的绣花边,使我们的昼和夜都因而永远格外丰富起来。

一四

塑造我的那位雕刻家一开始用的完全是孟加拉的泥土。这形象的最初一瞥我已经公开发表了。我把它叫作童年,它里面并没有外来的成分。它的材料都是自己的,也有一些是家庭的空气和家中其他人的。往往一个人的制造就在这一阶段完成了。在这以后,再到制造读书写字的工厂里去加工监制,他们便可以贴上特别的商标在市场上卖高价钱。

我却侥幸地几乎完全躲开了这种读书工厂。那些特别请来教我的先生学者,也放弃了那超度我的舵。巴达恰利亚老师是喜月大师之子,又得过学士学位。他也以为不能赶这个孩子走上读书的正道。困难的是当时的家长们还不十分认为所有的孩子都必得倒在那有学位的上等人的模型里去铸造一番。那时并没有强把贫家富家的孩子全都拖到大学知识的网罗里。我的家那时并不富,可是很受尊敬,因此还保存这旧家风。进学校读书并不算是紧急的事,可有可无。有一回家中把我从普通学校的低年级送到狄克鲁兹先生办的孟加拉中学去。我的家长希望,不管我学不学到什么,总要学会说几句英文以后才可见人。在拉丁文班上我是既聋且哑。我的练习本从头到尾就如同寡妇的外衣一样白。因为我无论如何不肯念,管这一班的先生便去报告狄克鲁兹先生。狄克鲁兹先生告诉他,像我这样的学生本来便不是为念书而生的,我们来到这世界上只是为了按月缴学费而已。巴达恰利亚先生也说过很多这一类的话。可是他仍然给我一条路走。他要我从头到尾背熟《鸠摩罗出世》[①]。把我关在房子里要我翻译《麦克白》。以后又由老先生拉姆沙尔瓦梭教我读梵文剧《沙恭达罗》。他们这样把我从学校读书的网罗中解放出来,也收到了一点效果。我的童年的精神的制造材料便是如此,此外便还有一些不分好歹的孟加拉文的书。

现在到外国了,在生命的制造过程中开始应用外国技术了,在化学中这叫作混合。从这儿又看出了命运的捉弄,我本是去正式上学的,试了一试之后,结果竟全不成功。二嫂在那儿,她的孩子们也在那儿,我仍然笼罩在自己家庭的网子里。我也在学校里走动,家里也有先生来教我,可是处处我都不想念书。我所学到的一点都是从接触人的一方面得来的。从各方面来的这异国的空气在我的心上发生了作用。

派立特先生把我从家中拖出来了。我住到了一位医生家里。他使我忘记是到了外国。斯各特太太对我的爱护完全是纯真而且自然的。她的心对我有如慈母。那时我已经入了伦敦大学,从摩勒先生学英国文学。他的教授方法

---

① 迦梨陀娑的长篇叙事诗。

并不是罗列枯燥无味的死书本。文学在他的心中和谈话的声音里成了活生生的东西,一直到达我们的内心深处,到生命正需要粮食的地方,而且一点不损伤其本来的优点。回家以后,把牛津大学出版的书翻来覆去地看,现在我让自己做自己的先生了。斯各特太太往往无缘无故地说我面容消瘦了。她因此而为我担心。她不知道我从小就被拒绝于疾病的大门之外了。每天清早我都用冰一样的冷水沐浴。在当时的医生看来,我这样简直是有意向既定的卫生规律挑战。

我在大学里只念了三个月,我对外国的知识差不多全是靠同人们接触得来的。我们的创造者总是利用种种机会在他的制造品中加入新的成分。和英国人的心密切接触了三个月以后,这种混合便成功了。我又被指定每晚轮流对他们朗诵诗歌戏剧或历史直到十一点钟。因此在很短的时期内读了不少的书。这却不是学校式的读书。这是一面了解文学一面又接触了人心。我去了外国,却并没有成为律师。我一生的最初机构并没有遭受打击。在我这儿,东方和西方结了友谊。我在生命中实现了我的名字的含义。①

---

① 泰戈尔之名为 Rabindranath,即 Ravi(=Rabi)+indra+natha=太阳+帝释天(因陀罗)+天主。太阳出于东而没于西,连接东西而不分东西之意。

"中国翻译家译丛"书目

（以作者出生年先后排序）

第 一 辑

书 名	作 者
罗念生译《古希腊戏剧》	[古希腊]埃斯库罗斯 等
朱光潜译《柏拉图文艺对话集》《歌德谈话录》	[古希腊]柏拉图　[德国]爱克曼
纳训译《一千零一夜》	
丰子恺译《源氏物语》	[日本]紫式部
田德望译《神曲》	[意大利]但丁
杨绛译《堂吉诃德》	[西班牙]塞万提斯
朱生豪译《莎士比亚戏剧》	[英国]莎士比亚
罗大冈译《波斯人信札》	[法国]孟德斯鸠
查良铮译《唐璜》	[英国]拜伦
冯至译《德国,一个冬天的童话》	[德国]海涅 等
傅雷译《幻灭》	[法国]巴尔扎克
叶君健译《安徒生童话》	[丹麦]安徒生
杨必译《名利场》	[英国]萨克雷
耿济之译《卡拉马佐夫兄弟》	[俄国]陀思妥耶夫斯基
潘家洵译《易卜生戏剧》	[挪威]易卜生
张友松译《汤姆·索亚历险记》《哈克贝利·费恩历险记》	[美国]马克·吐温
汝龙译《契诃夫短篇小说》	[俄国]契诃夫
冰心译《吉檀迦利》《先知》	[印度]泰戈尔　[黎巴嫩]纪伯伦
王永年译《欧·亨利短篇小说》	[美国]欧·亨利
梅益译《钢铁是怎样炼成的》	[苏联]尼·奥斯特洛夫斯基

第 二 辑

书 名	作 者
钱春绮译《尼贝龙根之歌》	
方重译《坎特伯雷故事》	[英国]乔叟
鲍文蔚译《巨人传》	[法国]拉伯雷
绿原译《浮士德》	[德国]歌德
郑永慧译《九三年》	[法国]雨果
满涛译《狄康卡近乡夜话》	[俄国]果戈理
巴金译《父与子》《处女地》	[俄国]屠格涅夫
李健吾译《包法利夫人》	[法国]福楼拜
张谷若译《德伯家的苔丝》	[英国]哈代
金人译《静静的顿河》	[苏联]肖洛霍夫

第 三 辑

书 名	作 者
季羡林译《五卷书》	
金克木译天竺诗文	[印度]迦梨陀娑 等
魏荒弩译《伊戈尔远征记》《涅克拉索夫诗选》	[俄国]佚名 涅克拉索夫
孙用译《卡勒瓦拉》	
朱维之译《失乐园》	[英国]约翰·弥尔顿
赵少侯译《莫里哀戏剧》《莫泊桑短篇小说》	[法国]莫里哀 莫泊桑
钱稻孙译《曾根崎鸳鸯殉情》《日本致富宝鉴》	[日本]近松门左卫门 井原西鹤
王佐良译《爱情与自由》	[英国]彭斯 等
盛澄华译《一生》《伪币制造者》	[法国]莫泊桑 纪德
曹靖华译《城与年》	[苏联]费定